REVENDIQUER UNE FAË

REVENDIQUÉE PAR L'ALPHA

MILA YOUNG

Traduction
SOPHIE SALAÜN
Sous la direction de
JEAN-MARC LIGNY

CONTENTS

Capturer une Faë

Séduire une Faë

Apprivoiser une Faë

Revendiquer une Faë

REVENDIQUER UNE FAË

Le roi est mort...
... et à présent, mon avenir, tout comme mon cœur,
est en danger.

Le chaos règne dans le royaume, et mes pouvoirs luttent
contre moi pour prendre le contrôle ; je me demande si
j'ai vraiment ma place parmi les faë.
Ou parmi les trois hommes qui m'accompagnent depuis
le début de ce voyage.
Parce que j'ai l'impression que même eux
m'échappent...
Surtout que le mage de la cour me déteste, et qu'il
conspire contre moi en toute occasion.
Mais j'ai aussi d'autres problèmes à gérer.
Découvrir la vérité sur qui je suis et ce que sera mon
destin me consume et menace de détruire tout ce que
j'ai, et tous ceux que j'aime.
Si je ne trouve pas le moyen d'arrêter nos ennemis, nous

serons tous maudits, et cela causera la perte du royaume
des faë.

Je ne peux pas laisser une telle chose se produire. Je
refuse. Même s'il faut pour cela me battre jusqu'à la
mort.

**Ce livre est la captivante conclusion de la saga de
Revendiquée par l'Alpha.**

LÉGENDES DES FAË

La fille faite de cendres et d'ombres.

PROLOGUE

19 ans plus tôt

Nourriture pourrie. Et le chagrin. Ça se propage dans l'air comme de la pollution. Comment ces humains peuvent-ils vivre dans une telle décrépitude et une telle saleté ? Je fronce le nez.

Ce sont mes premiers pas sur la Terre, je prie pour que ce soient les derniers. Les arbres derrière moi se balancent à l'endroit d'où je suis sortie, et devant moi s'étend une route plate bordée de lampadaires qui éclairent une zone tranquille.

De petits gargouillis attirent mon attention sur mon bébé dans mes bras, blotti contre ma poitrine. Elle a les yeux fermés, elle suce son pouce, ses cheveux presque blancs balaient son front. Elle est si paisible et parfaite. J'ai les yeux qui piquent, mais je repousse mes larmes. Je n'ai plus le temps de m'écrouler, c'est terminé. Tout ça, c'est pour elle. Tout est pour elle.

Rapidement, je traverse la route. Ce soir, le vent est méchant, tire sur ma cape, l'arrache de ma tête. Je jette un œil derrière moi à cette forêt silencieuse, et à cette lourde lune suspendue bas tel un ventre de femme enceinte.

– Je t'en prie Déesse, protège-nous, murmurai-je avant de me précipiter.

De vieux bâtiments délabrés formant des blocs carrés s'alignent le long du trottoir, et droit devant moi, je vois exactement ce que je recherche.

Un panneau jaune lumineux portant les mots *Refuge pour femmes*. Le « R » de la première lettre clignote comme s'il était sur le point de s'éteindre.

Mon rythme cardiaque s'accélère alors que mes pieds martèlent le sol.

C'est Relle, ma servante, qui m'a trouvé cet endroit. Elle est venue sur terre, et m'a dit que personne ne le trouverait. Je jette un œil à la rue déserte, aux maisons en ruines, et je ne peux qu'être d'accord avec elle. Il n'y a aucune chance qu'ils la trouvent ici. Personne ne saura.

Elle remue dans mes bras, et j'ai le cœur brisé quand je la vois lever les yeux sur moi. Elle a des yeux bleus cristallins identiques aux miens. Une larme s'échappe du coin de mon œil quand elle me sourit.

– Oh, ma petite.

Je m'étouffe en parlant et la presse contre ma poitrine alors que je fuis vers mon salut. J'arrive devant le bâtiment blanc, il y a de la lumière à l'intérieur. Trois marches mènent à la porte, mais mes jambes refusent de bouger.

Je baisse les yeux sur mon bébé, toujours en larmes. Elle fait de petits gazouillis, elle roucoule, et je suffoque en la regardant. Si seulement elle savait pour quelle raison je ne peux pas la garder. Sauf qu'elle ne doit jamais découvrir la vérité, ça la tuerait. Ici, dans ce monde arriéré, elle a une chance. Dans le Royaume Errant, sa fin est presque programmée.

– Je ne peux pas te donner plus.

Je vais m'asseoir sur les marches, la tenant sur mes genoux. Je sors un petit ruban de la poche de ma cape et l'enroule autour de sa minuscule cheville. Elle a la peau douce et chaude sous mes doigts. Le moins que je puisse faire pour elle, c'est de lui donner un surnom, pour qu'elle ait plus de mal à retrouver son chemin vers la maison.

Guen.

Je la soulève dans mes bras, embrasse son front et respire sa magnifique odeur de poudre de bébé. J'absorbe chaque détail de la sensation de son corps contre le mien, des petits bruits qu'elle fait ; je mémorise tout ce que je peux. C'est tout ce qui me restera d'elle.

Je m'essuie les yeux, sachant qu'il faut que je parte. Plus longtemps je reste partie, plus je vais éveiller les soupçons.

Je me lève, me tourne vers la porte au moment où elle s'ouvre. Une lumière vive m'éclaire depuis le couloir tandis une femme d'âge moyen avec des yeux terriblement gentils m'accueille.

– Bonsoir, vous voulez rentrer ?

J'humecte mes lèvres sèches, à peine capable de trouver mes mots. Ma poitrine se déchire en deux, et il me faut rassembler toute ma volonté pour ne pas m'effondrer. Je ne peux pas m'effondrer, du moins pas encore.

La femme m'invite à entrer dans la maison d'un geste de la main, s'écartant de l'entrée. Son aura rayonne de gentillesse. Elle n'a pas la moindre once de méchanceté et je sais maintenant pourquoi Relle a choisi cette maison pour mon enfant.

Jusqu'à présent, je n'ai pas pleuré, parce que j'étais bien trop occupée à essayer de ne pas me faire prendre, mais maintenant je n'arrête plus. Mes bras s'accrochent à Guendolyn, comme si j'avais une chance de la garder. J'envisage l'idée de rester ici avec elle, ça me taraude, mais ça ne sert à rien. Ma famille me retrouvera, ils reconnaîtront mon aura, et elle les mènera jusqu'à moi. Mais pas ma fille. Je me suis assurée que personne ne la retrouve jamais. Tant qu'elle restera ici, la malédiction qui lui a été jetée ne l'atteindra pas. Elle a toujours cette étincelle de ma magie en elle, qui la gardera cachée. Sur Terre, elle pourra vivre la vie simple et normale d'une humaine, plutôt que d'être traquée.

– Est-ce que tout va bien, madame ?

Surprise par les paroles de la femme, je relève la tête et cligne des yeux. Je ne réfléchis pas et lui tends mon bébé.

– S'il vous plaît, vous pourriez la tenir un moment pendant que je me reprends ?

– Bien sûr.

C'est une belle âme, qui prend Guendolyn dans ses bras, et lui chante déjà une chanson douce en la berçant.

J'ai le menton qui tremble, et la vue embuée par toutes ces maudites larmes. Je me sens vide et stérile, et mes bras sont lourds de cette perte.

Je profite qu'elle est occupée avec l'enfant pour m'éclipser en un éclair, priant pour avoir pris la meilleure décision pour la sécurité de Guendolyn.

De l'autre côté de la route, à l'ombre des arbres, je jette un œil en arrière. Je ne peux pas m'en empêcher. La femme se tient sur le pas de la porte, la serrant dans ses bras ; elle me cherche, elle m'appelle. Alors je me tourne et m'enfuis.

Je t'aime, ma petite fée.

1

GUENDOLYN

– Le roi de la Cour des Ombres est mort ! Il a été assassiné ! annonce Mael, le conseiller d'Ahren, depuis l'embrasure de la porte, les traits pâles et marqués par le chagrin.

Le silence retombe sur la pièce. Ce doit être une erreur. Alors ça… Mon Dieu, non, je vous en prie, non, c'est forcément une erreur.

– De quoi parles-tu ? lui demande Deimos d'une voix encore rauque, parce qu'il vient tout juste de se remettre de la morsure d'un maudit de sang.

Soudain, Ahren se précipite hors de la pièce, Luther sur ses talons ; le bruit de leurs pas s'estompe quelque part dans les couloirs.

Et juste comme ça, en l'espace de quelques secondes, notre monde s'effondre, et mon estomac se retourne.

Le roi de la Cour des Ombres est mort.

Mon véritable père.

Je l'ai enfin trouvé, et il m'est arraché. J'ai du mal à donner un sens à tout ça.

Deimos se précipite hors du lit, mais la réalité de ce que Mael vient de dire me frappe. Elle s'écrase sur moi en vagues puissantes.

Durant toute mon existence, j'ai cherché à savoir qui étaient mes parents, et maintenant que j'en ai trouvé un, il se fait assassiner.

C'est quoi ce bordel, univers ? Est-ce que tu me hais à ce point ?

J'avais guéri Deimos de la morsure du maudit de sang. Si l'on ajoutait à cela les souvenirs de mon passé qui me revenaient, nous devrions être en train de faire la fête.

Au lieu de cela, mes genoux se dérobent sous moi, et mon ventre se noue comme si j'allais être malade. Je n'arrive même pas à pleurer, parce que ce n'est pas un lourd chagrin qui me remue, mais le choc, la peine et la douleur de ce qui vient de m'être arraché. C'est comme si j'avais détourné le regard quelques secondes et que quelqu'un s'était introduit dans ma chambre pour me voler tout ce que je possédais.

Je suis brisée qu'on me l'arrache. Je n'ai passé qu'une seule soirée avec lui, à boire et écouter ses histoires de fées et de faë, mais ça n'est pas suffisant.

Est-ce qu'il savait qui j'étais, ou bien était-il aussi ignorant que moi ?

Deimos s'agenouille près de moi, entourant ma taille de son bras, m'attirant contre lui. C'est moi qui devrais être en train de l'aider, étant donné qu'il était aux portes de la mort il y a encore quelques minutes à peine. Mais je m'effondre contre lui et plaque ma joue contre sa poitrine. Au moment où il m'étreint, mes larmes se mettent à couler. Il me prend la main, la serre. Sa main est excessivement chaude à cause de tout ce temps passé au lit, et il sent la transpiration, mais je m'en moque.

J'ai du mal à respirer. Jamais je n'ai voulu être abandonnée. Je n'ai jamais non plus demandé à naître. Et je déteste ces vieux sentiments qui me reviennent. Durant des années, j'ai consulté des psychologues pour apprendre à m'aimer et m'accepter telle que je suis, pour me convaincre que je ne valais pas moins que les autres parce que mes parents m'avaient laissée seule au monde. À présent, cette sensation familière de me retrouver abandonnée pour toujours me revient et détruit tout.

– Ça va aller, me murmure Deimos.

Je lève les yeux vers lui, vers cet homme parfait qui a débarqué dans ma vie bienheureuse et inconsciente sur Terre, et qui m'a ramenée ici pour me rappeler à quel point ma vie est royalement foutue. Mais quand je croise son regard, mon cœur fond comme neige au soleil.

– Qu'est-ce qu'il y a? Je n'avais pas réalisé à quel point le roi comptait pour toi, me dit-il doucement.

– Je ne sais pas quoi faire. Dis-moi ce que je suis censé faire, Deimos.

La confusion et la souffrance me reviennent en boucle, jusqu'à m'empêcher de respirer.

Il prend mon visage dans ses mains, essuyant mes larmes de ses pouces.

– Je ne comprends pas, Guendolyn. Qu'est-ce que tu veux dire ?

Je n'arrive pas à repousser cette douleur croissante dans ma poitrine, provoquée par le manque d'un homme que je connaissais à peine et que j'avais cherché pendant toute ma vie. Mais je secoue la tête.

– Va voir ton père.

Je m'écarte, car je veux me noyer dans ma solitude, me laisser aller au chagrin, sombrer dans la tristesse qui m'étreint la poitrine. J'ai tellement de choses à encaisser que je ne sais même pas par où commencer, et je veux qu'on me laisse seule pour y parvenir.

Deimos ne sait pas que le roi était mon père biologique. Et ce n'est pas non plus le moment de le lui dire.

Il se relève et me prend gentiment la main.

– Viens avec moi, nous allons découvrir ce qui s'est passé.

Je baisse les yeux sur mes mains, posées sur mes genoux.

– Toi, vas-y.

Silence.

Je m'attends à ce qu'il me hisse sur mes pieds et m'y oblige. À la place, j'entends le doux martèlement de ses talons s'éloigner sur le plancher quand il traverse la pièce. Quelques secondes plus tard, il est parti, et la porte se referme derrière lui.

Tout est arrivé trop vite. Je me hisse sur le canapé et

me recroqueville, serrant un coussin contre ma poitrine.

Derrière la fenêtre, la neige tombe au ralenti, devant un décor de nuages noirs. Durant des années, je m'étais persuadée que retrouver mes parents me permettrait de tourner la page. C'était ce que je me racontais, parce qu'il y avait de grandes chances que je découvre qu'ils étaient morts. Mais au final, une perte est toujours une perte, non ? Et pourtant, ça fait mal.

Je ne sais pas combien de temps je reste étendue sur ce canapé à me morfondre, mais comme personne ne revient, je décide de sortir et rejoindre les princes.

Il n'est plus question de moi à présent, si ? Il est question de quelqu'un qui a assassiné le roi. Alors j'ouvre la porte et découvre deux gardes qui pivotent pour me faire face. De grands faë vêtus d'uniformes sombres qui continuent de regarder par-dessus leurs épaules. Ils paraissent aussi inquiets que les autres au sujet de la mort du roi, et je ne peux pas leur en vouloir. Je ne connais pas grand-chose aux règles royales des faë, mais quand un roi est déchu, le royaume ne devient-il pas vulnérable ? J'aurais dû partir avec Deimos tout de suite.

– Pourriez-vous m'amener aux princes, s'il vous plaît ? leur demandé-je.

Ils hochent la tête, et nous parcourons rapidement le couloir sombre. C'est comme s'ils avaient attendu que je finisse par me ressaisir.

Nous traversons le pont qui relie le manoir des princes au château. La brise me gèle la peau. Je serre mes bras autour de moi, et à pas rapides, nous gagnons la chaleur de l'intérieur. Il règne une ambiance lourde dans le château, et des gardes nous dépassent en courant à toute allure. D'autres faë costumes et robes brodées en soie se précipitent dans des pièces, le visage couleur de cendre. Leur peur est palpable.

Quelques instants plus tard, j'arrive devant la porte de la salle du trône. Je déteste cet endroit. Il me rappelle que j'ai accidentellement ouvert un portail aux maudits de sang, qui ont blessé Deimos, et un autre pour les fées. Et à présent, c'est l'endroit où le roi s'est fait tuer.

Je n'avance pas, parce que j'ai l'étrange sensation que ce n'est pas ma place.

Luther console sa mère en pleurs, qui enfouit son visage contre sa poitrine. Ahren est accroupi près du corps du roi recouvert d'un drap blanc. De larges taches de sang souillent l'étoffe, et le contraste du rouge sur le blanc est un rappel brutal de la perte. Deimos, toujours vêtu de son pyjama bleu, se tient au-dessus du roi mort, les bras ballants.

Les mages sont aussi présents, y compris Jasion, ainsi qu'une foule d'autres hommes que je ne reconnais pas. Il doit y avoir près de trente personnes dans la salle du trône, et personne ne me prête attention. Mais je ne peux m'empêcher de fixer le corps.

C'est le roi.

Mon père.

Je me dis que j'ai parfaitement le droit d'être ici, et de lui dire mes derniers mots, mais mes jambes refusent de bouger.

Il y a tellement de sang.

Est-ce vraiment l'image que je veux garder de lui ? J'ai si peu de souvenirs de lui et je m'accroche à cette unique nuit que nous avons passée à discuter. C'est le père que veux garder dans mes pensées.

Je recule et me heurte au garde qui m'a amenée ici.

– Je vous en prie, ramenez-moi.

J'ai la voix qui tremble, mais je m'en moque. C'est trop pour moi.

– Suivez-moi.

Et je lui obéis. À pas rapides, je repars. Je jette un dernier coup d'œil à la pièce et croise le regard de Jasion, qui se tient dans l'embrasure de la porte.

A-t-il joué un rôle dans la mort du roi ? La mère du roi des Cendres m'a posé des questions sur lui en particulier. Il y a des traîtres dans ce château, et pour autant que je le sache, je pourrais être la prochaine cible de l'assassin.

Son regard s'assombrit, et je frissonne.

Jasion est forcément impliqué… Je le sais au fond de moi, et je trouverai un moyen de prouver sa culpabilité.

DEIMOS

– Quelle merde dès le réveil !

Ma tentative de détendre l'atmosphère dans le bureau d'Ahren retombe comme un soufflé. Ni lui ni Luther ne répondent. Ahren regarde fixement par la fenêtre, me tournant le dos, tandis que Luther, au beau milieu de la pièce est en train de se balancer sur sa chaise, les pieds sur la table, chevilles croisées. Il est à des milliers de kilomètres, le regard perdu dans le vague.

Je flotte dans une espèce d'entre-deux, partagé entre la joie d'avoir survécu à la morsure du maudit de sang, et cette douleur dans la poitrine pour la perte que nous avons subie. Le roi était ce qui ressemblait le plus à un père pour nous. Certes, il se montrait souvent distant avec nous, mais il faisait des efforts, et c'était plus que ce à quoi nous pouvions nous attendre. À présent, je souffre pour cette vie ôtée trop tôt à un faë, et pour ma mère qui doit affronter la douleur d'avoir perdu son mari.

On frappe à la porte, et je me retourne. Mes frères ne font pas un geste, alors je vais ouvrir, et fais face à une servante portant un plateau chargé d'une cruche et de calices. L'arôme sucré de raisin et de cannelle me parvient aussitôt. C'est de l'hydromel épicé, que nous ne servons qu'en période de deuil. Mon estomac gronde à l'odeur, comme si je n'avais pas mangé depuis des jours.

– Entrez, lui ordonné-je.

Sans perdre un instant, elle se précipite à l'intérieur, dépose l'offrande sur la table et se retire.

Après qu'elle est partie, je me sers un calice que je bois ; la chaleur glisse dans ma gorge avant de tapisser mes entrailles. Je porte toujours mon pyjama, et j'ai vraiment besoin d'un bain ; je m'affale sur un siège au bout de la table et prends une bonne dose d'hydromel. Je ne me rappelle pas grand-chose de ces moments où je traînais aux portes de la mort, mais je suis ravi que ma léthargie se soit dissipée. L'énergie qui bourdonne dans mes veines m'empêchera sûrement de dormir pendant une semaine.

— Une idée de qui l'a tué ? dis-je, ma voix brisant le silence.

— Beaucoup le détestaient, déclare Luther. Aussi bien à la cour qu'en dehors.

— L'assassin était effronté. Il l'a frappé en plein cœur, en enfonçant la lame jusqu'à la garde. Celui qui a fait ça s'est tenu devant lui pour commettre son crime, constaté-je.

— Il n'y avait aucun signe de lutte, ajoute Luther. Pour s'approcher d'aussi près, et que les gardes ne remarquent rien, c'était forcément quelqu'un qu'il connaissait.

— À moins que les gardes n'aient participé à l'attaque ? suggéré-je en jetant un regard à Ahren. Qu'en penses-tu ?

Il ne tourne pas les yeux vers nous, continuant de regarder par la fenêtre.

Luther hausse un sourcil.

— Alors c'est quoi, le plan ? demande-t-il. On sait tous ce qui se prépare, pas vrai ?

Ahren tourne enfin le dos à la fenêtre enneigée et s'appuie contre le cadre, les bras croisés sur la poitrine. Le regard de dédain qu'il me jette ne m'est pas destiné. C'est lui qui va sauver la situation, et ça implique un énorme sacrifice, qu'il le veuille ou non.

– On repousse la cérémonie aussi longtemps que possible, propose Luther.

Ahren grogne dans sa barbe.

– Combien de temps ? Une semaine tout au plus avant que les vautours ne se jettent sur la dépouille. La sœur du roi va se précipiter vers notre royaume pour réclamer le trône à la seconde où elle entendra parler de la mort de son frère.

Je m'affale sur mon siège et bois encore du vin chaud pour apaiser un peu mon estomac vide.

Luther retire ses pieds de la table et pose la question à laquelle nous avons tous pensé :

– C'est toi l'héritier du trône, Ahren, et pour monter dessus, il faut que tu sois marié. Qui prendras-tu pour épouse ?

C'est le nom de Guendolyn qui me vient à l'esprit. Si nous proposons son nom, mère posera un millier de questions, tout comme le conseil royal. Il faudra lui parler de l'héritage familial de Guendolyn, et Ahren ne peut pas épouser quelqu'un en dehors d'une lignée royale. Le plus gros problème, c'est que Seelie et Unseelie n'ont pas le droit de se marier, alors ça ne marchera pas.

Ahren le sait bien. Son air crispé est plein d'amertume. Nous sommes tous tombés amoureux de Guendolyn, alors comment réagirait-elle si Ahren épousait quelqu'un d'autre ?

– Je ne connais pas la réponse à cette question, répond-il d'un ton sincère.

Une fois n'est pas coutume, il n'est plus le frère aîné

qui contrôle toute situation, mais quelqu'un qui dérive dans le chaos qui nous entoure. Ça craint vraiment d'être obligé de prendre une telle décision si rapidement après avoir perdu quelqu'un. Si nous laissons un autre membre de la famille s'emparer du trône à la place d'Ahren, cela impliquerait pour nous de perdre notre foyer, et nous serions sûrement chassés de la Cour des Ombres. Alors il n'y a vraiment pas d'autre solution.

Ahren doit épouser une royale.

Des pas résonnent dans le couloir, et la porte s'ouvre soudain à la volée.

Nous nous tournons tous les trois vers notre mère qui pénètre dans la pièce. Elle serre fort sa cape noire autour de son cou, et les torsades brodées d'or le long de ses revers brillent aux flammes de la cheminée. Elle lui arrive au genou, et une robe bleue danse autour de ses chevilles quand elle marche. Ses yeux vert cristallin sont rougis et bouffis d'avoir pleuré, et ses cheveux blancs brillants retombent en boucles sur ses épaules. Elle se tient droite, arborant une allure royale, même avec le cœur brisé. Les rides autour de sa bouche et de ses yeux sont creusées, rendant plus évidents encore les signes de son âge.

Je me lève et la rejoins, la prends dans mes bras. Elle s'amollit contre moi et se met à pleurer doucement. Pendant notre enfance, elle s'est toujours montrée forte, c'était elle qui résolvait nos problèmes, qui ne nous a jamais abandonnés. En cet instant, je la trouve toute petite et très faible dans mes bras. Je la serre plus fort, j'ai besoin d'être là pour elle. C'est notre cas à tous, comme elle l'a toujours fait pour nous quand notre père nous traitait comme de la merde.

Elle s'écarte de moi et s'essuie les yeux.

– Ces larmes ridicules ne veulent pas s'arrêter. Depuis que j'ai quitté les mages, je n'ai cessé de pleurer.

Son sourire en coin me bouleverse. Elle aimait tendrement le roi Tibout, sa perte est horrible.

– Viens t'asseoir, lui proposé-je. (Une fois installée, je lui verse un verre de vin chaud.) Nous serons toujours là.

Elle prend son gobelet, fait courir son doigt sur le rebord, puis lève la tête vers Ahren. Il vient nous rejoindre à la table. Nous restons assis tous les quatre en silence. La dernière fois que nous nous étions retrouvés dans une telle situation, c'était quand ma mère nous avait annoncé qu'elle quittait notre vrai père, et qu'il nous fallait partir le soir même. C'est arrivé il y a bien longtemps, et pourtant, j'ai l'impression que c'était hier que nous étions sur le point de devenir sans-abri.

Ahren tend la main par-dessus la table pour la poser sur celle de notre mère.

– Tout ira bien. Je vais m'en assurer.

Elle hoche la tête, mais de nouvelles larmes roulent sur ses joues. Luther se lève pour prendre une serviette dans le placard derrière lui, la tend à notre mère. Elle s'essuie les yeux tandis que lui se penche derrière elle et l'étreint, le menton posé sur son épaule.

– On m'a envoyé un message par corbeau, nous annonce-t-elle enfin. Nous n'avons pas un instant à perdre.

Elle boit son vin à petites gorgées, sans jamais quitter Ahren du regard. Elle a les mains qui tremblent.

Il sait aussi bien que nous que s'il ne se marie pas, il perdra le trône, et que nous n'aurons plus rien. Notre mère fait partie de cette famille par alliance, elle ne peut donc pas accéder au trône.

– Qui te l'a envoyé ? lui demande-t-il, se raidissant sur sa chaise.

– Nos alliés les plus proches. La reine Titania.

Je grogne, et Ahren et Luther me suivent à l'unisson. Elle dirige l'un des deux royaumes à l'est, avec son roi.

– Elle en est à son quatrième mari, raillai-je.

– Et les trois précédents ont mystérieusement disparu, murmure Luther en jetant un œil à notre mère, sourcils levés.

– Tu crois à ces rumeurs ? (Elle secoue la tête.) Je ne marie pas mon fils à la reine, mais à sa fille. On dit dans l'est qu'elle est d'une beauté sans pareille. Elle sera une partenaire parfaite, et garantira ton accession au trône. (Elle s'adresse à Ahren, qui ne dit pas un mot.) Ça fait un moment que la reine voudrait que nos deux royaumes fusionnent, ce qui signifie qu'il faudrait que l'offre soit acceptée avant que la sœur de votre beau-père ne débarque pour s'emparer du trône. J'ai reporté les funérailles et interdit à quiconque de répandre la nouvelle au sujet du roi avant quelques jours.

Ahren ne dit rien, mais retire ses mains de celles de Mère, tandis que Luther retourne à sa chaise. Les traits d'Ahren se tendent. Il se contient, et je doute que quoi que ce soit puisse ébranler sa façade. Mais à l'intérieur, ce n'est pas la même chose.

Ce n'est pas un choix aisé. Non, en fait, ce n'est pas un choix du tout, si ? Il n'a pas d'autre option, et ça me tue de le voir sombrer, comme si nous ne pouvions rien y faire. Il doit porter le fardeau pour nous sauver tous. Et c'est pour cette raison qu'il ne dit rien. Se disputer ne changerait rien à cette situation dont nous savions qu'elle arriverait. Et peu importe à qui on le mariera, ça ne le rapprochera pas de Guendolyn.

Il la veut, tout comme nous, et s'il reste silencieux, c'est qu'il prend conscience qu'il va la perdre.

— Ça va aller, Ahren, tu verras, lui explique Mère. Je connaissais à peine le roi Tibout quand je l'ai épousé à la Cour des Ombres, et à présent je l'aime. (Elle se lève et tapote sa cape, les joues rougies, les yeux toujours emplis de larmes.) S'il vous plaît, gardez ça pour vous pour le moment. Seules quelques personnes sont au courant. En attendant, je vais commencer les préparatifs pour le mariage.

Elle baisse la tête et personne ne répond ; la pièce est plongée dans un silence étouffant.

Ahren est rouge de colère, mais s'il refuse, nous perdrons notre foyer. Et tant qu'il est en vie, le fils cadet ne peut pas prendre sa place. J'ai de la peine pour lui, mais jamais je ne le lui montrerai.

— Le mariage aura lieu dans quelques jours, annonce-t-elle. (Son attitude est celle d'une femme forte. Notre mère nourricière a disparu, remplacée par une femme obligée de prendre des initiatives pour tous nous protéger.) Il nous faut nous montrer attentifs et prudents jusqu'à ce que le meurtrier soit découvert, au cas où il voudrait aussi te voir mort, Ahren.

Elle tourne les talons et sort de la pièce.

– Bon sang, Ahren. (C'est Luther qui explose le premier.) C'est quoi ce bordel, mec ? T'es d'accord avec ça ?

Ahren plisse les yeux et se lève brusquement, raclant sa chaise sur le sol de pierre.

– Qu'est-ce que tu crois ? grogne-t-il. Je suis hors de moi, et bien sûr que non, je n'ai pas envie d'épouser quelqu'un d'autre. (Il s'étrangle.) Mais je n'ai pas vraiment le choix, si ? Je refuse de laisser notre mère se retrouver sans domicile.

Son regard vert pâle devient froid, et ses longs cheveux blancs balayés par le vent lui confèrent une apparence sauvage. Je ravale la boule que j'ai dans la gorge, incapable d'imaginer ce que je ressentirais à sa place.

– On savait que ce genre de choses finirait par arriver. Ce n'est pas une surprise, dit-il comme pour se convaincre lui-même. (Quelques instants plus tard, il ajoute :) On ne dit rien à Guendolyn, compris ?

– Mais…

– Non ! tranche Ahren. Pas encore, et c'est moi qui me chargerai de le lui dire le moment venu.

Il sort de la pièce en claquant la porte derrière lui. Luther fait claper sa langue.

– C'est une torture cruelle pour lui. Tu sais qu'il va

perdre la tête et finir par faire quelque chose d'idiot sous le coup de la colère.

– Très certainement. (Je me dirige vers la porte.) Je vais aller chasser, ou un truc comme ça. J'ai besoin de m'éloigner de toute cette merde.

Je suis incapable de rester sans rien faire, à me noyer dans mes pensées. Ahren est foutu, et j'ignore la force de son lien avec Guendolyn, mais d'après ce que j'ai vu, cette nouvelle va la briser.

2

GUENDOLYN

Je fais rouler le rubis sur le dos de ma main et le fais passer sur ma paume avec le pouce, puis je recommence. En boucle. Assez étrangement, c'est apaisant. La pierre est froide au toucher, et peu importe combien de temps je la manipule. Mais bon, ce n'est pas une pierre ordinaire, si ?

C'est le dernier cristal de la couronne de la reine des fées, et elle leur appartient ; pourtant, Sifflet a insisté pour que je le garde. Sans parler du fait qu'il m'aide à ouvrir des portails sans effort. Luther avait dit que le roi avait troqué tous les bijoux de sa mère pour cette pierre, qu'il avait obtenue d'une sorcière faë qui passait par la Cour des Ombres. Elle avait promis au roi que le rubis lui donnerait des accointances avec les fées ; c'est pourquoi je m'interroge sur son insistance à la posséder. Était-ce une simple lubie, ou autre chose ?

Assise en tailleur sur le canapé de la chambre de Deimos, je ne cesse de regarder dehors, où le vent se déchaîne contre la fenêtre, où la neige tombe vite et à foison. Le vent hurle, et je ne peux m'empêcher d'imaginer les minuscules maisons en forme de ruches accrochées aux arbres du village des fées, violemment secouées par la tempête.

Depuis mon arrivée dans le Royaume Errant, s'il y a bien une chose que j'ai apprise, c'est que le calme ne dure jamais bien longtemps. Ensuite, il y a toutes ces fées qui me viennent en aide, et m'appellent *Eirian,* qui veut dire « reine » dans leur langage. Cela ne fait qu'ajouter à ma confusion.

Je continue de faire rouler le rubis sur mes jointures, et mes pensées dérivent vers la Cour des Cendres.

C'est pour cette raison que les Seelie et les Unseelie ne pourront jamais être ensemble. La mère du roi Unseelie me l'avait dit. Elle avait également ajouté que la lignée Unseelie descendait directement de la reine des fées elle-même, ce qui pourrait expliquer cette connexion que j'ai avec elles. Et toutes les autres choses qu'elle m'a racontées confirment que feu le roi de la Cour des Ombres avait eu une aventure avec quelqu'un du royaume ennemi. Et pourtant, le roi n'a jamais su qu'il avait eu un enfant. Pourquoi ma mère ne l'en a-t-elle jamais informé ?

La mère du roi Unseelie s'était réjouie de me le dire. Rien que pour ça, je la déteste... en plus du fait qu'elle ait tenté de me tuer, évidemment.

Mais je ne suis pas dupe. Qui que soit ma mère, ce doit être une personne importante. Sinon, pourquoi cette guerre entre les deux cours, avec moi au milieu ? J'espère simplement qu'elle est toujours en vie.

Durant trop longtemps, je n'ai été qu'un pion dans leurs jeux.

La mère du roi avait jeté la malédiction sur moi quand j'étais un bébé, et elle s'en réjouissait. Je serre les dents, car j'ai échappé de justesse à la mort… Et les princes aussi. Il doit y avoir quelque chose de brisé en moi pour que cette femme me traite d'abomination. Ou alors n'est-ce que sa vision démente de toute personne née de l'union d'un Seelie et d'un Unseelie ? Cela me fait penser à la mère démente du roi de la Cour des Cendres. Est-ce qu'elle s'en prendra encore à moi ?

Un gémissement me parvient de derrière la porte.

Je range rapidement la pierre dans ma poche de pantalon, et jette un œil par-dessus mon épaule : Luther entre.

Mon cœur bat la chamade, et des papillons s'envolent dans mon ventre. Je ne devrais pas être aussi excitée de voir un homme avec qui je viens de passer des semaines. Mais les choses ne sont plus les mêmes, depuis que j'ai guéri Deimos et que Luther m'a touchée quand j'étais toujours emplie de magie. Ce contact a rompu le sortilège qui m'empêchait d'accéder à mes souvenirs. À présent, mon passé avec Luther est d'une clarté limpide, depuis sa voix dans ma tête quand j'étais sur Terre, jusqu'aux paroles osées qu'il avait prononcées. Il y avait ces nuits interminables passées à parler de sujets idiots, et qui pourtant me captivaient tout autant.

Je connais ce faë par cœur, et la douleur grandissante que je ressens pour lui est en rapport avec ce qu'il a vécu. Il a souffert seul avec nos souvenirs, et je ne pouvais rien faire pour lui venir en aide.

Il balaie la pièce de son regard perçant avant de le poser sur moi. Nous sommes seuls et il claque la porte derrière lui d'un coup de pied. La lueur au fond de ses yeux m'appelle. Il pose un regard différent sur moi, comme si nous étions des amants perdus de vue depuis longtemps, et que nous venions de nous retrouver. Il m'adresse un sourire en coin, dont l'espièglerie enflamme ma poitrine. Ça me fait bizarre de me dire que j'ai succombé deux fois à son charme. Une fois avant de le rencontrer. Et une nouvelle fois quand j'étais incapable de me remémorer notre passif.

Nous sommes faits l'un pour l'autre.

– J'ai une surprise pour toi.

Sa voix de baryton me réchauffe et m'apaise.

Je me lève avant même de réaliser l'influence qu'il a sur moi.

– Luther !

Je me précipite vers lui, et il me soulève dans ses bras.

Nos bouches se rencontrent dans un torrent d'émotions.

L'excitation.

Le désespoir.

Un besoin insupportable de rattraper le temps perdu.

Il m'empoigne les fesses, et glisse sa langue dans ma bouche, la fait danser avec la mienne. Je croise mes mains dans sa nuque et m'accroche à lui, enroulant mes jambes autour de ses hanches. Notre baiser est intense et passionné, le genre à couper le souffle... et je suis trempée.

– Tu disais donc ? demandé-je dans un soupir.

Je vois remonter un coin de sa bouche dans un sourire malicieux qui se reflète dans son regard. Au lieu de me répondre, il m'embrasse et me fait reculer vers le mur, contre lequel il me plaque. Le monde s'estompe autour de moi : à cet instant, il n'y a plus que nous deux.

Pas de morts.

Pas de confusion.

Pas d'inquiétude.

Seulement Luther et moi.

Incapable de résister ou me concentrer sur quoi que ce soit, je plonge les mains dans ses longs cheveux bruns et l'attire contre moi. Il est comme un vent qui balaierait mon esprit, ravivant notre passé à partir du moment où j'ai posé les yeux sur lui pour la première fois. Il était sombre et menaçant, et même alors mes genoux tremblaient devant lui tant j'avais envie de me rapprocher. Pendant longtemps nous avons parlé en pensées, et j'aurais dû savoir qu'il serait toujours présent dans ma vie.

Je m'agrippe à lui, glissant ma langue dans sa bouche,

plaquant mes hanches contre son érection grandissante. En dépit de tout, si je ne devais retenir qu'une seule bonne chose de la découverte de mes origines, c'est j'ai trouvé ces trois faë que j'adore et qui me désirent tout autant. Je ne crois pas que je pourrais supporter de perdre l'un d'entre eux.

Ils sont ma bouée de sauvetage dans ce monde de dingues. Et j'ai besoin de plus... de tellement plus de chacun d'eux.

Ses lèvres dérivent vers ma joue et mon cou, où il mordille ma chair avant d'aspirer le lobe de mon oreille. Il glisse ses doigts sous le tissu de mon haut pour les poser sur ma peau.

Je me cambre et gémis quand sa main monte plus haut pour empoigner un sein. J'incline la tête en arrière contre le mur et ferme les yeux, tandis qu'il frotte son membre sur ma chaleur.

C'est ici que j'ai eu envie d'être toute la journée. Ma respiration se fait saccadée alors qu'il me dévore, et qu'il pince mon mamelon plus fort.

Je crie quand il tire dessus, et je perds totalement le contrôle sous le feu de sa passion. Une fois encore, nos lèvres se joignent. Je l'embrasse avec une passion intense, nos langues se font la guerre. Il tire ma lèvre inférieure avec ses dents, en un mélange de douleur et de plaisir qui me laisse dégoulinante de désir.

Nous haletons tous les deux quand il s'écarte, et me laisse retomber doucement sur mes pieds, comme si cet instant de passion n'était rien de plus qu'un baiser de bienvenue.

– Bon sang, qu'est-ce que c'était que ça ? haleté-je, rabaissant mon chemisier sur mon ventre.

– Si tu cours vers moi, je vais t'embrasser jusqu'à ce que tu oublies ton nom.

Il repousse une mèche de mes cheveux derrière mon oreille.

– C'était tellement plus qu'un simple baiser, et tu le sais. Tu n'es qu'un allumeur diabolique.

Il retire ses doigts de mes cheveux, et caresse doucement mes mamelons dressés du dos de la main. Je halète quand une nouvelle flambée de désir me serre les tripes.

– *Ça,* c'est ce que j'appelle allumer. (Il m'adresse un clin d'œil sexy.) Ce que nous avons fait, c'était différent. J'étais en train de te préparer.

Je me raidis et plisse les yeux.

– À quoi ?

– Je t'ai dit que j'avais quelque chose pour toi. Et même si j'ai la ferme intention de te sauter, ce n'est ni le bon endroit… ni même vraiment le bon moment.

Il pose les mains sur mon visage et, pour une fois, son baiser est tendre. J'envisage de protester. Au lieu de ça, je me laisse aller à cette distraction en ce moment où nous en avons le plus besoin. Il me lèche les lèvres, et je m'appuie contre son torse en murmurant :

– Si tu continues de m'embrasser comme ça, je ne pourrais pas être tenue pour responsable de ce qui arrivera à ton sexe.

Une lueur brûlante passe dans son regard, et je sens son érection palpiter contre mon ventre.

– Et tu sens assez bon pour que je te dévore.

J'inspire en tremblant, attendant que ma libido cesse de m'envoyer ces délicieuses vagues d'excitation.

– Bon sens, tu es doué.

Il rit, et même si j'adore absolument tout chez lui, ce bruit qu'il fait est extraordinaire.

– N'oublie pas à qui tu as affaire, petite louve. Je suis le prince des ténèbres, un seigneur et un maître.

Ce sourire me rappelle ses paroles avant que nous ne venions dans ce royaume.

– Tu es aussi arrogant que la première fois que tu m'as dit ça.

Je lève le menton et lui souris à mon tour.

– Ça a marché, n'est-ce pas ? Tu as fondu contre moi. Je me souviens de la première fois que tu m'as regardé : j'ai vu ton attirance immédiate pour moi, et la faim dans tes yeux.

Je ris à moitié, parce que je refuse de lui laisser voir à quel point il a raison.

– Tu confonds avec un état de choc. Je veux dire, la première fois que je t'ai vu, je t'ai pris pour Dracula.

Je lui tire la langue. Il m'agrippe par le bras et m'attire à lui.

– Qui est Dracula ?

J'éclate de rire.

– C'est un personnage de fiction, aussi sombre et maussade que toi, mais qui boit le sang des gens pour survivre.

– Comme les maudits de sang ?

Il cille, comme s'il essayait de trouver un sens à mes divagations.

– Oui et non. Peu importe, je me souviens qu'une fois tu m'as dit qu'il y a bien longtemps, les ténèbres et la lumière se rejoignirent pour créer la beauté… une beauté destinée à détruire ce monde. Tu parlais de moi. Pourquoi est-ce qu'à ce moment-là tu ne m'as pas dit que j'étais une faë ?

– Est-ce que tu m'aurais cru ?

Je hausse les épaules, et j'adorerais pouvoir lui dire que oui, mais ce serait un énorme mensonge.

– Alors, où est cette surprise que tu m'as promise ?

Sa main glisse dans la mienne, et nos doigts s'entre-croisent. Il me guide vers la porte, puis dans le couloir.

– Patience, dit-il.

– Est-ce que tu vas rester avec moi aujourd'hui ? lui demandé-je pendant que nous traversons le couloir, où nous croisons une servante qui marche à pas rapides, tête baissée.

– Je ne vais nulle part. Ni maintenant, ni jamais. N'oublie jamais ça, petite louve. Peu importe ce qui arrive, je serai toujours à tes côtés.

Je le regarde : ses paroles sont étranges, mais je n'y pense plus une fois que nous nous arrêtons devant une porte noire cintrée.

– Mmmh, devrais-je avoir peur ? lui demandé-je.

– À toi de me le dire.

Il pousse la porte qui s'ouvre à la volée.

Devant nous se trouve une pièce arrondie, aux murs et au sol blancs, munie de longues fenêtres étroites semblables à celles des chambres. Au milieu de la pièce trône une baignoire ronde blanc perle, assez grande pour cinq ou six personnes. Elle est posée directement sur le sol, sans pieds, et doit bien peser une tonne. Quelques marches en bois sont situées à une extrémité de la baignoire, et à l'autre se trouve une table avec un assortiment de fruits, du pain et du fromage.

Des volutes de vapeur s'enroulent au-dessus de l'eau, n'attendant que nous.

– C'est juste parfait. Mais sérieusement, c'est quoi l'histoire avec les faë et les bains ?

– C'est un luxe que peu peuvent se permettre, et ils nous servent à nous détendre. Maintenant, tu te déshabilles, ou est-ce que je m'en charge à ta place ?

Il libère ma main et attrape mon haut.

Je lui repousse la main d'une tape.

– Est-ce qu'Ahren et Deimos vont se joindre à nous aussi ? Avec ces nouvelles tragiques, j'ai envie que nous soyons réunis.

– Deimos est parti à la chasse, et Ahren a besoin de rester seul pour l'instant. Tu es coincée avec moi.

Je me dis que chacun réagit différemment face à la mort, et je ne suis pas contre un peu de luxe ; alors je tripote les boutons de mon pantalon tout en retirant mes chaussures.

Comme Luther ne bouge pas, mais me fixe, bouche ouverte comme s'il allait se mettre à baver, je lui lance :

– Tu vas te contenter de me regarder ?

– Est-ce que ça pose problème ?

Il s'avance vers moi et je recule, parce que je reconnais cette expression sur son visage. Mes entrailles brûlent de son regard intense.

– Je peux me déshabiller toute seule.

– Alors, dépêche-toi.

Sa voix se fait plus grave, comme s'il était sur le point de perdre le contrôle.

Je m'oblige à me détourner de lui, pour ne pas lui laisser le plaisir de tout voir.

– Tu crois que tu pourrais nous dégoter des boissons ? Quelque chose de chaud ?

Par-dessus mon épaule, je le vois fixer le plateau de nourriture, sur lequel manquent les boissons.

Il plisse les yeux et soupire.

– Je reviens tout de suite.

À l'instant où il referme la porte derrière lui, je file vers la baignoire tout en arrachant mes vêtements en un temps record : il pourra me suivre à la trace. En haut des marches, je m'assieds sur le rebord de la baignoire. L'eau est brûlante, mais en même temps, c'est une sensation incroyable que de s'enfoncer dedans. Elle glisse sur mon corps comme de la soie. Je plonge ma tête sous la surface, et y reste aussi longtemps que je parviens à retenir ma respiration.

C'est une chose étrange que d'avoir envie de torpeur. Je ne cesse de me dire que le roi était peut-être mon père, mais seulement par le sang, et d'un autre côté, je me dis aussi que je devrais être plus triste que je le suis.

Je ressors la tête de l'eau et ouvre les yeux sur Luther qui me fixe.

Il retire son haut et le passe par-dessus sa tête avant de le balancer derrière lui. Puis il tire sur la ceinture de son pantalon tandis que son regard se promène sur mon corps dans l'eau. Il n'y a rien qu'il n'ait déjà vu, mais ça ne m'empêche pas de rougir. Quelques secondes plus tard, il est nu, et me rejoint. Je me dis que je devrais détourner le regard, mais j'échoue misérablement : je ne peux m'empêcher d'observer son large membre, à demi en érection. Je me rappelle à quel point il est gros quand il est totalement dressé, et cette sensation incroyable quand il est en moi. Un frisson s'empare de mon clitoris à cette seule pensée.

J'éclabousse partout en essayant de m'éloigner le plus possible pour lui laisser de la place, mais je glisse sur la surface lisse de la baignoire et plonge sous l'eau.

Je bats frénétiquement des bras pour retrouver mon équilibre, tel le poisson rouge le moins coordonné du monde, et je m'agrippe au rebord. Des mains puissantes m'agrippent la cheville pour me tirer dans la baignoire, et je replonge.

Je retiens ma respiration, me débats et finis par jaillir hors de l'eau, haletante.

Luther est assis sur le rebord de la baignoire, les jambes écartées, et je me retrouve entre ses cuisses tandis qu'il se moque de moi.

Je m'essuie les yeux et repousse mes cheveux, puis lui éclabousse le visage.

– Bien joué si tu essaies de me noyer.

– Je croyais que tu savais nager ?

Il se moque de moi avec ses mots et son hilarité.

Je lève les yeux au ciel et me détourne de lui. Ses mains puissantes s'emparent de mes hanches, et il me hisse jusqu'à m'asseoir sur ses genoux. J'ai les fesses nues sur ses cuisses, tournée sur le côté, son membre niché contre ma jambe.

– Je te veux près de moi.

Son bras s'enroule autour de mon ventre, ses yeux sont presque au niveau des miens.

– Tu n'as pas besoin de te montrer timide avec moi, petite louve. J'adore la moindre parcelle de toi, et si je pouvais faire ce que je veux, je passerais chaque seconde en ta compagnie. Et bien entendu, tu serais nue.

– Vraiment ? Et toi ?

– Je serais à ta merci.

Il m'envoie un baiser.

– Tu es vraiment un beau parleur.

Il nous déplace de sorte que nous soyons assis à cheval sur le rebord, et je glisse pour m'installer entre ses jambes. J'ai le dos plaqué contre son torse dur et son membre, et il enroule son bras autour de moi, comme s'il n'avait aucune intention de me laisser partir. Il écarte mes cheveux sur un côté pour m'embrasser la nuque et les épaules. Ma peau se couvre de chair de poule sous le coup de l'excitation qui monte en moi. Mais il ne fait rien de plus.

Au départ, je suis perplexe. J'avais la nette impression qu'il avait envie d'achever ce que nous avions commencé dans la chambre. Sauf qu'il me serre dans ses bras comme s'il avait juste besoin de compagnie.

Quelqu'un frappe à la porte, et je me raidis. Luther me tire en arrière quand la porte s'ouvre. Il abaisse le bras pour couvrir ma poitrine, geste que j'apprécie. Mes genoux sont repliés devant moi sur le rebord.

Dana, la vieille domestique qui se souvient de mon dernier passage, débarque.

– Excusez-moi, Votre Altesse.

Elle entre avec une autre domestique, toutes deux portant des serviettes, vêtements et chaussures. Elles déposent tout cela à un bout de la pièce, sur une table d'appoint, avant de se retirer et refermer la porte.

– Merci de m'avoir couverte.

Je jette un œil par-dessus mon épaule à ce faë chaud comme la braise, dont les cheveux sombres sont mouillés, repoussés loin de son visage. D'épais sourcils couronnent ses spectaculaires yeux ambrés. Mon regard se pose sur ses lèvres pleines ; je suis tentée de me pencher pour les goûter à nouveau.

– Tu te trompes, murmure-t-il. Je n'étais pas en train de te couvrir, petite louve, mais je leur faisais clairement comprendre que tu m'appartiens en tenant tes seins magnifiques devant elles.

Je halète, parce qu'à présent je me souviens qu'il m'appartient lui aussi ; et j'adore qu'il soit protecteur envers moi, et fier de moi. J'ai failli le perdre parce que je n'arrivais pas à me rappeler notre passé commun. À présent, j'ai envie de m'imprégner de lui, sans perdre un instant.

– Plus j'en apprends sur vos coutumes, plus ça me fait penser à la hiérarchie des loups.

Je m'adoucis dans ses bras tandis que l'eau chaude frôle mes épaules.

Il m'embrasse sur la tête.

– Je crois que je n'ai jamais entendu personne le

décrire de façon aussi pertinente. Et il y a énormément de factions qui se disputent le pouvoir. (Il fait glisser ses doigts sur mes paumes, m'envoyant des frissons dans tout le corps.) Quand je découvrirai la personne responsable des atrocités d'aujourd'hui, je ne lui accorderai pas une mort rapide.

Je m'accroche au bras que Luther a passé autour de moi, et mon esprit s'emballe dans des dizaines de directions, quand une pensée finit par m'échapper.

– Pourquoi quelqu'un voudrait-il tuer le roi ?

– En général, c'est pour le pouvoir, me répond-il. Ou la vengeance, mais je soupçonne que c'est plutôt une question de pouvoir, pour affaiblir notre cour plus qu'elle ne l'est déjà.

– Entre nous, commencé-je, je me demande si Jasion serait capable d'un acte aussi macabre.

À l'instant même où mes mots sortent de ma bouche, je les regrette. J'accuse le mage en me basant simplement sur mon instinct, l'aversion que j'ai pour lui, mais cela fait-il pour autant de lui un assassin ? Peut-être... Bon sang, je n'en sais rien.

– Jasion fait partie de notre cercle restreint depuis son plus jeune âge, tout comme son père, et son grand-père avant lui. (Luther fronce les sourcils.) Mais je ne lui fais pas confiance. Depuis notre première rencontre, il y a bien longtemps, je ne l'aime pas. Pendant notre enfance, il s'est toujours permis de nous faire des remarques désobligeantes, à Deimos ou à moi, quand Ahren n'était pas là. Mais je ne suis pas certain qu'il soit du genre à tuer.

– Non, oublie ce que j'ai dit.

Peut-être que la mère du roi Unseelie essayait de me taper sur le système. Me faire envisager des coupables qui n'en étaient pas, m'induire en erreur. Et le simple fait que je n'apprécie pas ce type ne fait pas de lui un meurtrier.

– Qu'aurait-il à y gagner ? poursuit Luther.

Je hausse les épaules, parce que je ne connais pas la réponse.

– Peu importe, ne parlons plus de ça. Je suis affamée.

Il tend la main vers la table et cueille quelques raisins noirs. Il en prend un qu'il dépose dans ma bouche, et la douceur du fruit m'explose sur la langue.

Ça ne me dérange pas le moins du monde. Si cet Apollon veut me nourrir et me traiter comme une princesse, alors tout ce que j'ai à dire, c'est « *Encore, s'il te plaît* ». Peut-être que pour une fois les choses vont enfin s'apaiser pour que je puisse enfin comprendre quel est mon rôle dans le Royaume Errant.

*D*es bougies vacillent brusquement sur la table à manger, et le reste de la pièce est plongé dans l'obscurité. Je suis assise à côté de Deimos, juste en face de Luther, et Ahren est à ma droite. Depuis mon retour à la Cour des Ombres, j'ai eu hâte que nous soyons tous ensemble, mais l'atmosphère est étrange ce soir. Une sorte de tension que je mets sur le compte de cette journée merdique. Pourtant, ça me travaille parce que j'espérais qu'être avec les trois princes nous aiderait tous. Mais ce n'est pas le cas.

Je remplis mon assiette d'un morceau de lapin rôti et de légumes. J'en ai l'eau à la bouche quand j'enfourne la première bouchée. Glacées au sirop d'érable, ces pommes de terre sont croustillantes et moelleuses à l'intérieur ; j'en gémis. J'en prends aussitôt quatre de plus avec la cuillère de service.

Les princes ne semblent pas le remarquer. Deimos mange directement dans le plat, incapable d'en mettre assez dans sa bouche. Je remarque une blessure récente sur sa joue, d'un rose vif, mais je ne lui demande pas ce qui s'est passé. Luther m'avait dit qu'il était parti chasser, et si c'est son échappatoire, alors je respecte sa décision.

Luther ne mange que de la viande, rien d'autre, et quand je le regarde couper des tranches et les dévorer avec avidité, je ne peux m'empêcher de repenser à ce moment ensemble, plus tôt, dans la baignoire, à parler, rire, et nous embrasser. Son manteau couleur moka lui va à ravir, avec ses boucles de cuir tendues sur le devant à la place des boutons. Il n'y a aucun doute sur l'attirance que j'ai pour lui. Ses cheveux noirs lui retombent sur les épaules, il a une ombre de barbe au menton, et mon corps se réveille au souvenir de son corps nu contre le mien. Mon estomac fait des saltos tant j'ai envie de lui... des trois princes.

Ahren ne mange pas mais fixe l'obscurité dans les coins de la pièce.

Je pose ma fourchette sur la table.

– Ahren, est-ce que tu vas bien ?

Il ne répond rien, reste distant. Les deux autres lèvent le nez vers leur frère.

– Ahren, tu es avec nous ? lui demande calmement Luther.

Le prince aîné cligne des yeux, et reporte son attention sur nous trois.

– Qu'est-ce que j'ai raté ?

Il se sert du ragoût dans le bol en céramique et commence à manger, comme si nous n'étions pas en train de le fixer.

Luther regarde dans ma direction. Je vois se plisser le coin de sa bouche, déclenchant mon sourire en réponse. Ses pieds étreignent les miens sous la table. Tout mon corps lui répond, en redemande.

Deimos incline la tête vers moi, sa main glisse sur ma cuisse, ses doigts remontent ma jupe le long de mes jambes.

Je me crispe, repousse sa main, ramène mes jambes hors de portée de Luther. Je ne suis pas prude, mais pour l'instant, c'est Ahren qui me préoccupe ; j'ai besoin de savoir s'il va bien.

– Ahren, tu as des plans pour demain ? demandé-je au moment où s'ouvre la porte de la grande salle.

Des bruits de pas résonnent autour de nous alors que plusieurs servantes se précipitent à l'intérieur avec des plateaux de gâteaux, de fruits et de fromages.

– Je suis occupé, répond Ahren, sans même me jeter un regard.

Je déglutis non sans mal, essayant de ne pas surinterpréter sa réaction. Tout le monde est silencieux ce soir, et c'est compréhensible, alors je laisse couler. La tristesse est comme une amie proche pour moi. Je me concentre sur mon repas tandis que les servantes déposent les desserts sur la table. J'ai toujours eu la bouche sucrée, et le gâteau au chocolat à trois étages m'appelle.

– Tu en veux un morceau ? me demande Deimos qui m'a vue baver devant. C'est le plus doux des gâteaux aux prunes.

– Des prunes ? Pas du chocolat ?

Luther se cale dans sa chaise, affichant le sourire du chat du Cheshire, ce qui me paraît approprié vu le royaume dans lequel j'ai atterri.

– Ici, ça n'existe pas le chocolat, petite louve.

Je fronce les sourcils.

– Ce gâteau en a tout l'air.

Deimos en dépose un morceau sur une assiette propre, et quand il me le donne, j'ai la fourchette à la main. Avant même qu'il ne touche ma langue, je sens le fruit, mais je m'en fiche, et le fourre dans ma bouche ; j'ai terriblement envie que ce soit du chocolat.

Ma bouche est envahie de douceur, c'est très sucré, et le glaçage au beurre ressemble plus à de la confiture de myrtilles qu'à du chocolat. Je ne vais pas mentir, je suis déçue, mais nécessité fait loi, non ? Je termine ma tranche de gâteau.

Ahren se lève.

– Il se fait tard.

Sans un mot de plus, ni même un regard pour moi, il se tourne et gagne la porte.

Il y a quelque chose qui cloche dans son comportement. Je comprends qu'il soit en deuil, mais ses frères aussi, et ils me regardent et me parlent. Ils sont super affectueux, même plus qu'avant, alors qu'est-ce qui ne va pas chez Ahren ?

Je rumine son comportement. Quand la porte se referme derrière lui, je m'écarte de la table. Ma chaise racle le sol en pierre, et je me lève.

– Guendolyn ? m'interroge Deimos.

– Je reviens. J'ai juste une chose à faire. Ne mangez pas tout le gâteau, le taquiné-je quand Luther se ressert une part.

Dehors, je vois Ahren avancer à grands pas dans le couloir, les épaules voûtées, comme s'il portait tout le poids du monde. Nous avons traversé trop d'épreuves ensemble, il a partagé des choses intimes avec moi, et je veux être là pour lui. Qu'il le veuille ou non.

Des gardes sont postés le long du couloir en marbre, et dans tous les passages que je traverse. Ahren marche plus vite à présent, et je dois accélérer le rythme.

Soudain, il me regarde par-dessus son épaule, et je vois des ombres danser dans ses yeux qui s'assombrissent.

– Tu manques de discrétion quand tu suis quelqu'un.

– Ouais, bon, je n'essayais pas de te surprendre.

Je réduis la distance qui nous sépare quand il ralentit, sans s'arrêter tout à fait.

Je lève les yeux vers lui et j'attends qu'il dise quelque

chose, mais en vain. Je lui saisis la main, mes doigts se posent sur sa peau chaude. Il ne frémit pas, mais ne me prend pas la main non plus. Je sens l'inquiétude me serrer les tripes, ainsi que la crainte qu'il ne veuille pas être avec moi. Il y a beaucoup de choses qui me font peur, et j'en ai vaincu pas mal, mais quand il est question de mes princes, ma bravoure s'évanouit.

Pour l'instant, je me dis qu'il fait son deuil.

– J'ai pensé qu'on pourrait passer du temps ensemble pour discuter, lui proposé-je.

Ce n'est qu'arrivés à la porte qui mène au pont entre le manoir et le château qu'il s'arrête. Deux gardes surveillent la porte, et le fait qu'ils nous écoutent me met mal à l'aise.

– Mieux vaut que tu retournes dîner avec mes frères. Avec le décès du roi, je ne vais pas avoir de temps à te consacrer.

Il parle d'un ton sans émotion, froid. Des pointes glacées me transpercent le cœur quand il me regarde droit dans les yeux.

Ça ne ressemble pas à Ahren.

– Qu'est-ce qui se passe ? murmuré-je.

Je déteste lâcher ces mots dans un soupir, et aussi que les gardes soient témoins de mon désespoir.

Le prince se détourne de moi pour ouvrir la porte avant de sortir dans le vent de la nuit, pour traverser le pont.

Je frémis de le voir me rejeter de cette manière. Je suis submergée de terreur, car je sens qu'il se passe quelque chose d'autre. Je jette un œil aux gardes, qui détournent le regard.

Je n'attends même pas que la porte se referme avant de courir après Ahren, bouillant de rage qu'il me traite de cette manière.

– Hé ! crié-je.

Il marque un temps d'arrêt sur le pont, me tournant toujours le dos.

La nuit est tombée sur le royaume, et les étoiles luisent dans le ciel là où les nuages se sont écartés.

Je repousse mes cheveux que le vent souffle dans mon visage. J'ai la chair de poule, parce qu'il est glacial.

– Tu veux bien me dire ce qui se passe ?

J'avance maladroitement vers lui, mes bras serrés autour de moi. Ma jupe vole autour de mes jambes ; en dépit du froid, mes entrailles sont en ébullition sous le coup des émotions.

– Il n'y a rien à dire, Guendolyn. Ne rends pas les choses plus difficiles.

Ces mots me font l'effet de coups de couteau.

– De quoi est-ce que tu parles ?

Je l'agrippe par le bras, mais il s'écarte. Je sens mon cœur se fendiller à mesure que la douleur s'intensifie dans ma poitrine.

– Tu n'as pas à encaisser la mort de ton beau-père tout seul. Je t'en prie, Ahren. Laisse-moi t'aider.

Il garde la tête baissée, sa respiration est profonde et irrégulière. La douleur sourde qui monte en moi s'in-tensifie. Et à cet instant je sais sans le moindre doute que son attitude n'a rien à voir avec le décès du roi. Il s'agit de nous. Je le sens jusque dans mon corps.

— Est-ce que j'ai fait quelque chose de mal? murmuré-je, l'air désespérée, à mon grand regret.

Ce n'est pas une question d'angoisse, mais de sentir se déchirer ce lien que je pensais que nous partagions. Au cours de ces quelques secondes où il ne me répond pas, une tempête de sentiments s'abat sur moi.

Le chagrin à l'idée de le perdre.

De l'autoapitoiement.

La fureur envers lui pour avoir déclenché cette merde.

Et plus que tout, je voudrais le forcer à me regarder droit dans les yeux et me balancer la vérité sur ce qui se passe.

— Au cours des prochaines semaines, des changements auront lieu à la cour. Je vais accéder au trône, et…

Sa voix s'estompe, et, au début, je me dis qu'il ne va pas répondre. Puis il ajoute doucement :

— Je ne peux pas faire ça, Guendolyn.

Je tremble, luttant contre la panique qui m'étreint. J'agrippe son bras, l'oblige à me faire face.

— Alors tu n'auras pas de temps pour moi ? C'est ça qui te tracasse ?

— Je préférerais que tu me détestes. Ça, je pourrai le supporter, mais tes larmes me détruiront.

Je le dévisage, déroutée. Je voudrais que le temps s'arrête, que tout se mette en pause pour me laisser l'occasion de comprendre ce qui se passe. Mais mon esprit est en pleine ébullition, et les mots franchissent mes lèvres, semblables à la lave indomptable d'un volcan en éruption :

– Est-ce que tu es en train de rompre avec moi ?

Est-ce qu'au moins il comprend ce concept ? Je n'en sais rien, et je m'en fiche, car tout en moi est en train de s'effondrer.

– J'ai des responsabilités, explique-t-il comme si j'étais l'un de ses gardes ou de ses domestiques.

– On s'en fout des responsabilités ! balancé-je d'un ton sec. Je croyais qu'on avait…

Des larmes brûlantes me montent aux yeux avant de dévaler mes joues.

– Qu'est-ce qui se passe, Ahren ?

Il ne fait pas un geste pour me prendre dans ses bras, comme je m'attendais à ce qu'il le fasse. Il n'y a que nous deux, le temps déchaîné qui rugit autour de nous, et mon cœur brisé.

– Regarde un peu autour de toi, entame-t-il d'un ton frustré. Je vais assister à toutes les réunions du conseil, rendre visite à d'autres cours, gérer la Cour des Cendres, les maudits de sang, je ne serai jamais à la maison. Je vais devoir prendre des décisions difficiles, pour lesquelles je me déteste déjà, et pour lesquelles toi aussi tu me détesteras. Putain, ce n'est pas ce que je veux, et j'aurais voulu pouvoir te dire qu'on va y arriver, mais je refuse de te briser le cœur en te gardant dans l'ombre. Tu mérites tellement plus.

Je vois la colère quitter son visage, ses yeux briller au clair de lune. Ce faë magnifique m'a captivée dès notre première rencontre. Il m'a confié ses luttes passées, sa douleur, ses rêves, mais je me suis peut-être fourvoyée en croyant qu'il pourrait se passer quelque chose entre nous. Je savais que son destin était d'hériter du trône, mais tout est arrivé bien trop vite pour que je comprenne vraiment ce que ça signifie.

Il a déjà pris sa décision.

Des nuages glissent devant la lune, nous privant de lumière, assombrissant son visage. Il semble encore plus en colère à présent. Mon ventre se noue quand il prend de brusques inspirations.

— Tu te trompes, murmuré-je. Parce que tu m'as déjà brisée.

— Oh, Guendolyn…

Il a la voix qui tremble. Mais il ne faut qu'une fraction de seconde pour que le prince stoïque soit de retour devant moi. Il se redresse, se raidit contre le vent fort qui tire sur son manteau et ses longs cheveux blancs, qui flottent en l'air comme un drapeau.

— Tu comprendras bien assez tôt. Et à ce moment-là, tu me détesteras.

Ma poitrine se serre à ses mots. Même si ça me tue, je ne fais pas un pas quand il fait volte-face et s'éloigne de moi. Une fois encore le désespoir m'envahit, plus fort, cette fois. Je serre les poings, refusant de jouer le rôle de celle qui lui court après. Je ne comprends peut-être pas ses raisons, mais il a fait son choix, n'est-ce pas ?

Mon instinct me pousse d'abord à quitter ce royaume, mais j'ai donné mon cœur à trois faë. Et il n'est pas question pour moi de perdre Luther et Deimos parce qu'Ahren est un abruti. Ils comptent plus que tout pour moi. Et aujourd'hui… aujourd'hui, c'en est trop pour moi.

J'ai perdu mon père, et l'un de mes hommes.

Je quitte le pont en hâte et fonce droit à ma chambre, les yeux embués de larmes, la gorge serrée à tel point que j'ai du mal à respirer.

AHREN

Je m'adosse au mur devant la chambre de Guendolyn. C'est la nuit, j'ignore quelle heure il est, mais il n'y a pas âme qui vive. Il est trop tard, mais je n'arrive ni à dormir, ni à faire taire mon esprit. Sans compter que j'ai le ventre tordu de douleur, et que je me sens comme une merde. Rien ne m'avait préparé à cette catastrophe, et maintenant, je suis en train de me noyer.

Les choses ne devaient pas se passer ainsi. À vrai dire, je n'ai pas encore trouvé le moyen de garder Guendolyn avec nous pour un futur en commun, mais jamais je n'avais envisagé de la quitter.

À présent, c'est sa douce voix, ses yeux embués de larmes et la désolation que j'ai lue sur son visage que je ne peux me sortir de la tête. J'étouffe, et si je suis venu, c'est pour tenter quelque chose. Je veux arranger les choses, d'une manière ou d'une autre.

Un gémissement guttural m'échappe, et je serre les

poings. Mes émotions ne cessent de voguer entre le chagrin de la laisser partir, et la tendresse de ces souvenirs que je chérirai à jamais. Ses lèvres sucrées, si douces, si captivantes, tout comme elle.

Cette attention, je devrais la consacrer à la recherche de celui qui a assassiné le roi, et le faire souffrir. Putain, je suis furieux qu'on me retire la seule chose que je désire vraiment. Mais pour l'instant, ma priorité, c'est Guendolyn.

Je me tourne vers la porte, fixe la poignée, et envisage d'entrer, de casser la porte s'il le faut pour un dernier baiser, un dernier tout. Bon sang, mais de qui je me moque ? Il n'y a pas de « dernier » quoi que ce soit, n'est-ce pas ? Ce ne sera jamais assez.

Je pose une main contre le mur, aveuglé par la fureur qui m'étreint. L'envie de vengeance bouillonne dans ma poitrine. Quand je trouverai cette ordure, je le massacrerai de mes propres mains pour m'avoir infligé ça.

Sauf qu'à présent, ce que je désire n'a plus la moindre importance. Pas si je veux que ma famille garde un toit au-dessus de sa tête. C'est ce que veut ma mère, et le roi a insisté sur ce point. Et c'est une chose dont j'ai rêvé depuis que nous avons emménagé ici. J'étais tellement jeune à l'époque, et je me suis formé sans relâche à ce poste ; je voulais prendre ma place sur le trône. À présent, je suis partagé.

Jamais je n'aurais imaginé que Guendolyn pourrait débarquer dans ma vie et ravir mon cœur.

Putain !

J'ai du mal à respirer, et plante les ongles dans mes

paumes en serrant les poings. Je détourne les yeux de la porte et m'éloigne.

Tout est pour le mieux.

Qu'est-ce que je hais ces mots, bon sang ! Le mieux pour moi, c'est Guendolyn, et ça me blesse profondément de prendre une telle décision. Et puis de toute manière, quand est-ce qu'elle a pris une telle place dans mon cœur ?

Je cille, et j'espère que ma raison va l'emporter sur la douleur de lui faire du mal. J'accepterai ma souffrance, mais la voir pleurer m'est insupportable.

Je jette un dernier regard à la chambre de Guendolyn et m'éloigne à grands pas. Ma présence n'aidera pas. Ça nous rendra les choses plus difficiles, et je ne veux même pas y penser. Je garderai mes distances, même si ça doit me tuer. Je suivrai les règles, et je ferai ce qu'il y a de mieux pour tout le monde.

Je sacrifierai mon cœur.

GUENDOLYN

Des nuages tourmentés défilent dans le ciel, empêchant le soleil du matin de pointer. À travers les fenêtres de la salle à manger, la vue est spectaculaire. J'ajoute du miel à mon porridge avant d'en prendre une grande bouchée. La pièce est vide. Aucun signe des princes ce matin.

Pendant la plus grande partie de la nuit, ma tête et ma poitrine ont bouilli de rage contre Ahren, et quand je me suis finalement endormie, j'ai fait des rêves où je fuyais les ténèbres. De ces ténèbres s'est élevée une voix qui m'appelait. Ça me rappelle les rêves et les visions que j'avais en grandissant. Les bois tortueux, et le danger qui rôdait. Les représentations que j'en peignais, sans aucune idée ce qu'ils signifiaient pour moi. Je suppose que la vérité avait hâte d'être découverte pendant tout ce temps.

À présent je suis assise là, noyée de chagrin, l'esprit alourdi de questions sans réponses. Mais je m'oblige à finir mon repas, que je fais passer avec un jus de fruits.

Je refuse d'accepter cette décision qu'Ahren a prise de me repousser, et ses frères savent forcément ce qui lui arrive. Il me faut aussi un moyen de me distraire avant que ne finisse par creuser une tranchée dans ma chambre à force de faire les cent pas.

Mes gardes m'attendent à l'extérieur de la salle à manger.

– Michae, pourrions-nous nous rendre à la salle du trône, s'il vous plaît ?

Il acquiesce sans hésiter, et nous empruntons le couloir. Michae est un grand faë aux cheveux blonds coupés courts et aux oreilles pointues. Comme la plupart des soldats, il est costaud et impressionnant. Luther lui a assigné le rôle de chien de garde pour moi, et si quelqu'un pose la moindre question sur mon identité, je dois faire perdurer l'histoire selon laquelle je suis la guérisseuse personnelle des princes.

Comme la veille, des faë s'agitent en tous sens dans le château.

Je tourne les yeux vers la salle du trône alors que nous en approchons. La porte est fermée. Michae l'ouvre et je pénètre dans le hall de marbre désert. L'endroit est immaculé, il ne reste pas la moindre trace de sang ni du chaos qui s'est déroulé ici. C'est un immense espace, avec des colonnes formant un passage au centre, qui mène à un grand escalier.

Je lève la tête en arrière pour regarder Michae.

– Est-ce qu'ils ont déjà trouvé quelque chose sur le meurtre ?

Il détourne le regard vers le haut des marches en marbres, sur le trône noir vide.

– Je n'arrive toujours pas à croire que notre roi n'est plus.

C'est là qu'Ahren siégera pour régner sur la Cour des Ombres, et la douleur me saisit la poitrine à cette idée. Il m'a repoussée. Il a insisté sur le fait que c'était à cause de ses responsabilités, mais j'ai entendu la fêlure dans sa voix. Ce n'est pas ce qu'il veut, alors il faut que je creuse pour découvrir la vérité, et lui faire comprendre qu'il y aura toujours un moyen pour que nous deux, ça fonctionne.

Je refuse de m'en aller. Nous commencions à peine à nous lier, nous rapprocher, et s'il faut que je brise les portes de l'enfer pour le récupérer, alors je le ferai.

– Pas grand-chose, répond Michae, me tirant de mes pensées. (Il me faut quelques secondes pour me rappeler ma question.) Mais vous savez ce qui est étrange ? (Il se penche vers moi.) Apparemment, près de son corps, on a retrouvé des traces de poudre de girofle. Soit le faë qui a commis le meurtre est maladroit, soit c'était un moyen de dissuasion.

– Le clou de girofle, l'épice ? C'est peu courant.

– Les mages sont en train d'enquêter dans les cuisines, et sur le personnel qui y travaille.

Je suis un peu perdue face à un tel indice, mais c'est toujours ça, alors ils arriveront peut-être à découvrir bientôt qui a fait ça. L'idée qu'un assassin se promène dans le château, et qu'il pourrait s'en prendre ensuite à Ahren me rend malade.

Michae s'avance dans la salle du trône et s'arrête au pied des marches, l'air pensif.

J'ai mis les mains dans les poches de mon pantalon d'équitation : c'était tout ce que les domestiques avaient en stock, et j'en avais marre de porter ces robes peu pratiques. Je m'apaise en serrant le rubis froid. Il est capable de ramener toute mon attention au centre de mon corps au lieu qu'elle soit dispersée tous azimuts.

J'entends des reniflements, et j'incline la tête sur le côté pour mieux voir Michae. Je suis persuadée qu'il pleure la perte de son roi.

Je m'approche de l'endroit où j'ai vu le défunt roi gisant au sol, en faisant rouler le rubis sur mes jointures. Perdre mon père est un poids écrasant sur ma poitrine. Je pleure l'idée de l'avoir perdu plutôt que l'homme lui-même, que je ne connaissais pas suffisamment bien. Ce qui me motive d'autant plus à retrouver ma mère. À découvrir ce qui s'est passé entre eux, la raison de mon abandon… Et tant d'autres *pourquoi* qui pèsent sur les épaules.

Je ne cesse de me répéter : *Ne te fais pas de faux espoirs.*

– Avez-vous la permission d'être ici ? aboie une voix masculine.

Sa brusquerie me fait tressaillir et je manque de faire tomber le rubis, mais je le rattrape en l'air et le fourre dans ma poche.

Jasion est derrière moi et tout mon corps frémit. Il porte ses vêtements de mage : une robe noire qui retombe sur ses chevilles, des chaînes métalliques à la taille, et un crâne de fée de la taille d'un poing qui pend de son cou nu. Je n'éprouve que du mépris à le voir porter ce trophée après ma rencontre avec Sifflet, et surtout après que les fées m'ont sauvée à plusieurs reprises. J'ai envie de le lui arracher. Dès notre première rencontre, j'ai détesté ce mage, et mon aversion n'a pas cédé d'un pouce.

Michae s'avance à côté de moi.

– Nous allions partir, annonce-t-il, en me prenant par le coude pour me guider en hâte vers la sortie.

Je soutiens le regard de Jasion quand nous passons devant lui, et si l'on en croit la haine qui se déverse de ses yeux, ce mage me déteste. C'est en rapport avec Ahren, je le sais. Dans la calèche qui nous menait à la Cour des Cendres, Luther a dit qu'il pourrait avoir des sentiments pour Ahren, ce qui expliquerait les regards mauvais qu'il me jette.

Rapidement, nous nous éclipsons dans un couloir qui nous mène tout droit au pont dehors.

Je regarde par-dessus mon épaule : j'ai l'impression de sentir les yeux de Jasion qui me suivent.

Michae murmure :

— Il rôde dans le château, mais personne ne sait ce qu'il fait.

Il me lâche enfin le coude, et nous reprenons un rythme normal dans le couloir.

— Est-ce qu'il n'a pas travaillé au château pratiquement toute sa vie ? m'enquiers-je tandis que me reviennent en mémoire les bribes d'informations que j'ai obtenues des garçons.

Michae m'adresse un regard sarcastique. Je commence à bien apprécier ce type. Il se rapproche et murmure :

— D'après les servantes, il torture toutes sortes d'animaux et d'oiseaux dans sa chambre ; elles retrouvent les cadavres.

Je hoquette.

— Est-ce qu'elles en ont parlé à Ahren ?

Michae me regarde comme si des cornes venaient de me pousser.

— À moins que lesdites servantes n'aient envie de disparaître soudain, elles gardent le silence.

Jasion est un mage très vindicatif.

Je ne peux pas dire que ces paroles me surprennent, mais elles m'inquiètent.

— Est-ce que le roi et Jasion s'entendaient bien ?

Michae hausse un sourcil.

— Le roi n'appréciait guère sa sauvagerie ni sa désobéissance, mais il estimait à leur juste valeur les pouvoirs puissants de Jasion... bien supérieurs à ceux des autres mages. C'est comme ce vieux dicton : *souper avec le diable.*

Je suis de nouveau prise de frissons, qui me rappellent de me tenir encore plus à l'écart du mage et je hoche la tête.

De retour dans ma chambre, je retire mes chaussures, tandis que Michae monte la garde à l'extérieur.

Quelqu'un frappe fort à la porte et je fais volte-face, m'attendant à ce que mon garde m'avertisse que j'ai oublié quelque chose.

Mais à la place, c'est Jasion qui se tient dans l'embrasure, le regard noir.

Oh, bon sang. Qu'est-ce qu'il veut ?

4

GUENDOLYN

— **M**es excuses de ne pas être passé vous voir plus tôt, me dit Jasion. Puis-je entrer ?

Michae se tient derrière lui dans le couloir qui mène à ma chambre, attendant ma réponse pour avoir un prétexte pour se débarrasser du mage. Sauf que je ne suis pas persuadée que ce serait une bonne idée de fâcher un mage qui torture des animaux dans sa chambre. L'adage qui dit *Sois proche de tes ennemis* me vient à l'esprit.

Je hoche la tête.

– Michae, joignez-vous à nous aussi.

Ce qu'il s'empresse de faire, laissant la porte ouverte.

Jasion fusille le garde du coin de l'œil.

– Ce n'est pas le genre de problème à aborder devant toi. Attends dehors, lui ordonne-t-il.

Je me raidis.

– Michae, vous pouvez rester, lui confirmé-je.

Jasion pince les lèvres, mais je m'en fiche. Nous sommes dans ma chambre, et en toute honnêteté, je n'ai pas envie de me retrouver seule avec lui. Chaque fois que j'ai passé du temps avec lui, j'ai fini par avoir l'impression d'être un insecte sous un microscope.

Il avance dans ma chambre, bombant le torse, grimaçant de dégoût.

Je recule et m'appuie sur le dossier du canapé, dont j'agrippe le cadre en bois de chaque côté. Je me place aussi loin de lui que possible sans ça paraisse trop évident.

– Pour quelle raison souhaitiez-vous me voir ? lui demandé-je, rassemblant tout mon courage.

– J'aime apprendre à connaître ceux qui travaillent en étroite collaboration avec Ahren. Reconnaissez que c'est une bonne chose, étant donné cu'il va bientôt devenir le roi.

Je lèche mes lèvres sèches, essayant de comprendre où il veut en venir.

– Vous vous inquiétez pour lui ? demandé-je.

Il acquiesce d'un léger hochement de tête, faisant balancer doucement le crâne de fée pendant à son cou.

– Je savais que vous étiez intelligente.

Son ton condescendant me hérisse. Stupide enfoiré. Mais je lui souris, parce que je préfère qu'il pense de moi que je ne suis qu'une guérisseuse idiote.

Il gagne la fenêtre en se frottant la main sur la bouche.

– J'ai également entendu dire que vous vous

rapprochez du prince Luther. Les murs de ce palais ont des yeux.

Michae se tient près de la porte, et quand je lui jette un regard, il hausse les épaules. Je reviens à Jasion, qui me tourne toujours le dos. Le vent hurle dehors. La tempête a beau être passée, même avec les cheminées, ces immenses pièces et ces couloirs ne se réchauffent jamais suffisamment. Je donnerais n'importe quoi pour ma couverture électrique et une prise de courant en ce moment.

– Je ne vois pas où vous voulez en venir ?

Je joue le rôle auquel il s'attend de ma part.

– Bien sûr que non. (Il se tourne vers nous, sa longue robe de mage voletant autour de ses chevilles.) Nombre de ceux qui viennent au royaume pour travailler avec les princes rivalisent d'imagination pour trouver des raisons de rester ici plus longtemps. (Il réduit la distance qui nous sépare.) Tu es une jolie fille, et nul doute que tu écartes facilement les jambes, mais…

– Ne me parlez pas sur ce ton, m'exclamé-je en redressant les épaules pour lui faire face.

Je me fous complètement de qui il est, moi aussi j'ai des pouvoirs, que j'ai utilisés contre la mère du roi de la Cour des Cendres, et je ne me laisserai pas faire par cet abruti.

Il hausse un sourcil, mais n'a pas l'air le moins du monde surpris de ma réplique. Il est doué, j'en ai conscience, il me fait peur, mais il n'est pas question que je le lui montre. Peu importe que mon cœur batte la chamade dans ma poitrine, ou que mes genoux tremblent.

— Rappelle-toi où est ta place, dit-il d'un ton calme, comme si j'étais incapable de me contrôler.

Je sens ma poitrine s'embraser à ses mots. Espèce d'enfoiré.

— Hier soir, j'ai été le témoin de la tension qui règne entre toi et Ahren, et je suis venu ici par bonté d'âme pour t'aider.

Ce moment entre Ahren et moi sur le pont me revient en mémoire ; c'est à cet instant qu'il a réduit mon cœur en miettes. Jasion nous observait ? L'enfoiré !

Je ricane un peu trop fort, et il redresse le dos. Il plisse les yeux en me regardant.

— Comme de toute évidence je perds mon temps, je vais faire court.

Il s'approche de moi, et Michae fait de même depuis la porte.

Un frisson m'envahit, mais je ne reculerais pas, même si j'en ai follement envie. Je déteste que Jasion soit si proche de moi. Il le fait pour m'intimider, et c'est pour cette raison que je me plante sur mes talons, et relève le menton pour le regarder droit dans les yeux.

— Ahren et les princes sont des royaux. Par le passé, ils se sont envoyé pas mal de roturières comme toi, mais tu n'es rien de plus pour eux, fillette. Ahren a besoin de quelqu'un de plus fort à ses côtés. Quelqu'un qui peut le guider, qui vient d'une lignée royale. Tu n'en es pas digne, et je te recommande de faire tes valises et de t'en aller avant qu'il ne soit trop tard.

Mon sang bouillonne, ma rage palpite dans mes oreilles. J'ai envie d'effacer son sourire suffisant de son visage.

– Tu n'es qu'un abruti mesquin, mais laisse-moi te donner un petit conseil, puisque nous en sommes à partager nos avis. Ahren aime énormément les femmes, alors si tu penses avoir la moindre chance de te glisser dans son lit, ne perds pas ton temps. Il sera si prompt à te rejeter que tu ne sauras pas ce qui t'arrive.

J'ai du mal à respirer, et mon pouls fait rage dans mes veines. Ça ne me ressemble pas, mais à cet instant, il m'a mise tellement en colère qu'un léger fil d'énergie balaie ma poitrine et redescend dans mes bras comme ce jour-là à la Cour des Cendres. Que pourrait-il faire si je le balançais par la fenêtre ?

Mes lèvres frémissent et je souris.

Il devient écarlate et redresse les épaules.

Oh, merde, de toute évidence, j'ai touché un point sensible.

Je sens l'atmosphère changer dans la pièce. Gêné, Michae s'éclaircit la gorge. Je me demande si j'aurai le temps de faire appel à mes pouvoirs avant que le mage ne passe à l'attaque.

La main de Jasion jaillit et me saisit à la gorge. Tout arrive si vite que j'ai à peine le temps de lever les miennes pour l'en empêcher. Sa poigne de fer se resserre, provoquant une douleur atroce ; j'ai l'impression qu'il va m'arracher la tête. Je panique totalement en voyant ses pupilles qui s'assombrissent. Michae se précipite vers nous.

Jasion lance sa main vers lui, jette une volée de poudre. Michae est projeté en arrière et s'écrase contre le mur.

Je tire sur les doigts du mage autour de ma gorge ; mes poumons me brûlent, en manque d'oxygène. Je ne suis pas censée mourir comme ça, et j'ai tellement peur que je n'arrive pas à me concentrer sur mon pouvoir.

Je frappe son visage, enfonce mes ongles dans ses joues, perce la peau.

Il grogne et me projette sur le côté avec une telle force que mes jambes se dérobent et que ma hanche heurte violemment le sol.

Je recule vivement, je ne ressens pas la douleur, seulement les battements précipités de mon cœur. J'étais stupide de penser que j'avais la moindre chance face à ce monstre. Ma respiration est laborieuse, mais je ne le quitte pas des yeux.

La fureur brûle au fond de son regard quand il se tourne vers moi. Ses joues saignent à cause des griffures que je lui ai infligées. Cette ordure mérite tellement pire.

Narines dilatées, il avance sur moi le poing levé. À cet instant, son visage s'assombrit et il ressemble à un démon, prêt à me frapper sans relâche jusqu'à ce que je rende mon dernier souffle.

Je plonge frénétiquement la main dans ma poche pour y récupérer le rubis. Je ne pense qu'à m'échapper, m'enfuir, voire en appeler aux fées. Je ne sais pas trop comment faire, mais ça ne m'empêche pas d'essayer. Le pouvoir explose au creux de ma poitrine.

Mais il est trop rapide, et je panique.

Je me couvre la tête, me recroqueville, la pierre serrée dans mon poing.

En un éclair, quelqu'un surgit dans la pièce.

Deimos.

Oh, mon Dieu, merci.

Il grogne et saute sur le dos de Jasion, enroulant un bras autour de sa gorge pour le faire reculer.

Jasion rejette la tête en arrière et plonge la main dans l'une des petites bourses en cuir qui pendent à sa ceinture. Mais quand il lève les yeux sur Deimos, il devient blanc comme un linge.

Son corps se relâche, il sort la main de la pochette.

– Votre Altesse, gargouille-t-il.

– Tu aimes faire du mal aux femmes ? grogne Deimos, tel un lion.

Il libère le mage qu'il fait pivoter en le tenant par l'épaule.

Puis son poing s'abat sur le visage de Jasion. Encore, et encore. Il le fait tomber à la renverse. Deimos est enragé et ne s'arrête pas. Il tombe sur un genou et ses poings frappent comme une machine.

Du sang et des gémissements.

Je ne détourne pas les yeux une seconde. J'aimerais dire que c'est un spectacle trop horrible et violent, mais Jasion le mérite, et bien pire encore. J'ai le cœur léger de voir mon prince se battre pour moi. Il n'hésite pas une seule seconde, et à cet instant, je l'adore plus que je ne l'aurais jamais cru possible.

Michae s'approche d'eux en titubant et en secouant la tête, comme s'il voyait flou.

Le mage repousse le prince de ses mains en hurlant, mais sans jamais rendre le moindre coup ni se servir de magie. Je suppose qu'il a conscience qu'il signerait son arrêt de mort.

Fermement, Michae pose la main sur l'épaule du prince.

Deimos met fin à son assaut, le poing en sang. La respiration de Jasion est laborieuse, ses yeux enflés, ses lèvres déchirées. Il y a tellement de sang. Je devrais éprouver de la pitié, mais intérieurement je me réjouis.

Le prince se redresse et baisse les yeux sur le mage.

– Hors de ma vue avant que je t'arrache la tête. Pose encore une fois la main sur elle, et je tiens ma promesse.

Il reporte son attention sur un Michae abasourdi.

– Fais-le sortir d'ici, maintenant !

Puis mon prince s'avance vers moi à grandes enjambées, les yeux empreints d'inquiétude.

De sa main intacte, il saisit mon visage et me scrute.

– Est-ce qu'il t'a fait du mal ? Si c'est le cas, je l'assassine.

Je secoue la tête, mais son regard se porte sur mon cou qui m'élance encore de l'emprise des doigts de Jasion.

– Je vais bien. Tu es arrivé avant qu'il puisse faire pire.

Il m'attire à lui, me serre si fort dans ses bras que je n'arrive plus à respirer, mais je ne veux pas le repousser, alors que je tremble de tout mon corps à cause de l'attaque.

Deimos s'écarte de moi et observe Michae qui emmène le mage hors de la chambre.

– Pourquoi est-ce qu'il t'a attaquée ?

– Il est venu pour m'expliquer que je n'étais pas digne de la royauté. Comme il m'a énervée, je l'ai provoqué en lui disant qu'Ahren préférait les filles et qu'il n'avait pas la moindre chance.

Deimos éclate de rire.

– Voilà celle que j'aime. Maintenant, ça ne fait aucun doute que Jasion est si follement épris de mon frère qu'il ferait n'importe quoi pour éliminer la concurrence. Donc il restera enfermé jusqu'à ce que toute cette merde soit réglée.

Je le regarde en clignant des yeux.

– Les funérailles ?

Les mots de Jasion m'expliquant que je ne suis pas digne, pas de sang royal, me trottent en tête. Mais je refuse catégoriquement de les laisser m'atteindre.

Deimos me regarde un long moment avant de hocher la tête.

– Viens, je vais me nettoyer et t'emmener loin de tout ça pendant un temps.

– J'aimerais beaucoup !

Il me prend la main et nous nous glissons dans le couloir en direction de sa chambre.

– Merci pour ton aide.

Il pince légèrement les lèvres et me serre doucement la main.

– Plus personne ne te fera de mal.

Je souris intérieurement, parce que jamais je ne m'étais attendue à avoir dans ma vie des hommes qui prendraient soin de moi et me protégeraient à ce point.

Arrivé dans sa jambe, il se rend dans sa salle de bains où je l'entends s'asperger d'eau.

Contrairement à ce qu'il y a dans ma chambre, Deimos possède un lit énorme, un canapé, une cheminée, et même une table. Elle est deux fois plus grande que la mienne.

Deimos ressort, s'essuyant les mains sur une serviette. Il ne porte rien d'autre qu'un pantalon noir qui lui tombe bas sur les hanches. Ses muscles ondulent sur son torse et ses bras, et une fine ligne de poils descend de ses abdominaux durs comme la pierre pour plonger dans son pantalon. Tout s'est passé tellement vite depuis mon arrivée dans ce royaume que nous n'avons jamais eu l'occasion de nous retrouver ensemble, surtout qu'il est tombé malade. Sa manière de me regarder à présent est une véritable tentation sous stéroïdes, et je sens mes mamelons durcir sous ses yeux voraces.

– Viens par ici, chaton.

Inconsciemment, je m'avance vers lui ; apparemment mon corps lui obéit désormais. Je me glisse dans ses bras et il m'étreint, enfouit son visage dans le creux de mon cou. À chaque respiration, je me remplis de cette odeur virile qui ressemble à Deimos et qui me fait fondre contre lui. J'entoure sa poitrine de mes bras, je sais que mon cœur est au bon endroit avec lui. Cela semble banal, mais après qu'il soit venu me chercher sur

Terre et tout ce que nous avons traversé ensemble, le remède et la magie dont je me suis servie pour le guérir, il existe un lien entre nous.

– Tu as toujours cette délicieuse odeur de baies, me murmure-t-il à l'oreille, avant d'aspirer mon lobe dans sa bouche avec sa langue.

Je sens mes orteils se recroqueviller dans mes bottes, et l'impatience me fait frémir. Durant tout ce temps, je fais qu'embrasser Deimos et pousser un peu notre flirt, mais rien de plus. À présent je n'ai qu'une obsession nous voir nus tous les deux. J'en ai envie, terriblement envie…

Il lève la tête pour me regarder, et je fixe la coupure sous son œil. Elle est guérie, mais elle est encore d'un rose vif.

– Comment t'es-tu fait cette blessure ? lui demandé-je sachant qu'il est parti chasser hier. Je frôle la blessure du bout des doigts, puis l'embrasse sur la joue.

– J'aimerais te raconter que c'est à cause d'une bagarre avec un ours dans les bois sur les terres du royaume, mais à vrai dire, nous n'avons rien de sauvage par ici. Rien que des faisans et des cerfs. Je me suis pris les pieds dans une racine et une branche basse m'a fouetté en plein visage.

J'éclate de rire et le regrette aussitôt, mais je ne peux pas m'en empêcher.

– Je suis navrée, mais c'est très drôle.

Il hausse un sourcil, puis glisse les doigts sous l'ourlet de mon haut pour me chatouiller les côtes.

Je sursaute et pousse un cri alors qu'il me chatouille

comme un fou jouerait du piano. Je lui donne une tape sur la main, le repousse avec espièglerie et bondis hors de sa portée.

– Reviens par ici, je n'ai pas fini, me taquine-t-il.

– N'essaie même pas sinon je crie. Je suis chatouilleuse.

Je le vois retrousser les lèvres.

– Je sais.

Puis il se jette sur moi.

Un glapissement m'échappe et je pivote avant de m'élancer dans la pièce. Je me jette sur son lit, le mettant en pagaille, chope un oreiller en guise d'arme et saute à terre. Je me sens frivole tout à coup ; je n'arrive pas à me souvenir de la dernière fois où j'ai fait la folle et ri pour rien.

Il fonce sur moi, contournant le montant du lit. Je le frappe la tête avec l'oreiller qu'il repousse. Puis en une fraction de seconde, il passe un bras sous mes genoux, l'autre dans mon dos, et me soulève.

– Tu triches ! déclaré-je.

– Comment ça, je triche ? Maintenant que je t'ai attrapée, je fais ce que je veux de toi.

Je m'accroche à son cou et dépose un baiser sur sa clavicule.

– Comme nous n'avions pas défini de règles à ce sujet, ça ne s'applique pas.

Il me balance sur le lit. Le matelas rebondit sous mon corps. Il vient sur moi en rampant, remontant de mes jambes à mon visage.

– C'est là que tu fais erreur, mon chaton. Je parviens

toujours à mes fins, même s'il faut que je la joue vicieuse.

Je me redresse et tends la main vers un oreiller pour le lui jeter à la tête, mais il contre-attaque en m'embrassant. Nos bouches se trouvent, s'écrasent l'une contre l'autre, nos langues se cherchent. Il m'embrasse passionnément, avec avidité, et je ne peux pas lui en vouloir. Cela fait bien trop longtemps que j'attends ça.

Il empoigne ma chemise et la tire brutalement, faisant sauter les boutons. Il est si fort, spectaculaire sous tous les angles.

Et durant cette fraction de seconde où je croise son regard, un souvenir oublié me revient brutalement.

Chaque fois que j'ai embrassé Deimos, mon pouvoir s'est déclenché et j'ai ouvert un portail. Comme s'il réalisait la même chose, il écarquille les yeux et descend du lit en un clin d'œil. Il me prend par la main et m'aide à me relever.

– Merde, est-ce que tu as encore ouvert un portail ? Est-ce que tu le ressens ?

Il se met à balayer frénétiquement la pièce du regard, comme si la réponse s'y trouvait.

Mon esprit tourbillonne à cent à l'heure, je suis incapable de me souvenir si j'ai ressenti la moindre flambée de pouvoir. De l'excitation, oui, à foison. De l'énergie ? Pas sûr.

– Guendolyn, insiste-t-il en s'accrochant à mes bras.

– Ne me bouscule pas. J'essaie de réfléchir. Comment ai-je pu oublier une chose pareille ? Ça ne m'arrive qu'avec toi, pas avec tes frères, mais pour quelle raison ?

– Donc, tu as embrassé mes frères pendant que je gisais dans mon lit, à l'agonie ?

Il fronce les sourcils, ses épaules se voûtent, il a l'air presque défait.

Je hausse les sourcils en le regardant.

– Vraiment ? C'est ça qui te tracasse en ce moment ? De toute façon, je suis persuadée de ne pas avoir senti l'énergie de mon pouvoir quand nous nous sommes embrassés, constaté-je.

Il est toujours renfrogné, je ne saurais dire ce qui le contrarie le plus : que j'aie embrassé ses frères, ou que je risque d'ouvrir un portail quelque part ?

– Tu es sûre ?

Il s'éloigne déjà de moi, et traverse la pièce à longues enjambées, les bras ballants sur les côtés.

– Oui. La dernière fois, c'était inévitable. Mais cette fois les murs n'ont pas tremblé.

Il ouvre la porte.

– Je reviens tout de suite.

Et il s'éclipse en un éclair.

Oh, merde. Pourquoi faut-il toujours que tout soit compliqué ? Genre, embrasser mon petit ami ne devrait pas toujours risquer de déchaîner l'enfer.

Deimos est de retour si vite que je n'ai même pas bougé.

– Mes hommes sont en train d'inspecter le royaume juste au cas où. (Il s'approche.) Donc, tu es certaine de n'avoir ressenti aucune poussée de pouvoir ?

Plus j'y pense, j'en suis sûre.

– Oui.

– Pourquoi ? Qu'est-ce qui a changé ?

La même question me taraude, et je hausse les épaules, passant en revue tous les événements récents. Mais en ce qui concerne la maîtrise que j'ai des portails, quelque chose a changé.

– Mmmh, eh bien en fait…

Je plonge la main dans ma poche d'où je sors le rubis.

– Est-ce que c'est la pierre des fées qui vient du trône du roi ?

– Ouaip. Et maintenant, quand je la garde sur moi, je suis capable de contrôler l'ouverture d'un portail. Donc…

– Donc c'est ça la réponse. Il faut qu'elle soit près de toi. (Il pose les mains sur mes hanches et m'attire à lui.) Putain, merci, parce que je ne pouvais plus supporter ces conneries, surtout si ça implique que je ne peux pas te prendre comme mienne.

Je fixe ses yeux magnifiques tandis que notre panique s'estompe. Il me ramène vers le lit et m'embrasse, tendrement cette fois. Mon excitation remonte en flèche. Nos bouches se séparent, et je me penche pour déposer la pierre sur la commode.

Deimos arrive près de moi, ramasse le rubis, et me le remet dans la main.

– Garde-le, juste au cas où.

Je sens qu'il est sérieux au ton de sa voix ; il s'inquiète du fait que je pourrais déclencher un autre désastre sur le royaume.

Je ne peux même pas tourner son inquiétude en dérision, car la dernière fois que nous nous sommes embrassés, il a fini par se faire mordre par un maudit de sang. J'ai failli le perdre, et plus jamais je ne veux avoir à revivre cette panique et cette angoisse à l'idée de ne pas pouvoir le sauver. J'enroule mes doigts autour de la pierre, et m'affale sur le lit d'où je l'appelle en courbant le doigt.

Mon cœur bat la chamade, et je me sens rougir en finissant d'enlever mon haut, et mon soutien-gorge. Le froid soudain fait se dresser mes mamelons, tandis que je vibre littéralement d'impatience à l'idée de ce qui va arriver.

Deimos pousse un gémissement approbateur en me regardant, et ce son envoie une vague de désir entre mes cuisses. Mon prince se penche sur moi, pose les lèvres sur mon sein, en embrasse le pourtour, et remonte jusqu'au mamelon. Il l'aspire avec avidité dans sa bouche, le suce comme s'il était affamé, comme si j'étais l'air qu'il respire et qu'il n'en avait pas assez.

Je gémis sous sa caresse, enfonçant mes doigts dans ses longs cheveux blonds. Il est captivant, il est tout ce que j'ai toujours voulu. J'ai toujours pensé que des hommes tels que lui étaient hors de ma portée ; apparemment j'avais tort.

Je ferme les yeux et me laisse aller contre le matelas, ressentant chaque baiser, chaque mordillement, chaque coup de langue de Deimos sur mes seins. J'enroule mes jambes autour de ses hanches et soulève le bassin pour me frotter contre l'érection contenue dans son pantalon. La pierre est toujours froide dans ma main.

Quand il pose de nouveau sa bouche sur la mienne, j'ouvre les yeux et m'enroule autour de lui pour lui rendre son baiser. Je ne me lasse pas du goût de ses lèvres.

Il glisse la main entre nous et ouvre mon pantalon. Mon ventre se contracte, je suis terriblement excitée, et légèrement timide aussi. Je ne suis pas la fille la plus expérimentée en matière de sexe, et en plus, c'est notre première fois.

Nous nous figeons quand quelqu'un frappe à la porte. Nous échangeons des regards inquiets.

– Ce sont sûrement mes hommes, murmure-t-il avant de bondir sur ses pieds et de traverser précipitamment la pièce.

Pendant ce temps, je remonte la couverture pour me cacher.

S'il vous plaît, faites que je n'aie pas ouvert de portail. J'adore embrasser Deimos, alors s'il te plaît, univers, ne m'enlève pas ça.

5

DEIMOS

J'ouvre la porte de ma chambre. Deux de mes gardes sont dans le couloir, ils ne paraissent ni terrorisés ni choqués.

– Vous avez trouvé quelque chose ? demandé-je.

– Rien. Tout va bien, me rassure Reinland, le plus grand des deux.

– Vous êtes sûr ?

Les deux secouent la tête, à mon grand soulagement. Guendolyn a peut-être raison de penser que le rubis des fées contrôle sa magie quand elle est avec moi. Bien que ça soulève une question : d'abord, pourquoi mon baiser a déclenché son pouvoir ?

– D'accord. Avertissez-moi du moindre changement, dis-je à mes hommes avant de fermer la porte.

Mon chaton sexy est allongé dans mon lit. Elle s'est emmitouflée dans les couvertures et seule sa tête dépasse.

– On dirait bien qu'on est tranquilles, constate-t-elle en s'extirpant du nid qu'elle s'est fabriqué.

Je pose les yeux sur ses magnifiques seins rebondis sur lesquels pointent les plus parfaits mamelons roses. Elle rougit en me voyant l'observer. J'aime qu'elle soit si réactive, et son innocence à cet instant alors qu'elle peut se montrer si fougueuse en temps normal. Elle est les deux faces d'une même pièce ; j'adore tout chez elle.

– Je suis déçu, déclaré-je. Tu portes toujours ton pantalon.

Elle s'empare d'un oreiller qu'elle me jette.

– Tu peux parler. Enlève le tien d'abord.

Je souris et m'avance vers elle, alors qu'elle remonte un autre oreiller sur sa poitrine.

– Tu es à moi.

Je récupère l'oreiller dans ses mains et le balance derrière moi, puis l'empoigne par la taille pour l'attirer à moi. J'arrache ses boutons.

Elle écarquille les yeux. Je me laisse guider par mon excitation, et glisse les doigts dans la ceinture de son pantalon pour le lui retirer, ainsi que ses sous-vêtements.

Surprise, elle laisse échapper un fort halètement.

Son pantalon reste coincé aux chevilles, parce qu'elle porte toujours ses bottes. Je fais claquer ma langue devant son air penaud.

Elle hausse les épaules en me tirant la sienne.

– C'est le genre de choses qui arrive quand on veut aller trop vite.

Je ne peux pas nier que j'aime qu'elle me résiste.

Tandis que j'attrape son pied et lui ôte ses bottes, je scrute son corps superbe. Des seins ronds, une taille qui se resserre avant d'épouser le galbe de ses hanches. Le petit monticule de poils clairs luit entre ses jambes, et le parfum de son excitation embaume déjà l'air.

Mon sexe palpite, et s'allonge. Frénétiquement, je lui retire ses bottes et son pantalon, pour atteindre ma femme.

— Ne me fais pas patienter trop longtemps, me taquine-t-elle, battant des cils.

Elle reste étendue là, spectaculaire.

Elle m'observe avec ses grands yeux, les lèvres entrouvertes, genoux serrés, hissée sur ses coudes. J'ai les testicules douloureux du besoin de revendiquer ce que je désire depuis bien trop longtemps.

Je baisse la main sur ses genoux, et son souffle s'accélère quand je la touche. Je les écarte. Elle ne résiste pas. Son intimité est moite, et je glisse le pouce sur l'orée de sa chaleur.

Elle tremble, ses cuisses s'écartent davantage. Elle lève légèrement les hanches en réponse à mes caresses. Comme je ne sais pas combien de temps je peux tenir, je me penche, glisse ma main sur sa nuque et la soulève pour qu'elle m'embrasse.

Son halètement me donne envie de la protéger du reste du monde.

— Tu m'as tellement manqué, murmure-t-elle, peinant à respirer tant elle est submergée d'émotions.

— Aujourd'hui, je vais te revendiquer, te marquer, te montrer ce que tu as manqué.

Je vais lui prouver que peu importe ce que nous réserve le futur, je serai toujours à ses côtés. Pour la garder dans notre royaume, je pourrais proposer que Luther ou moi l'épousions selon les règles de la cour, de sorte de ne plus avoir à la cacher. Nous devrons trouver comment lui créer une identité Seelie, mais j'écarte ces idées pour le moment.

Moi qui avais juré de ne jamais me ranger, je n'arrive pas à croire que je viens de penser au mariage.

– Cesse de parler et embrasse-moi, exige-t-elle.

Sa bouche fond contre la mienne. Elle est douce, elle sent bon, et, bon sang, il y a tant de choses que j'ai envie de lui faire… Nous allons parfaitement bien ensemble et je ne parle pas seulement du sexe. J'ai bien l'intention d'apprendre à mieux la connaître, lui montrer que la vie ici peut être magnifique avec Luther et moi à ses côtés. J'ai envie de la protéger, la serrer dans mes bras et ne plus la lâcher.

Elle glisse ses doigts dans mes longs cheveux pour m'attirer plus près d'elle. Le désir me taraude, et nos bouches se séparent. Ses joues et ses lèvres sont rosies. La chaleur de son regard m'attire.

– Prends-moi, souffle-t-elle, et mon sexe frémit à ses mots.

Je la dépose sur le lit et m'écarte, baisse mon pantalon sur mes chevilles et le retire. Mon érection est si dure qu'elle en est douloureuse.

– Touche-moi, lui demandé-je.

Mon chaton m'obéit, s'assied, mordillant sa lèvre inférieure, les yeux rivés sur mon membre. Elle s'en saisit, et la sensation me fait siffler. Ses longs doigts s'enroulent autour, et elle tire.

– Putain !

Cela fait si longtemps que j'attends ça.

Je sens une douce humidité sur le bout de mon gland, et quand je baisse les yeux, je vois sa douce bouche cerise qui l'enveloppe.

Ma poitrine se soulève et s'abaisse plus vite, mon sang file vers le bas et mes testicules se contractent.

Oh, bon sang ! Mes yeux se révulsent quand elle me prend de plus en plus profond. Sa langue experte lèche mon érection, et cette sensation me rend dingue. Mes hanches se balancent d'avant en arrière, doucement au départ, mais l'intensité augmente trop vite.

Je me retire de sa bouche avec un petit bruit, et elle m'observe de ses yeux de biche. Elle est agenouillée au bord du lit, nue et splendide. Je ne peux détourner le regard de ses seins fermes, la courbe de sa taille, la petite touffe de poils clairs entre ses jambes. Il m'en faut plus. Tellement plus.

– Allonge-toi sur le dos, chaton, lui ordonné-je, et elle glisse sur le flanc, écarte ses jambes et s'exécute. Montre-moi tout à nouveau, écarte plus encore, que je voie tes lèvres humides.

Son souffle s'accélère et elle relève les jambes, écartant plus encore ses genoux repliés.

– J'aime quand tu me parles comme ça, ronronne-t-elle.

Je tombe devant elle et contemple sa fente rose, où son excitation est évidente. Mon sexe palpite.

J'embrasse l'intérieur de sa cuisse et remonte. Je m'enivre de son odeur sexy et musquée. Je l'absorbe au fond de mes poumons, éveillant une faim primitive en moi. Avant même que j'atteigne ses lèvres juteuses, elle se met à gémir.

Je grogne en la voyant ainsi ouverte devant moi. Je tire la langue pour la lécher sur toute la longueur. Elle cambre le dos, écarte plus encore les jambes, me donne tout ce qu'elle a. Je la prends en bouche, la suce, ravage ce qui m'appartient.

– Oh, putain ! Deimos ! crie-t-elle.

Elle est terriblement humide, et son bassin se balance d'avant en arrière. Je dévore mon doux chaton ; je veux l'amener au bord du précipice, de sorte qu'elle me supplie d'en avoir plus.

Je la saute avec ma langue, agrippant ses hanches tandis que je m'enfonce plus encore, la plaquant contre moi.

Ses cris de plaisir me mettent en surchauffe, et m'excitent tellement que c'est une véritable torture de me retenir.

Je me retire et elle lève la tête pour me regarder.

– Pourquoi t'arrêtes-tu ?

Je me relève en riant, car c'est comme ça que je la désire. Ouverte et affamée de moi.

– On n'arrivera à rien comme ça, chaton.

Je m'allonge sur elle et nos bouches s'écrasent l'une contre l'autre. Mon membre se presse contre la chaleur entre ses cuisses, là où j'ai besoin de m'enfouir. Elle est comme une addiction inépuisable.

J'aspire sa langue dans ma bouche et enfonce mon membre en elle. Elle remue ses hanches pour que je me glisse plus facilement. Elle est étroite, ses parois intimes se contractent, et j'ai de plus en plus de mal à me retenir.

– Laisse-moi entrer, mon ange, lui soufflé-je. Détends-toi, je ne te ferai pas de mal.

Elle hoche la tête, et je ressens physiquement qu'elle se relâche.

Je grogne en glissant jusqu'à la garde, le cœur battant à tout rompre.

– Deimos ! s'écrie-t-elle.

Je me retire et la pénètre à nouveau, lentement au départ pour qu'elle se fasse à ma taille, puis je bouge plus vite. Je la saute sans ménagement.

Ses seins frottent contre moi à chaque coup de reins, et ses yeux ne quittent pas les miens. J'aime comme elle gémit, les réactions de son corps, comment elle s'enroule autour de moi comme si nous ne faisions qu'un.

– C'est tellement bon, me dit-elle. Tu m'as manqué.

Je l'embrasse, sans jamais cesser de m'enfouir en elle. Je glisse une main entre nous jusqu'à son clitoris que je caresse.

Son souffle s'accélère, et elle gémit contre ma bouche.

– Jouis pour moi, chaton, lui murmuré-je avant de baisser la tête pour saisir un téton entre mes dents.

Je le grignote doucement avant de le sucer.

Sa respiration se fait laborieuse, et d'un coup, son

corps tremble sous moi. Elle crie, et son orgasme déchirant la fait convulser.

Elle se contracte autour de mon membre, et cette fois, je me laisse aller, et ouvre les vannes et explose en elle. Je grogne, palpite, la remplis de ma semence, et nous haletons à l'unisson.

Elle s'agrippe aux draps et, la tête rejetée en arrière, pousse de ravissants cris de plaisir. Putain, elle est magnifique.

À la fin, quand nous sommes tous deux en train de redescendre, je l'embrasse doucement.

– J'en veux encore.

Elle éclate de rire, puis pose les mains sur mes joues avant de m'embrasser.

– Oui, s'il te plaît.

Je me retire d'elle et me lève. Son intimité est luisante, ses lèvres gonflées, et bon sang, que j'aime voir ce suintement blanc de ma semence au bord de son vagin.

– Je vais chercher quelque chose pour te nettoyer.

Elle m'adresse un clin d'œil sans bouger. Elle tend la main et ouvre le poing qui renfermait son rubis.

– J'ai l'impression que j'aurais dû garder cette pierre avec moi depuis le début. Je veux dire, je peux ouvrir et refermer des portails grâce à elle, même si je n'arrive pas trop à contrôler la destination, mais c'est une amélioration. Et puis je peux t'embrasser autant que je veux.

– Il faut que je trouve une solution pour que tu ne

sois pas obligée de l'empoigner à chaque fois que je veux t'embrasser.

– J'adorerais ça, répond-elle depuis le lit.

Dans la salle de bains, je prends une serviette dont j'humidifie légèrement un coin, et je retourne vers mon chaton. Je nettoie son délicieux minou, puis la rejoins dans le lit et la prends dans mes bras.

– Notre avenir ressemblera à ça. La liberté d'être ensemble, de partager nos vies.

Elle est blottie contre ma poitrine, face à moi, et elle me regarde.

– C'est étrange à quel point je me sens plus chez moi ici que sur Terre.

– Ça en dit long.

– J'ai vraiment cru que j'allais te perdre, commence-t-elle, posant une main tremblante sur mon biceps.

– Tu as pris énormément de risques pour me sauver, et je n'ai pas le moindre doute sur ce que tu ressens pour moi. Mais promets-moi de ne plus jamais te mettre en danger comme ça.

Elle fronce le nez, comme si elle n'allait jamais faire ça, ce qui ne me surprend pas.

– Si je n'étais pas allée à la Cour des Cendres, je n'aurais jamais découvert autant de choses.

– Ah oui ?

Je lui masse le bas du dos, l'encourageant à m'en dire plus.

– Comme rencontrer la mère du roi ; découvrir que la mienne est sûrement quelqu'un d'important, qui qu'elle soit ; et que j'ai plus de pouvoir en moi que je ne le pensais au départ. En plus, je ne serais jamais tombée sur Sifflet pour récupérer le rubis. Et puis aussi, maintenant, qui est mon vrai...

– Sifflet ? relevé-je.

Elle me fait un rapide compte-rendu de ce qui s'est passé pendant que j'étais malade ; je l'additionne aux récits de mes frères.

– La fée aux ailes bleues, c'est ça ?

Elle hoche la tête.

– Mais il y a autre chose.

Elle déglutit avec peine, et je discerne de l'appréhension sur ses traits.

– Qu'est-ce qu'il y a ?

On frappe à la porte, et elle tressaille dans mes bras.

– Je vais aller voir qui c'est. Mets-toi sous les couvertures.

J'enfile mon pantalon et traverse la pièce à grands pas. Une fois Guendolyn cachée, j'ouvre la porte.

Mon garde se tient devant moi, évitant soigneusement de regarder dans ma chambre.

– Vous êtes convoqué par Son Altesse le prince Ahren dans sa salle de réunion. Immédiatement.

Je gémis et passe ma main dans mes cheveux. Bon sang, quoi encore ?

– J'arrive de suite, réponds-je avec un bref hochement de tête.

Je referme la porte et me tourne vers mon chaton, dont de nouveau, seule la tête dépasse de la couverture.

– Reste ici. (Je franchis la distance qui nous sépare et

me penche vers elle pour embrasser ses lèvres pleines.)
Je reviendrai plus tard pour t'apporter à manger.

– C'est un bon plan. Ne traîne pas.

Elle se pelotonne plus confortablement sous la couverture, comme pour s'endormir.

Mon cœur martèle ma poitrine. Que m'a-t-elle fait ?
Putain !

Je ne cesse de penser à elle, et mon sexe durcit rien qu'à penser à elle. Dès la première fois où je suis allé la chercher sur Terre, j'aurais dû savoir qu'elle me captiverait. J'ai insisté sur le fait que mon job ne consistait qu'à l'amener à la Cour des Ombres, mais je me racontais des histoires.

Elle m'a toujours appartenu. Il fallait juste que je me l'avoue.

GUENDOLYN

Je me glisse dans l'eau brûlante et attrape des raisins dans le plateau de fruits près de la baignoire. Le soleil matinal brille puissamment. Hier, après avoir patienté en vain un certain temps que Deimos revienne, une servante m'a apporté un dîner dans la chambre. Après quoi je me suis écroulée sur le lit et ai dormi d'une traite. Ce matin, Deimos n'était toujours pas de retour dans mon lit, alors j'ai décidé de m'occuper, en commençant par ma toilette.

Je suis descendue aux bains, parce que je ne supporte pas d'attendre sans rien faire.

Mon garde m'attend dehors, et pour l'instant il vaut mieux que je me fasse discrète. Les princes sont sûrement en train d'organiser les funérailles du roi, et de l'accession d'Ahren au trône, alors je peux bien patienter.

Je ne cesse de penser au fait que le roi était mon vrai

père, et que j'ai terriblement envie d'en parler à Deimos. Mais c'est une idée qui me semble égoïste.

C'est à Ahren que revient le trône, même s'il n'est pas le fils du roi par le sang. Et si je l'annonçais maintenant, est-ce que quelqu'un penserait de moi que je cherche à le lui voler ? En toute honnêteté, je ne suis pas suffisamment calée en matière de règles et politiques royales pour savoir si c'est possible. Une femme peut-elle accéder au trône dans les cours des faë ?

Dans tous les cas, je ne veux pas d'un tel poste, et je suis déjà à deux doigts de perdre Ahren. Je refuse de faire quoi que ce soit qui pourrait l'éloigner encore plus de moi.

Une idée idiote me vient, une envie de mariage, et j'en ris presque tout fort. Sans rire, une cour qui hait les Unseelie ne laissera jamais l'une d'entre elles les diriger. Et même si je ne le suis qu'à moitié, je n'appartiens pas vraiment à leur cour, n'est-ce pas ? Et techniquement, cela signifie que les princes sont mes demi-frères.

Non, je dis n'importe quoi. Nous ne partageons pas de liens de sang.

C'est pour cela que j'ai failli demander son avis à Deimos, mais serait-ce vraiment une bonne idée ? Qu'est-ce qui l'empêcherait d'en faire toute une histoire et d'en parler à Ahren ?

Je m'enfonce plus loin dans l'eau, et prends la résolution de ne rien dire pour le moment.

J'inspire profondément et me détends, et songe à ces moments incroyables passés avec Deimos ; je ne sais pas ce que je ferais si je devais les perdre, Luther et lui. Je suis choquée de voir à quelle vitesse je me suis attachée à eux. Je préfère songer à ça plutôt qu'à ce que je suis en train de perdre.

Quand la température de l'eau diminue et que mes doigts sont tout fripés, je sors de la baignoire et attrape une serviette. Les servantes ont emmené mes vêtements, et m'ont laissé une robe. Je récupère le tissu bleu nuit serti de minuscules cristaux, sans trouver de dessous. Je soupire, fatiguée de me balader sans culotte. Est-ce que c'est un truc de faë ?

Ce qui me manque désespérément, c'est un pantalon large et un sweat à capuche. Ces robes ont beau être spectaculaires, me remonter les seins et cintrer ma taille, elles sont loin d'être confortables.

J'enfile le décolleté carré qui descend un peu trop bas sur mes seins, puis noue le corset à lacets sur le devant qui me comprime la poitrine. Pas besoin de soutien-gorge quand les seins sont compressés en permanence dans un corset ou une robe serrée.

J'enfile une paire de bottines et me coiffe avec un peigne à larges dents. Puis je prends la direction du couloir.

Michae m'accueille avec un sourire, en se redressant. Il a une petite cicatrice sur la lèvre, qui ne se voit que quand il sourit. Je l'apprécie de plus en plus, et j'aime avoir quelqu'un à qui parler.

– Où allons-nous, mademoiselle ?

– La salle à manger, s'il vous plaît. J'ai soif.

Il acquiesce et nous traversons le manoir.

Deux servantes passent précipitamment devant

nous, soulevant leur robe pour avancer plus vite. Je me retourne pour les voir disparaître au bout du couloir. Un homme en costume noir qui pousse un chariot de nourriture argenté longe le couloir à toute vitesse dans notre direction.

Il nous fait signe de nous écarter de son chemin.

Nous nous exécutons et il passe en trombe devant nous.

– Qu'est-ce qui se passe ? marmonné-je pour moi-même.

D'autres servantes passent précipitamment avec des paniers de fruits. Derrière elles, une autre femme a les bras chargés de fleurs. Puis deux hommes suivent, faisant rouler des chariots chargés de magnifiques assiettes dorées. Je grimace en les entendant cliqueter, je les imagine tomber et se briser au sol.

Je cligne des yeux devant l'agitation qui règne dans tous les couloirs.

– Que préparent-ils ? Les funérailles ?

– Son Altesse Ahren s'apprête à accéder au trône d'ici quelques jours.

– Alors il s'agit d'une fête ?

Quand c'est au tour de Dana de passer devant nous avec des piles de linge dans les bras, je tends la main vers elle et me place en travers de son chemin.

Elle m'évite avec une révérence, tandis qu'un homme âgé s'éclipse en soufflant dans une pièce.

– Je suppose que c'est plutôt rare qu'un nouveau roi soit couronné, murmuré-je.

Bien sûr, je n'attends pas d'invitation, même si j'espère bien que Deimos ou Luther arriveront à me faire entrer en douce. J'ai envie de voir la salle du trône décorée avec grand soin, d'assister au rituel ainsi qu'à la fête, pour comprendre la culture des faë. Je veux voir si elle ressemble aux fêtes médiévales que l'on voit dans les films.

Laissant l'agitation derrière nous, nous pénétrons dans la salle à manger du manoir. La magnifique baie vitrée capte toujours mon attention sur le panorama d'arbres et de montagnes. C'est sans doute l'une des pièces que je préfère.

– Je vais demander qu'on vous serve un verre, déclare Michae avant de franchir la porte arrière qui mène dans la cuisine.

Je m'approche de la fenêtre pour contempler l'extérieur, tentant de ne pas trop penser à toute cette agitation qui me donne l'impression d'être tenue à l'écart. Je ne cesse de me répéter qu'il ne s'agit pas de moi.

Des bruits de pas se rapprochent dans mon dos, je me retourne, m'attendant à voir Michae, mais c'est Luther qui est là. D'où vient-il ?

Mon cœur se gonfle à la vue de sa bouche qui s'étire en un délicieux sourire. Il a écarté ses cheveux noirs de son visage, et ses joues brillent comme s'il avait été dehors dans le froid. Il porte une tunique noire qui épouse parfaitement son torse musclé et ses épaules larges ; des pastilles dorées sont brodées autour du col rond. Sa taille est entourée d'une ceinture en cuir, et ses cuisses musclées sont moulées dans son pantalon en cuir. Mes soupçons sont confirmés quand j'aperçois des traces de neige sur ses bottes.

— Je t'ai cherchée, dit-il en me prenant la main pour m'attirer à lui. J'ai une surprise.

— Qu'est-ce que c'est ?

Je suis incapable de réfréner mon immense sourire, savourant toute cette attention qu'il me porte.

— Tu verras.

C'est à ce moment-là que Michae débarque avec un verre de jus de fruits qu'il pose sur la longue table à manger devant moi.

— Demande au chef de préparer un festin à emporter pour moi, lui ordonne Luther. Nous n'avons pas beaucoup de temps devant nous.

Le garde tapote sa poitrine à deux reprises au-dessus de son cœur.

— Bien sûr, Votre Altesse.

Puis il retourne à la cuisine.

Luther est d'une beauté diabolique aujourd'hui, et j'aime que ses doigts avides s'accrochent à moi, m'empêchent de m'éloigner de lui.

— Tu sors tout juste de ta réunion avec Deimos et Ahren ? lui demandé-je, curieuse de savoir de quoi ils avaient parlé, et si cela avait rapport à la découverte de l'assassin du roi.

— Ça a duré une éternité. Ils ne nous ont même pas servi à déjeuner, je meurs de faim. Deimos ne va sûrement pas tarder à débarquer ici aussi. Il mange comme un ogre.

— Et Ahren ? m'enquiers-je.

Il repousse derrière mes oreilles quelques cheveux qui s'étaient pris dans mes cils, et je vois quelque chose passer dans son regard. Est-ce de la pitié ? Est-il au courant qu'Ahren m'a repoussée, et qu'à présent je me languis de lui ? Je me déteste de lui donner cette impression, mais je suis incapable de contrôler mes sentiments envers ces princes.

– Il est occupé, explique Luther. Et il le sera pendant plusieurs semaines au moins.

Il pose la main dans le bas de mon dos et me guide vers la table.

– Viens, asseyons-nous en attendant.

Mais je ne fais pas le moindre mouvement.

– Est-ce le temps que prend le couronnement d'un roi ?

Il déglutit bruyamment, et je vois sa pomme d'Adam s'agiter dans sa gorge. Il hésite, ce qui ne fait que renforcer mes soupçons : il se passe quelque chose d'autre. Pourquoi me laisse-t-on dans l'ignorance ?

– Luther, qu'est-ce qui se passe avec Ahren ? Pourquoi se détourne-t-il de moi ?

Ce n'est ni le lieu ni le moment d'en parler, mais sa manière de me regarder fait remonter toutes mes émotions la surface. Je suis tombée folle amoureuse de trois princes, mais à dire vrai, je suis encore en train d'apprendre à les connaître. Je découvre encore leurs secrets. Alors, que cache vraiment Ahren ?

Luther s'humecte les lèvres, il donne l'impression de chercher ce qu'il va me dire.

– Il doit te parler lui-même. Je suis désolé, petite

louve. Je suis surpris qu'il ne l'ait pas encore fait, mais je vais lui en parler.

Mon cœur me remonte à la gorge. Génial. Alors il se passe *vraiment* quelque chose au-delà des responsabilités supplémentaires qu'il devra assumer ou de tout ce qu'il a mentionné. C'étaient des mensonges.

Ma tête est à présent remplie d'horribles scénarios : il pourrait être malade et mourir, ou bien il lui faudrait vivre à l'autre bout du royaume pendant des années pour accéder au trône, ou… Bon sang, il faut vraiment que j'arrête de me torturer.

— Petite louve, Deimos et moi serons toujours à tes côtés.

Pourquoi n'arrête-t-il pas de répéter ça ? Je m'écarte de lui et me tourne vers la fenêtre. À cet instant, je voudrais avoir des ailes pour m'envoler comme un oiseau. Me sentir libre, et non pas perdue ou piégée.

Je suis l'étrangère dans ce royaume.

Celle qui est vulnérable et crédule.

Je dépends des princes, et je déteste ça. Je m'en rends compte à présent, parce qu'ils peuvent s'éloigner de moi aussi facilement qu'Ahren l'a fait. Où je me situe dans tout ça ?

Luther est derrière moi mais ne me tient pas. La chaleur de son corps m'enveloppe comme une chaude couverture.

— Pourquoi tu ne peux pas me dire ce qu'il se passe avec Ahren ? Je déteste ça. Je ne sais même pas où est ma place. On me met toujours de côté, il faut que je cache qui je suis. C'est ça, mon avenir ? Être la personne que l'on écarte quand les choses deviennent trop réelles ?

J'ai la gorge serrée de colère et de frustration.

Luther me saisit par les épaules et me retourne face à lui. Le dos plaqué contre la vitre, je lève les yeux sur lui.

– Tu n'es pas juste, petite louve. Nous sommes obligés de te garder en sécurité jusqu'à ce que nous trouvions un moyen de rendre ton séjour ici permanent. Je t'ai déjà dit que je ferais tout pour te protéger, et tu dois me faire confiance, aujourd'hui plus que jamais.

Ses yeux chaleureux reflètent sa sincérité. Je baisse les miens, me sentant rougir, détestant cette impression que j'ai d'être une enfant gâtée.

– C'est juste que je me sens perdue, murmuré-je.

Il pose un doigt sous mon menton qu'il soulève pour que je croise son regard. Il n'est qu'à quelques centimètres de moi, l'air sincère, avec son parfum de musc et d'épices qui sent terriblement bon.

– Jamais tu ne seras perdue à mes côtés.

Ces mots me font l'effet d'une fraîche brise printanière qui chasse le blues de l'hiver, et j'en ai les larmes aux yeux. Je fonds contre lui, et il m'embrasse. Je ne sais même pas pourquoi je pleure, mais toutes ces émotions qui se sont accumulées en moi se déversent enfin. Cette nouvelle au sujet de mon père. Ne pas savoir qui est ma mère. Ahren qui me repousse. Ne pas savoir où est ma place. De toute manière, qui suis-je exactement ? Est-ce que je serais mieux sur Terre, où je ne suis personne, et où je peux faire semblant d'avoir une vie ?

Luther me serre fort contre lui, me frottant le dos. Il

y a quelque chose d'apaisant chez lui. C'est peut-être parce que je le connais depuis plus longtemps. Il a vu mes meilleurs et mes pires côtés, et pourtant il est toujours là. Pour toutes ces raisons, j'accepte ce qu'il m'offre, et je le crois quand il me dit qu'il sera toujours à mes côtés.

LUTHER

J'ai mal au cœur.

D'après ce qu'on a vu, Guendolyn n'a cessé de relever des défis, elle se défend toujours. Pas une fois elle n'a demandé à partir.

Pas ma petite louve.

Jamais elle n'abandonne, je m'en rends compte à présent. C'est sa volonté de découvrir la vérité sur son passé qui la pousse en avant, et c'est une chose que j'admire chez elle plus qu'elle ne s'en rendra jamais compte. Trop de gens se complaisent dans leur misère, battent en retraite par peur… Mais pas elle.

Je l'étreins tandis qu'elle sanglote doucement contre ma poitrine. Je passe la main dans ses doux cheveux blonds, je le la presse pas, je la laisse prendre son temps. Nous avons tous besoin de nous ressaisir et de réfléchir à nos prochaines décisions lorsque l'enfer se déchaîne, et si sa réaction est de pleurer, la mienne est de tout casser sur mon passage. Elles sont assez semblables, d'une certaine manière.

La cheminée nous enveloppe de sa chaleur, et dehors

le soleil pointe derrière les nuages. Les chutes de neige ralentissent au rythme où les nuages gris s'estompent.

C'est ce dont elle a besoin. Du temps à l'écart de tout. Parce que quand elle saura pour le mariage, elle aura le cœur brisé. En attendant, j'ai bien l'intention de la faire sourire, pour qu'il lui reste quelque chose à quoi s'accrocher.

Guendolyn s'écarte de mon étreinte, les joues rosies, les yeux toujours gonflés.

— Changement de décor et grand air, qu'est-ce que tu en penses ? lui proposé-je.

Elle sourit et hoche la tête.

— J'aimerais beaucoup.

Ça me réchauffe le cœur de la voir sourire plutôt que pleurer.

La servante sort de la cuisine, suivi de Michae. Elle me tend un panier en osier recouvert d'un torchon blanc. J'ai l'impression d'être un domestique qui va se promener en forêt, mais je le lui prends quand même.

— Tout ce dont vous avez besoin se trouve ici, Votre Altesse.

Elle incline légèrement la tête et se retire.

— Merci, dis-je.

Guendolyn fait de même. Michae incline la tête à son tour quand nous quittons la salle à manger.

Tandis que nous descendons les escaliers et sortons dans la cour, ma petite louve affiche une expression surexcitée.

— Où allons-nous ?

Elle me regarde pour que je lui donne une réponse,

et il y a quelque chose de fascinant dans son enthousiasme enfantin. Ma poitrine se serre et mon cœur bat la chamade pour elle. C'est si facile et si rapide pour elle de me toucher.

– Tu verras bien.

Je la mène à travers la cour couverte de neige vers le grand traîneau noir attelé à un grand cheval alezan.

Gwendoline est toujours bouche bée, elle accélère le pas.

– Est-ce que c'est vraiment pour nous ? Oh, mon Dieu, on dirait le traîneau du père Noël.

Elle marmonne des choses que je ne comprends pas, mais son enthousiasme est contagieux. Puis elle se tourne brusquement vers moi.

– Attends, les maudits de sang sont à l'extérieur de ces murs.

– Mais qui a parlé de quitter les terres du royaume ?

Elle se met à sautiller et court grimper dans le traîneau ouvert. Elle s'affale sur la banquette en bois à deux places où se trouve un tas de couvertures, et rit en me regardant.

– Dépêche-toi, crie-t-elle.

C'est ça que je veux qu'elle ressente chaque jour. Qui aurait cru qu'un jour je finirais par être un tel crétin amoureux ? J'ai toujours besoin de ma petite louve à mes côtés. C'est ça qui compte. Je la rejoins et installe le panier sous le banc du traîneau, puis me tourne et vois s'avancer vers nous le chef de nos écuries ; c'est un vieux faë aux longues oreilles pointues qui dépassent de ses cheveux blancs en bataille.

– Votre Altesse, vous êtes prêt à partir. Les chemins ont été déneigés.

Je vois une lueur dans ses yeux, la même que celle de la servante et de Michae, quand son regard passe de Guendolyn à moi. L'impression que cela me donne, c'est que le personnel du manoir est heureux que je sois avec elle. Ou c'est peut-être un simple vœu pieux de ma part.

– Merci.

Au-delà du château et de la ville, mais à l'intérieur des limites du royaume, s'étend une forêt abritée des maudits de sang, où les faë peuvent chasser le gibier et récolter des fruits et légumes sauvages.

Je grimpe dans le traîneau, m'empare des rênes et m'assieds à côté de ma petite louve.

– Tu es prête ?

– Évidemment. Je suis si ravie de faire quelque chose d'amusant. Je me souviens encore de la grande roue que tu as fabriquée pour moi.

Elle se serre contre moi, et je glisse un bras autour d'elle.

Le cheval s'élance, et elle éclate de rire alors quand faisons une embardée qui nous projette en arrière sur nos sièges. Notre attelage atteint rapidement un trot régulier, malgré quelques petites bosses sur le terrain. Quelques servantes nous saluent au passage, et Guendolyn leur rend la pareille. Une fois sortis de la cour du château, nous avançons plus vite. Je dirige le cheval vers la droite, et emprunte un chemin bordé de pins et sapins dépenaillés.

Derrière nous part un chemin qui mène à la ville des

Ombres Seelie, mais aujourd'hui je veux que nous restions à l'écart de tout le monde et des maudits drames de la vie royale.

Nous sommes pas mal secoués sur notre siège, mais Guendolyn ne me lâche pas.

– Quand j'étais jeune, commencé-je, j'allais souvent dans ces bois où je restais toute une semaine. Je campais, chassais mes propres repas, faisais des feux, et en général je ne rentrais que quand l'un de mes frères venait me chercher.

– Tu t'échappais ? me demande-t-elle

En quelque sorte. Comme toujours quand je lui adresse mes pensées, un léger picotement d'énergie parcourt ma peau.

Elle lève les yeux vers moi, et je trouve étrange de ressentir ses émotions tout en les voyant s'afficher sur son visage. Cela fait partie de mes dons… je n'entends peut-être pas clairement toutes ses réponses, mais je perçois ses sentiments quand elle ouvre son esprit au mien. Et en ce moment, c'est la curiosité qui l'emporte chez elle.

Je devance ses questions tandis que nous traversons les bois, tressautant sur notre siège à cause du parcours cahoteux.

– Mon don de seconde vue me vient de mon grand-père du côté de mon père. Lorsque nous sommes arrivés à la Cour des Ombres, j'ai eu du mal à me couper des pensées des gens qui n'avaient absolument aucune idée de comment fermer leurs esprits. Tu serais surprise de voir tout ce que les gens trahissent, si je pousse juste un peu. J'étais jeune à l'époque, je ne savais pas encore contrôler mon pouvoir. Alors j'avais l'habitude de venir me cacher ici, où je pouvais laisser mon esprit au calme.

– Ton grand-père ne t'a pas appris comment gérer ton pouvoir ?

Je garde les yeux rivés sur le chemin qui décrit une courbe vers la droite et se met à grimper. Tout est couvert de neige, ce qui me fait penser à la dernière fois que j'ai vu mon grand-père. Une semaine avant mon dixième anniversaire, il avait pénétré bien des fois l'esprit de mon père pour y voler des informations confidentielles. Mon père l'avait surpris et l'avait tué en représailles. La connaissance, c'est le pouvoir, et ça transforme les gens en êtres horribles.

– Pas vraiment, réponds-je. Ce n'était pas vraiment le faë le plus sympathique ou serviable.

C'était la vérité. Quand notre père était enfant, il avait l'habitude de le battre jusqu'au sang. Apparemment, la pomme ne tombe jamais loin de l'arbre, à voir la manière dont Ahren a été traité. Mais tous les trois, nous avons fait le pacte de ne jamais devenir notre père. Et si nous nous engagions dans cette voie, les autres seraient là pour nous remettre sur le droit chemin.

– Quel dommage ! (Elle serre les bras plus fort autour de moi pour se blottir.) Mais on dirait que tu le maîtrises parfaitement pour avoir réussi à me pister sur Terre.

– Avec l'aide de la magie, lui rappelé-je.

– Quand même, tu as des capacités incroyables.

Je me penche pour déposer un baiser sur sa tête.

– Dit la fille capable d'ouvrir des portails et guérir les faë, sans parler qu'elle communique avec les fées.

– Je crois avoir une autre capacité, m'annonce-t-elle.

Et elle entreprend de me parler de l'énergie dont elle s'est servie pour combattre la mère du roi à la Cour des Cendres.

Mon cœur bat à tout rompre quand elle m'explique qu'elle a utilisé cette énergie pour projeter l'Unseelie de l'autre côté de la pièce.

– Tu es incroyable, ma petite louve. Et je me demande si tu ne ferais pas un bon mage.

Elle se raidit et s'écarte.

– Ne dis pas ça ! J'ai rencontré les mages de cette cour, et ils sont effrayants. Je ne leur ressemble pas.

– C'est vrai, tu es différente et c'est pour cette raison que je fais le vœu de te protéger de ma vie.

Elle sourit et enfouit sa tête contre moi. Les oiseaux gazouillent, et un cerf passe devant nous. Enfin, j'arrête notre cheval dans une petite clairière où la neige au sol est immaculée. Elle scintille sous le soleil qui réchauffe cette journée glaciale.

– Nous terminerons à pied à partir d'ici. Je dois te montrer quelque chose. Emmène une couverture pour te tenir chaud.

Je descends de la calèche et l'aide à faire de même, tandis qu'elle attrape la couverture sur le banc. Elle l'enroule autour de ses épaules, et pendant ce temps, je nourris rapidement le cheval pour le rassasier le temps de notre absence.

Main dans la main, Guendolyn et moi nous

enfonçons dans la neige jusqu'aux chevilles, nous faufilons entre les arbres, franchissons des troncs couchés, gravissons le terrain en pente raide.

Elle manque de souffle.

– Tu veux me tuer ?

Je ris et l'attire à moi, l'aide à gravir la côte escarpée sans glisser. Les arbres s'espacent de plus en plus, le soleil se fait plus fort. J'aime cet endroit. Autour de nous le monde paraît plus loin et plus petit, on a l'impression que rien ne peut nous atteindre.

Nous arrivons au-dessus de la cime des arbres en suivant le chemin qui serpente autour de la colline rocheuse. Une fois sur la plate-forme au sommet, je promène mon regard sur la Cour des Ombres. L'ancien château aux pierres érodées par les siècles domine les terres de toute sa hauteur. Des remparts protègent le royaume, des tours inébranlables le surveillent. La cité l'entoure, des maisons couvrent les pentes des collines. Et tout est couvert de neige.

– Oh, mon Dieu ! (Guendolyn halète à cette vue.) Cet endroit est stupéfiant. Il me faut un appareil photo, parce que c'est absolument magnifique.

– Petite louve, ce n'est pas pour cette vue que je t'ai emmenée ici. Tourne-toi.

Elle s'exécute et reste bouche bée.

– Est-ce que tu te fous de moi ?

7

GUENDOLYN

Sur la colline dans la forêt derrière le château, je regarde au loin, au-delà des remparts du royaume et d'une autre grande forêt. Mon regard se porte sur un arbre énorme que je n'ai jamais remarqué jusqu'ici. Il surplombe la forêt qui l'entoure, planté là comme un gratte-ciel au milieu de nulle part.

Depuis le sommet de la colline, je ne distingue pas les plus petits détails, simplement les branches enchevêtrées autour du tronc, et qui s'élancent vers le haut où la canopée se déploie comme un champignon géant.

Des centaines de petites lumières scintillent le long des branches, semblables à des lucioles.

– C'est tellement beau, murmuré-je. Quel est cet arbre ?

– Regarde de plus près.

Luther me tend une paire de jumelles qui, de toute évidence, ne viennent pas de ce monde.

Je scrute le paysage au travers, il faut un moment à mes yeux pour comprendre ce que je vois. Puis je les abaisse, parce que je suis en train de regarder le ciel. Je me focalise sur l'arbre qui luit sous le soleil. Les feuilles scintillent comme des bijoux, et d'énormes ruches pendent aux branches.

Mon cœur manque un battement quand je me rends compte que je les ai déjà vues. C'était juste après avoir franchi le portail en m'échappant de la Cour des Cendres.

– Putain de merde ! Ce sont les maisons des fées !

J'abaisse les jumelles et me tourne vers Luther, qui arbore un large sourire.

– Pourquoi tu ne m'as pas dit qu'elles vivaient aussi près du château ?

Je me retourne et observe une fée qui sort d'une ruche, déployant ses ailes dans des nuances vives de rouge et d'or. Je vois d'innombrables fées magnifiques, qui bourdonnent comme des abeilles, entrant et sortant de leurs maisons, s'éclipsant dans la canopée.

– Il faut qu'on revienne ici la nuit. Est-ce que tu imagines à quel point ce doit être magnifique ?

Je baisse les jumelles pour jeter un coup d'œil à Luther.

– On peut y aller ?

– Elles s'attaquent à quiconque s'approche de l'arbre et le tuent. Même les maudits de sang les craignent. Beaucoup en ont peur et les chassent pour s'assurer qu'elles n'envahissent pas le royaume. Nous avons conclu une sorte d'accord tacite selon lequel chacun reste de son côté des terres.

Il m'adresse un sourire un peu bancal, presque maladroit, l'air de s'excuser.

— Elles sont très protectrices envers leurs maisons. Je ne peux pas leur en vouloir.

Je reviens à l'arbre, abasourdie par la beauté que recèle ce royaume. Je repense à ces histoires que l'on m'a racontées au sujet de la reine des fées, la tragédie qu'elle a vécue, et l'histoire qui prévaut à l'existence des fées. Aux réactions des faë quand on parle des fées, y compris les princes.

Elles sont craintes.

Mais également incomprises.

Je songe à Sifflet, sa manière de me venir en aide, et aux centaines de fées qui se sont inclinées et ont chanté pour moi. Ces actions ne sont pas celles d'une race sauvage et vicieuse. Elles tentent de survivre dans un monde où elles sont chassées et exploitées. Elles sont les descendantes directes de la reine des fées elle-même, mises à l'écart à la fois par les Unseelie et les Seelie. Je me rappelle la mère du roi des Cendres qui jubilait de lui apprendre que sa lignée la reliait directement aux fées. Alors pourquoi ne pas les accueillir au sein de leur cour ?

Mon esprit bouillonne devant une telle injustice.

Luther se rapproche de moi, plaque son torse musclé contre mon dos, entoure ma taille de ses bras. Je sens son souffle dans mon cou.

— Pour répondre à ta question, ce n'est qu'au retour

de notre récent voyage que je me suis rendu compte à quel point tu étais liée à elles. Elles te reconnaissent comme l'une des leurs.

J'ai du mal à encaisser la réalité de ses paroles, mais tout au fond de moi, je sais qu'il a raison. Elles m'ont sauvée lors de notre toute première rencontre. L'une d'elles s'est adressée à moi dans mon esprit. Ce n'était qu'un mot, mais une communication malgré tout.

– Est-ce qu'on connaît d'autres qualités aux fées que dévorer un homme jusqu'aux os en quelques secondes ? m'enquiers-je.

– Pas que je sache, mais la reine des fées avait un pouvoir incroyable. Les légendes disent qu'elle puisait directement dans la magie élémentaire. C'est pour ça que les faë ont un éventail de pouvoirs aussi étendu. Mais la plupart se sont atténués avec le temps.

Plus j'en découvre sur l'histoire et les habitants de ce royaume, plus les pièces du puzzle se mettent en place, et plus tout ça me paraît normal.

– J'aime les fées, admets-je.

– Oui, je sais, me dit-il avant de m'embrasser sur la joue.

Sa démonstration d'affection me réchauffe tout le corps.

Je tourne la tête pour lui lancer un coup d'œil, mais il me surprend en posant la main sur ma joue pour m'embrasser.

C'est un baiser puissant et enivrant. Il sait exactement comment me distraire et me faire oublier ce à quoi je songeais il y a quelques secondes encore.

Lorsqu'il s'écarte, je plaque mon dos contre sa poitrine et m'accroche à ses bras qu'il a passés autour de moi.

– Dès que je t'ai trouvée, j'ai su que tu avais quelque chose de spécial, me dit-il.

– Oui, évidemment. J'étais la fille maudite, lancé-je d'un ton sarcastique.

Il resserre légèrement son étreinte.

– Ce n'est pas ce que je voulais dire. Quand je pénètre l'esprit de quelqu'un, je sens son aura. Je ne peux pas l'expliquer, mais je sens dans mon cœur à quel point son âme est pure, et toi tu es intacte.

– Intacte ? (Je me tourne dans ses bras pour lui faire face.)

– Rien ne souille ton âme. Tout le monde possède une certaine dose de corruption ou de ténèbres au fond de son âme. Ça fait partie de ce que nous sommes. Mais pas toi. Je n'ai jamais vu ça.

J'ouvre la bouche mais suis à court de mots. Je ne sais pas quelle question lui poser.

Il prend mes joues en coupe et m'embrasse sur le nez.

– Je crois que ça veut dire que tu es vouée à une destinée incroyable.

– Ça m'a l'air terrifiant. (Ma respiration s'accélère.) Je n'ai pas encore vu quoi que ce soit dans ce royaume qui ressemble à des papillons et des arcs-en-ciel plutôt qu'à la mort et au sang.

– Ces épreuves façonneront ton héritage, petite louve.

Je ris à moitié devant sa phrase de motivation.

– Tu dois me confondre avec quelqu'un d'autre. Je suis celle que tout le monde veut tuer.

Il se penche plus près de moi et me chuchote à l'oreille :

– Tu as mal compris, ma belle. Quand tant de gens souhaitent la mort de quelqu'un, c'est qu'il est extrêmement important. Même si tu ne le réalises pas encore.

Je fronce les sourcils et penche la tête en arrière pour le regarder.

– Saurais-tu quelque chose que j'ignore ? Dis-le-moi, ne tourne pas autour du pot, s'il te plaît. Je suis lasse des secrets.

– Tu es quelqu'un de spécial, c'est évident. Pour quelle raison exactement, cela reste à définir, mais ça ne t'enlève rien.

Je me colle à lui quand sa bouche effleure la mienne, fatiguée de ces conversations qui tournent en rond et qui me mettent mal à l'aise. Je n'ai jamais été quelqu'un d'important, et je n'arrive pas à croire que ça a changé. J'ai assez vécu pour savoir comment fonctionne l'univers. Quand il se passe quelque chose de bien dans ma vie, en général j'ai le retour de bâton avec. Et il ne me semble pas l'avoir encore pris de plein fouet. Luther me raconte autre chose pour me distraire et m'apaiser.

En l'absence de réponses, je préfère ne plus en parler.

Et me concentrer plutôt sur le goût incroyable de Luther, sa main qui glisse sur mes fesses, ses doigts qui me pénètrent en un geste possessif et adorable.

Au cours de mon premier séjour dans ce royaume, j'ai embrassé Luther à la cime des arbres, alors il me semble tout à fait logique que nous nous retrouvions enlacés au sommet d'une colline, à dominer les terres.

Une brise glaciale se lève, m'ébouriffe les cheveux, cingle mes vêtements. Luther me serre plus fort, et nos lèvres restent collées.

– Je vais te ramener au traîneau. Les vents sont trop violents ici.

Son visage est si près du mien que nos nez se touchent.

J'ai encore du mal à croire que j'ai pu attirer son attention. S'il n'y avait pas ce vent, j'insisterais pour que nous restions ici.

Il me prend la main et nous dévalons la pente côte à côte, après un dernier coup d'œil à l'arbre aux fées avant qu'il ne se dérobe à notre vue derrière la cime des arbres et le haut rempart du royaume.

Quand je remonte dans le traîneau, j'ai les dents qui claquent, et les premiers flocons de neige tombent autour de nous. Puis tout change en un clin d'œil. La neige tombe soudain en couches épaisses, et le froid me pénètre jusqu'aux os. Je range les jumelles sous le banc et touche le panier.

– Nous n'avons pas mangé notre pique-nique, lui rappelé-je.

– Crois-moi, on ne va pas le gaspiller.

Luther se glisse à mes côtés, passe un bras autour de mes épaules et empoigne les rênes de l'autre main. Et nous repartons à travers bois.

– Le temps a changé si vite.

Le ciel bleu d'avant est maintenant meurtri par des nuages noirs d'orage qui assombrissent la forêt.

Je me frotte les bras et me colle à Luther, m'imprégnant de sa chaleur, même si j'ai toujours le nez gelé.

Les arbres enneigés deviennent flous tandis que nous accélérons, et comme la neige tombe dru, je distingue à peine la piste devant nous, sans parler de tout le reste. Les branches se balancent furieusement dans le blizzard, et le vent hurle autour de nous.

J'ai le cœur qui bat à tout rompre à l'idée de rester coincés sous cette tempête.

– Garde la tête baissée, m'intime Luther.

C'est à ce moment que je sens les billes de glace rebondir sur la couverture autour de mes épaules et de ma tête.

Une brusque rafale d'air glacial fonce sur nous, nous percute et nous projette en arrière sur le banc.

– Oh merde !

Je halète et ne peux nier que je suis plus qu'effrayée par cet horrible changement de temps.

Luther siffle pour faire avancer notre pauvre cheval, puis bifurque sur un chemin vers la droite. Nous rebondissons sur notre siège, et je ne cesse plus de frissonner.

Devant nous apparaît un petit chalet en bois à travers le rideau de neige. Un toit pointu, des fenêtres ornées de rideaux et une petite véranda couverte devant l'entrée.

– Où sommes-nous ? crié-je par-dessus la tempête.

– Le pavillon du chasseur. C'est toujours ouvert pour ceux qui sont coincés ici pendant une tempête.

Il s'arrête à une courte distance de l'habitation.

– Cours à l'intérieur, j'arrive tout de suite. Il faut que je ramène le cheval dans l'écurie à l'arrière.

J'acquiesce, déjà en train de descendre en récupérant le panier sous le banc. Mes pieds s'enfoncent aussitôt dans la neige.

Sans perdre une seconde, serrant mon bras autour de moi, je baisse le menton sur ma poitrine pour lutter contre le vent jusqu'à la porte. Je jette un œil en arrière et vois Luther faire contourner le chalet au cheval et son attelage.

Je tape rapidement des pieds sous la véranda pour me débarrasser de la neige, ouvre la porte qui n'est pas verrouillée et me précipite à l'intérieur.

Il règne une odeur de renfermé. Je referme la porte en poussant contre les féroces rafales de vent, et elle claque avec un bruit sourd. Tremblante, je m'empresse d'ouvrir les rideaux pour faire entrer un peu de lumière dans la pièce obscure.

Elle est spacieuse, avec une énorme cheminée. Il y a une table et des chaises près de la porte, un canapé face à la cheminée, et un lit couvert de fourrures dans le coin au fond. J'avance et repère une autre porte, où se trouvent des toilettes de fortune – juste un banc avec un trou dedans. Au moins ce n'est pas à l'extérieur, et c'est une bonne nouvelle. Je referme la porte et m'avance vers la cheminée et le gros tas de bois soigneusement empilé contre le mur.

J'en place une poignée dans le foyer, mais sans allumettes je n'ai aucune idée de comment l'allumer ; alors je vais chercher de la nourriture dans le panier à la place. Sous le torchon, je trouve un assortiment de pains, des tranches de viande rôtie, des fromages, des confitures, des bouteilles de vin et ce qui ressemble à la moitié d'un gâteau aux fruits. Je les dispose sur la table, et je récupère non seulement des assiettes, des verres et des couverts au fond du panier, mais aussi de la viande séchée, des tomates, des œufs (sûrement durs) et un petit pot de beurre, ainsi qu'un petit bol avec des poires et des prunes minuscules. Je ne sais pas comment ils ont réussi à la cuisine à tout mettre dans le panier, mais je suis plus que ravie d'avoir toute cette nourriture pendant que nous sommes coincés ici par la tempête.

La porte s'ouvre à la volée, et le vent s'engouffre violemment dans le chalet. Je suis saisie de froid, complètement transie, et je me mets à trembler aussitôt.

Luther force pour fermer la porte et secoue la tête, projetant de la neige en tous sens.

– C'est la folie dehors. Il se pourrait bien qu'on soit coincés ici jusqu'à ce que ça se calme, petite louve.

Il n'y a pas une once d'inquiétude dans sa voix, mais plutôt de l'excitation à l'idée que nous restions seuls tous les deux. Je suis excitée pour la même raison.

– Je prépare le feu, tu dresses la table, dit-il avant de m'envoyer un baiser.

Je sens mes genoux faiblir devant son geste, et mon estomac fait des saltos.

– Bon sang, j'ai tellement faim, murmure-t-il.

– Alors, bouge ton cul, lui balancé-je d'un ton taquin, avec un regard vers la cheminée éteinte.

Il ne met pas longtemps à allumer un vrai brasier. Rapidement, la pièce est baignée d'une lueur orange. Les fenêtres tremblent sous la force du vent, des grêlons frappent les vitres, mais l'intérieur est chaleureux, et je me sens bien au chaud en regardant Luther se redresser.

Il est magnifique. Il est taillé comme un ours, et ses yeux d'ambre sont parfaitement assortis à ses cheveux noirs.

Mon regard s'attarde sur ses muscles, sa haute taille… et je me demande ce qu'un faë comme lui peut me trouver ? Sincèrement, je me dis que si nous nous croisions dans la rue, il ne me verrait même pas. Je suis ordinaire. Lui est un dieu, le genre qui fait s'arrêter les femmes dans la rue pour le regarder.

Ce qui nous a rapprochés, ce sont ces années que nous avons passées dans l'esprit l'un de l'autre à discuter. À ce moment-là, je ne m'en étais pas rendu compte, mais je suis tombée amoureuse de Luther il y a déjà bien longtemps. Et je crois bien qu'il ressent la même chose pour moi.

Il s'installe devant la table garnie. Quand je vois tout ce qu'il met dans son assiette, mon estomac se met à protester.

Je me sers à mon tour avant qu'il ne dévore tout – sans exagérer.

Tous deux assis sur le canapé, nous profitons de notre repas. Les jambes repliées sous moi, je pose mon assiette en équilibre sur le large accoudoir. Nous baignons dans la chaleur de la cheminée où le feu crépite et craque. Il y a quelque chose de thérapeutique à manger de la nourriture réconfortante tout en regardant des bûches brûler alors que la tempête fait rage au-dehors.

– Si la tempête ne s'arrête pas, nous passerons la nuit ici, m'explique Luther avant de mordre dans une tranche de gibier rôti.

Il m'observe, attendant ma réponse, comme si sa remarque devait déclencher une réaction dramatique de ma part. Évidemment, je sais ce qu'il sous-entend. Un unique lit et nous sommes deux… et cette seule pensée déclenche un frisson d'excitation dans mon dos.

Je hausse les épaules et continue mon repas, refusant de lui montrer la moindre réaction. Surtout parce que j'ai envie de le taquiner.

– À quelle distance se trouve le château ? Il n'est sûrement pas si loin.

Il me regarde alors que je me relève pour aller chercher du gâteau.

– Tu as déjà envie de rentrer ?

Son regard pèse dans mon dos, je dois lutter pour réfréner mon sourire quand je passe devant lui. Il s'énerve si facilement que c'en est hilarant.

Le plancher grince dans mon dos, et il pose aussitôt les mains sur ma taille. Je sens son souffle dans mon oreille.

– Tu n'es pas aussi maligne que tu le crois, petite louve.

Je repose mon assiette sur la table, et tente de me tourner, mais il m'oblige à rester dos à lui.

– Ah oui, et comment tu le sais ?

Il pose la bouche dans mon cou, me mordille la peau, puis me lécher jusqu'au lobe de mon oreille. Mes genoux flanchent. En quelques secondes, il allume une flamme de désir en moi. Il ne me faut pas plus, apparemment.

– Parce que sitôt que tu entendu que nous allions rester ici ce soir, tu as eu des papillons dans le ventre, et ta douce intimité s'est mise à palpiter, n'est-ce pas ?

Je fais semblant de ricaner.

– Si tu le dis.

Ses mains retombent sur ma taille, où ses doigts tirent sur mon pantalon.

– Alors vérifions, d'accord ? me taquine-t-il.

Taquine, je lui donne une tape sur les mains, et m'élance loin de ses bras ; je me tourne pour lui faire face.

– N'y pense même pas. Je lui tire la langue.

Son expression se fait coquine, et de toute évidence il prend ma réponse pour un défi. Bon sang, j'aime sa réaction plus que je ne l'aurais cru, et l'idée qu'il me poursuive est exaltante.

Il s'élance après moi, alors je me tourne et fonce à travers la pièce, mais il n'y a pas beaucoup d'endroits où aller. Je contourne le canapé et lui saute par-dessus le meuble et fonce droit sur moi.

Je glousse en l'esquivant.

Des bras puissants se referment autour de ma taille et me soulèvent du sol.

– Tu triches.

J'adore jouer avec lui.

Il rit dans mon oreille, je ressens sa joie.

– C'est un truc de perdant de dire ça.

Je gigote contre lui. Il va voir qui est le perdant. Mais soudain, je m'envole vers le lit, j'atterris tête la première sur le matelas doux où je rebondis avant de m'affaler. Je roule en hâte mais Luther est déjà là, me plaque sur le ventre. Son corps recouvre le mien, me maintient en place. Des papillons s'envolent dans mon ventre, et la chaleur entre mes cuisses devient liquide.

– Sais-tu depuis combien de temps j'attends de t'avoir pour moi seul ?

– Des années, haleté-je avec sarcasme sous le poids de son corps.

Il se soulève sur ses coudes, toujours au-dessus de moi.

– Ce petit avant-goût que j'ai eu dans cette petite ville n'était que le début. Depuis, j'ai été incapable de te sortir de ma tête.

– Et m'écraser à mort fait partie de ton plan ?

Il repousse doucement mes longs cheveux vers ma nuque, et ma peau se couvre de chair de poule quand il y pose les lèvres.

– Seulement si ça veut dire te plaquer contre moi.

En un clin d'œil, il soulève son poids de mon corps et baisse mon pantalon, exposant mes fesses nues.

– Oh, petite louve. Tu es là à protester, alors que tu es venue préparée.

Le rouge me monte aux joues, et je roule sur le lit.

– Pour ton information, les femmes de chambre ont pris mes sous-vêtements et ne les ont jamais ramenés. Ensuite, tu as voulu faire une balade en traîneau, et voilà où nous en sommes.

Il hausse ses sourcils, et moi les coins de ma bouche. Il passe son haut par-dessus sa tête, de sorte qu'il se retrouve torse nu.

– Oui, voilà où nous en sommes.

Il m'attrape par les chevilles et me tire vers lui sur le lit.

J'éclate de rire, tandis qu'une expression affamée traverse son regard.

– Ce soir, tu m'appartiens.

8

GUENDOLYN

Je suis en feu, et pourtant je suis toujours habillée.

Enfin, en partie. Luther ne porte que son pantalon, et moi je n'ai pas de dessous. Allongée sur le dos sur le lit, en appui sur mes coudes, je ne peux m'empêcher de regarder mon magnifique faë. La contraction de ses biceps lorsqu'il passe une main dans ses cheveux noirs, ses pectoraux, ses abdominaux ondulés. Je pourrais tout aussi bien être en train d'admirer un mannequin, sauf que c'est un prince et qu'il est là pour moi. Après tout ce que nous avons traversé, il faut encore que je me pince pour être certaine que je vis une relation avec cet homme.

Je ne comprends pas vraiment à quel niveau nous en sommes… Mais c'est arrivé.

Luther déboucle sa ceinture, et je baisse les yeux.

– Je pourrais te regarder te déshabiller toute la journée, le taquiné-je.

– Personnellement, je préfère l'inverse. (Une expression diabolique passe dans son regard.) Une fois que les choses se seront apaisées dans le royaume, nous annoncerons officiellement que nous sommes ensemble.

Mon corps frissonne à la promesse de ses mots, mais ils titillent ma curiosité.

– Genre, on dit à tout le monde qu'on sort ensemble ?

– Hein ?

– Un truc du genre petit ami et petite amie ? J'ai l'impression d'avoir treize ans, même à mes propres oreilles.

Il hoche la tête.

– Si c'est comme ça que vous dites sur Terre, alors oui, nous ferons l'annonce officielle de nos fiançailles, pour respecter les règles. Comme ça, plus besoin de se cacher, et tu n'auras plus de problèmes à être avec nous.

Mon cœur cesse de battre, et je m'assieds sur le lit, jambes croisées.

– Quoi ?

Je me retrouve tout à coup incapable de parler, et mon cœur s'emballe.

– C'est juste pour nous assurer que personne ne remette en question ta présence au manoir. Et nous pourrons nous arranger pour que tu nous épouses, vu que c'est autorisé.

Mon corps entier est tendu à l'extrême. Il y a une seconde, j'ai cru qu'il me proposait de nous fiancer, et maintenant, il sous-entend que ce serait pour la galerie. Est-ce que ça veut dire qu'il n'en a pas envie ? J'ai mal à la tête, d'autant plus que jusqu'à présent ça ne m'avait jamais traversé l'esprit. J'adore ces gars plus que tout, et ça me tue de ne pas comprendre ce qui se passe avec Ahren. Mais je ne veux pas les perdre, ce qui veut dire, je suppose, que nous vivrons ensemble pour toujours. Mes pensées tournent en boucle et mon cœur se serre.

Il s'agenouille sur le matelas devant moi, portant toujours son pantalon, et pose une main sur ma joue.

– Est-ce que tu vas être malade ? Tu as blêmi d'un coup.

Je ravale la boule qui m'obstrue la gorge.

– Alors, tu n'as pas envie de te fiancer avec moi ?

Je n'avais pas prévu de poser cette question, et je n'avais pas non plus prévu cette conversation. Je rougis de m'être montrée aussi présomptueuse, ou de mettre Luther dans l'embarras.

À ce stade, la seule chose dont j'ai envie, c'est de me sentir en sécurité, et de garder mes trois princes auprès de moi. J'ai envie de leurs baisers, leurs caresses, leurs corps contre le mien. Oui, cela paraît simple, et peut-être même cupide (et la voix dans ma tête ne cesse de me le répéter), mais est-ce vraiment mal de vouloir être heureuse ?

Le sourire de Luther me réchauffe le cœur, mais je n'ai plus envie de parler de ça. Tout ce que j'y gagnerai, c'est de la déception. Il me prend la main et me guide hors du lit.

– Viens avec moi.

Je le suis jusqu'à la fenêtre de l'autre côté de la pièce.

Les arbres ballottent dans tous les sens à cause de la tempête, la neige tombe à l'oblique à présent, et le vent siffle.

– Regarde droit devant toi sur le chemin.

Je plisse les yeux, incline légèrement la tête et aperçois une vue lointaine mais parfaite sur le château : les hautes tours, les ponts crénelés, les fenêtres cintrées, le tout recouvert de neige. J'ai l'impression de contempler une boule à neige.

– C'est magnifique.

– Une fois qu'Ahren aura accédé au trône, Deimos et moi allons gouverner la Cour des Ombres avec lui, mais des règles s'imposent avec ces rôles. Nous n'aurons pas le droit d'être vus en public avec des femmes, à moins d'être en train de les courtiser dans l'intention de les épouser.

J'en ai le souffle coupé, et je ne peux pas me retourner, car il est dans mon dos et me tient dans ses bras. Je ne sais pas où nous mène cette conversation, mais j'ai l'estomac noué. Je ne pourrai vraiment pas encaisser plus de surprises ou de déceptions à ce stade.

– Deimos et moi en avons parlé. Nous avons décidé que pour te garder auprès de nous, nous allons nous fiancer avec toi.

Il me serre doucement et m'embrasse sur le côté du visage.

Je cille et me retourne dans ses bras.

– Alors il s'agit de fausses fiançailles ?

Il plisse les yeux en me regardant.

– Pourquoi fausses ?

Ses paroles me donnent le tournis, et je ne veux pas en tirer de conclusion hâtive.

– Est-ce que « fiancé » a une autre signification dans ce monde que sur Terre ?

– Cela signifie que nous avons l'intention de nous marier.

Le choc de sa réponse me coupe le souffle. Sauf que je passe à côté de quelque chose.

– Alors nous ferons semblant d'être fiancés aussi longtemps que…

Je ne sais pas comment continuer, parce que… Qu'est-ce qui se passera ensuite ? Je ne sais toujours pas où je vis vraiment ni où est ma place.

– Tu auras une nouvelle identité, mais ce n'est pas pour de faux, petite louve.

Je le dévisage, vois son expression sincère, et mon estomac fait des nœuds, tandis que mes genoux sont sur le point de céder sous moi.

– Tu me demandes de t'épouser ? Vraiment ?

Il se raidit et s'écarte de moi ; et mon cœur cesse de battre un instant.

– Tu as raison. Je m'y suis vraiment mal pris.

Il pose un genou à terre et se triture les mains, avant de lever les yeux vers moi.

Ces yeux époustouflants, couronnés de sourcils épais.

Ce prince est une véritable addiction.

Il appartient à la royauté.

Il est tout ce que j'ai toujours recherché chez un

homme.

Et il est sur le point de me demander en mariage…

Les larmes me brûlent les yeux, et mon cœur se serre. Ce n'est pas possible… n'est-ce pas ? Est-ce qu'il me fait une blague ?

– Guendolyn, veux-tu m'épouser ?

Il tend sa paume ouverte vers moi.

Je suis totalement sous le choc. J'adore ce faë au-delà du possible… Bon sang, je l'aime.

Un torrent d'émotions se rue en moi, m'empêchant de réfléchir, et je me précipite dans ses bras quand il se relève, les joues ruisselantes de larmes. Nous nous heurtons brutalement, et il m'enlace, me soulève du sol.

– Oh, petite louve, tu es si belle. Est-ce que c'est un oui, alors ?

Je ris, et quand il me remet enfin sur mes pieds, j'essuie mes larmes et hoche frénétiquement la tête.

– Tu es sérieux, hein ? C'est un vrai mariage, pas une simple ruse pour que je reste au château ?

Les traits de Luther affichent une expression sérieuse, et il prend mon visage dans ses mains, m'obligeant à le regarder.

– Je ne plaisante pas avec ce genre de choses. J'ai l'intention de t'épouser pour la vie. Je n'avais pas prévu de te le demander ici et maintenant, ni même de cette manière, mais j'aime la spontanéité. C'est comme ça que ça se passe depuis que tu es entrée dans nos vies. (Il m'embrasse en essuyant mes larmes avec ses pouces.) Je t'aime, petite louve.

Tout mon corps tremble à ses mots. Je garde les yeux

rivés aux siens, à son sourire empreint d'émotions sincères. Il n'y a ni taquinerie ni jugement, seulement un faë qui s'ouvre à moi.

Il soulève ma main, et je baisse les yeux sur la bague qu'il passe à mon doigt. Elle est faite d'un entrelacs de métal sombre évoquant une liane. Une première ligne est constellée de diamants, l'autre emplie d'une pierre d'un bleu électrique qui miroite comme un océan en mouvement.

– Elle est magnifique.

Mon cœur bat trop vite sous le coup des émotions qui me submergent.

– Elle appartenait à ma grand-mère, qui m'a fait promettre de l'offrir à ma future femme. C'est de l'or noir, des larmes de dragons et de la lave provenant de l'un des plus anciens volcans de notre royaume, celui dont on dit que sont sorties les premières fées.

Je lève les yeux sur lui.

– Wouah, tu es sûr de vouloir t'en séparer ?

– Je la porte sur moi depuis que nous sommes revenus de la Cour des Cendres, et j'essaie de trouver le bon moment pour te l'offrir. En fait, Deimos et moi étions censés faire ça ensemble, alors je viens en quelque sorte de lui voler ce moment. Oups.

Je suis le contour de la bague du bout du doigt ; elle est parfaitement ajustée à ma taille. Je jette mes bras autour du cou de Luther avant de couvrir son visage de baisers.

– Oui, affirmé-je. Oui, je veux me marier avec toi et Deimos. J'aurais aimé qu'il soit avec nous aussi.

Luther m'embrasse fermement, ses mains m'agrippant les bras, tandis que je fonds contre lui. Ses doigts glissent sur mes seins qu'ils pressent. Je gémis contre lui quand il tire sur les lacets sur ma poitrine, dénouant le corset. Puis il fait glisser le tissu le long de mes épaules et de mon corps, jusqu'à ce qu'il retombe en tas autour de mes pieds.

Le froid remonte dans mon dos depuis la fenêtre derrière moi, et je me blottis contre Luther. Je me réchauffe aussitôt au contact de mes seins contre son torse nu. Mon prince. Mon fiancé. Mon futur mari.

Ça va me prendre un certain temps de m'habituer à tout ça. Peut-être que, pour une fois, les choses vont commencer à s'arranger pour moi.

– Tu es divine. Et ce soir, je vais te dévorer.

Luther recule pour me scruter de la tête aux pieds, et l'érection qui grandit dans son pantalon ne passe pas inaperçue.

Mon corps est en feu quand je tire sur son pantalon : je voudrais qu'il soit déjà nu. Sitôt que je l'ouvre, son membre jaillit comme un diable de sa boîte, et je ne peux retenir un rire. Il est énorme, avec une longue veine épaisse qui court tout du long, et sa liqueur séminale recouvre son gland.

Sans perdre une seconde, il se débarrasse de son pantalon avant de me prendre dans ses bras. Nous sommes collés l'un à l'autre, je me penche et l'embrasse, tandis qu'il glisse une main le long de ma jambe pour la remonter sur sa hanche, avant de faire de même avec l'autre. Il m'emmène vers le mur à l'opposé de la fenêtre, et m'emprisonne de son corps.

— Ce soir marque le début de toutes les manières dont je vais sauter ton joli vagin serré.

L'excitation s'empare de moi, me consume. Je voudrais qu'elle emporte tout sur son passage, pour qu'il ne reste que ces émotions brutes que nous partageons.

— Tu devras t'y tenir, lui réponds-je avant d'agripper ses épaules solides, l'attirant plus près de moi pour l'embrasser.

La pointe de son érection glisse sur ma chaleur comme une promesse infinie.

— Dis-moi ce que tu veux, m'ordonne-t-il.

— Bon sang, j'ai tellement envie de toi.

Je frémis de désir et d'excitation. Mon corps bouillonne et mon attention est focalisée sur notre point de contact.

Il respire fort, il m'allume. Je me décale pour mieux l'accueillir : mon prince est un très grand garçon.

— Dis-le, exige-t-il, ses mains sur ma gorge, me maintenant en place fermement sans me faire mal.

— Saute-moi, s'il te plaît.

Je ne peux plus attendre.

Il rit et commence à s'enfoncer en moi, progressivement d'abord, pour m'écarter. Mes orteils se courbent et je siffle en laissant ma tête retomber contre le mur. Il ne fléchit pas, s'enfonce entièrement, jusqu'à la garde.

Il gémit, reprend son souffle.

– Putain, tu es si incroyablement serrée.

Lentement au début, il se retire de moi puis revient, accélérant le rythme. La friction augmente entre nous, et me met en feu.

Je plante mes doigts dans ses bras, m'accroche alors qu'il me pénètre, plus fort et plus vite à présent. Ses muscles se tendent et remuent contre mon corps.

– Tu seras toujours à moi, gémit-il en me sautant comme si rien d'autre au monde n'avait plus d'importance.

Ses yeux ne se détournent pas des miens, et je me rappelle à quel point j'étais amoureuse de lui avant même de le rencontrer, et comme mon cœur battait pour lui avant que je ne me l'avoue. Il me regarde gémir et rebondir sur son sexe.

– Personne ne sera jamais à la hauteur de ce que tu représentes pour moi. De ta beauté. De la perfection de ta douce intimité. Jamais.

– J'aime quand tu dis ce genre de choses.

Je suis essoufflée, et je sens l'euphorie monter en moi. Il relâche ma gorge et pose les mains sur mes hanche pour mieux s'enfoncer en moi. Quelques secondes plus tard, il me tire à lui et nous amène sur le lit, toujours en moi. Il m'allonge sur le dos et sort de moi, et je gémis mon désaccord.

– À quatre pattes, m'ordonne-t-il.

– Oh oui, s'il te plaît.

Je me retourne et me soulève au moment où sa main s'abat brusquement sur ma fesse.

– Aïe.

Le mot est sorti malgré moi, mais je ne peux nier qu'il y avait quelque chose de délicieux dans cette sensation.

Il pousse un grognement profond, m'empoigne par les hanches et me fait reculer, de sorte que mes genoux se retrouvent en équilibre au bord du matelas, mes fesses en l'air, m'exposant totalement.

– J'aime te voir comme ça.

Son membre s'enfonce dans mon entrée, et en une fraction de seconde, il me pénètre profondément.

L'explosion soudaine de plaisir me fait crier.

– Putain ! grogne-t-il. C'est tellement bon.

Il me pilonne, et les claquements donnent le rythme de notre chant d'amour. Il m'empoigne les fesses, les pétrit, les écarte, puis il enroule une main autour de ma taille pour la poser sur mon clitoris.

– Je veux te sentir jouir quand je suis en toi.

Je gémis, m'accroche aux draps tandis qu'il me pilonne encore et encore. Très vite, je suis sur le point de basculer, mon orgasme grandissant à chaque instant, à mesure que Luther me prend.

Il me caresse avec son doigt et me fait monter si vite que mon orgasme me prend par surprise. Le plaisir me transperce, mon corps est pris de convulsions, je crie en me livrant à l'extase. Mes bras se dérobent et je m'écroule en avant, les fesses toujours en l'air et Luther qui me saute plus vite.

Je crie, en proie à un long et féroce orgasme qui fait se contracter tout mon corps.

Luther grogne comme une bête et se raidit quand il explose en moi.

– Serre-moi, c'est ça.

Nous sommes tous deux sur des petits nuages, attachés l'un à l'autre, frissonnant du désir qui nous lie. Je ne sais plus où je commence et où il finit. Mon cœur bat plus fort.

Quand nous redescendons tous les deux du haut de cet orgasme incroyable, il glisse hors de moi, et nous nous écroulons sur le lit. Il m'attire contre lui et je roule dans ses bras, tous deux en sueur et pantelants.

Il dépose un baiser sur mon front.

– Tu es prête pour la suite ? me demande-t-il avec enthousiasme.

J'ignore s'il est vraiment sérieux, vu que nous sommes encore à bout de souffle.

– Absolument, réponds-je sans la moindre hésitation.

Il se glisse hors du lit.

Apparemment, il était tout à fait sérieux, et son endurance m'ébahit.

– Écarte les jambes, exige-t-il. Je vais d'abord te nettoyer.

Je roule sur le dos et lui obéis ; j'aime sa manière de me commander dans la chambre. Il n'y a rien de plus excitant qu'un homme exquis et dominateur en matière de sexe.

Il se tient debout devant moi, et son regard plonge vers l'apex entre mes jambes. Je sens un picotement de désir enfler au creux de mon ventre, alors même que je viens juste de jouir.

– Ne bouge pas, me dit-il. Nous sommes bien loin d'en avoir fini.

J'en ai le souffle coupé : je suis prête à y passer toute la nuit.

9

GUENDOLYN

Je sens le froid autour de moi, et j'ouvre les yeux sur le soleil qui entre dans le chalet par un interstice entre les rideaux. Au bout de quelques secondes, les souvenirs me reviennent, et je soulève ma main pour contempler la bague à mon doigt. Je n'arrive toujours pas à croire que ce soit réel. Nous avons vécu quelque chose de purement magique, et j'en veux encore.

Je suis fiancée à un prince. Un prince faë, plus précisément, et j'ai des papillons dans le ventre ; je ne suis qu'une boule d'angoisse. J'ai des centaines de questions et d'inquiétudes sur la manière dont tout s'est déroulé, mais je les repousse. *Pas aujourd'hui, idées noires. Cela fait bien trop longtemps que je subis des tempêtes, alors laissez-moi savourer ce moment de joie. On pourra régler tout le reste plus tard.*

Je veux dire, jamais de la vie je n'aurais pu imaginer trouver un prince, et encore moins l'épouser. Alors c'est plus qu'une surprise pour moi. C'est le genre d'histoire qui n'arrive que dans les contes de fées, et c'est aussi la meilleure chose qui me soit jamais arrivée.

Je me tourne et tends la main vers Luther, mais ne trouve que le vide et ma main retombe sur son côté du lit, déserté. Je m'assieds et balaie le chalet du regard.

– Luther ? l'appelé-je au cas où il serait dans la salle de bains.

Mais sans réponse de sa part, j'enveloppe mon corps nu dans le drap et traverse la pièce sur le plancher froid. Le feu s'est éteint, et vif me glace.

Je frappe à la porte des toilettes, et comme je n'ai toujours pas de réponse, je l'ouvre.

Il n'est pas là. Soudain, un sentiment de solitude et de tristesse s'abat sur le cottage en son absence.

Je fronce les sourcils et gagne la fenêtre. Je tire le rideau et aperçois un garde dehors, qui me tourne le dos. La tempête est passée… est-ce que Luther est retourné au château sans moi ?

Pourquoi y a-t-il un garde dehors ? D'abord, il me faut des vêtements. Je m'habille en hâte, puis essaie de discipliner mes cheveux en bataille, et ouvre la porte d'entrée.

Michae se tient là et me salue avec un sourire.

– Bonjour, ma dame.

– Où est Luther ? gémis-je.

– Le prince Luther a été rappelé à l'aube pour une affaire urgente avec son frère. Je suis ici pour vous escorter jusqu'à la cour.

Je jette un coup d'œil à notre cabane d'amour ; cet

endroit restera toujours pour moi celui où Luther m'a fait sa demande. Certes, il l'a faite de la plus étrange des manières, mais je ne l'oublierai jamais.

– Vous êtes prête à partir ? me demande Michae.

Je sors et referme la porte derrière moi.

– Il faudrait peut-être que je range la pièce avant que nous partions ?

Il m'adresse un sourire si sincère que je me dis qu'il doit me trouver bizarre de poser de telles questions.

– Les femmes de ménage arriveront bientôt pour tout nettoyer. Ne vous inquiétez pas.

Je le suis jusqu'à une calèche qui nous attend plus loin sur le chemin enneigé, et me répète que je vais devoir m'habituer à ce que les autres nettoient après moi. Je suis certaine que je finirai par ne plus me sentir coupable.

Nous cheminons sous un ciel d'azur époustouflant, qui ne porte aucune séquelle de la tempête sauvage qui a rugi toute la nuit. Tout comme mon prince. Cette simple pensée me fait frissonner. Ce faë a une endurance incroyable. Nous nous sommes aimés toute la nuit, pour ne nous endormir qu'au petit matin.

De retour au château, je me rends aux bains pour me laver, après quoi j'enfile une nouvelle robe droite toute simple assortie à mon rubis. Cette fois, je porte une culotte qui ressemble plutôt à un short blanc.

À la seconde où je repère Michae qui s'éloigne dans le couloir pour faire une pause dans la surveillance de ma porte, je me faufile à l'extérieur et me précipite dans les couloirs du manoir. Je dois parler à Deimos, mais sans que Michae me suive ou écoute notre conversation.

Je ne cesse d'admirer ma bague, et la manière dont les larmes de dragon (c'est le nom que leur a donné Luther) scintillent sous la lumière. Une partie de moi culpabilise que Deimos n'ait pas été avec nous, et à l'idée qu'il ne soit pas d'accord que Luther l'ait fait seul. La dernière chose dont j'ai envie, c'est de créer des tensions entre les frères ; il faut donc que je lui parle de toute urgence. Je songe à ce que pourrait être la réaction d'Ahren, mais je ne sais même pas ce que je ferais dans cette situation.

Alors que j'approche de sa chambre, une servante en sort avec un tas de draps qu'elle jette dans le chariot à roulettes du couloir.

Elle lève les yeux à mon arrivée, m'adresse une petite révérence.

– Mademoiselle.

– Deimos est-il ici ? l'interrogé-je.

Elle secoue la tête.

– Il est monté sur le toit.

Je fronce les sourcils.

– Comment puis-je y aller ?

Elle s'essuie les mains sur son tablier blanc, puis jette un coup d'œil par-dessus son épaule dans le couloir, comme si elle craignait que quelqu'un ne lui reproche de me parler.

– Vite, je vais vous montrer.

– Merci.

Je la suis à pas rapides alors qu'elle file le long de

plusieurs couloirs, avant d'ouvrir une porte qui donne sur un escalier.

– Allez tout en haut.

Le mur de pierre circulaire est gris foncé, percé de fentes étroites en guise de fenêtres. Le froid qui règne dans cet endroit me pique la peau.

– Euh, qu'est-ce qu'il y a sur le toit, au juste ?

Je me retourne et la vois déjà retourner vers la chambre du prince. Si Deimos est là-haut, il est probable que Luther y soit aussi, et même Ahren. Même si mon ventre proteste à l'idée de les voir tous les trois ensemble, ce n'est peut-être pas une mauvaise idée de tout révéler. De dire la vérité sur mes fiançailles, sur ce qui tracasse Ahren en ce moment. Et pour moi de leur dire la vérité sur qui était mon père.

Plus de secrets. L'idée d'une telle conversation m'oppresse, mais si je prévois d'épouser les princes et intégrer leur famille, nous devons tout mettre à plat.

Je veux que nous prenions un nouveau départ.

Je prends une profonde inspiration, et grimpe les marches. C'est calme, il n'y a personne d'autre ici. Ce n'est qu'en regardant par une fenêtre que je me rends compte à quelle hauteur je me trouve. Je dois être dans une tour à l'angle du manoir.

Je ne sais plus combien de tours j'ai faits quand j'arrive enfin en haut, mais j'ai les cuisses en feu. À bout de souffle, je m'arrête un instant pour reprendre ma respiration, afin de ne pas paraître agitée.

Après un dernier regard à ma bague, je pousse la porte en bois. *Je peux le faire.*

La lumière vive du jour m'accueille, ainsi qu'une légère brise. Je sors de la cage d'escalier sur une terrasse. Le manoir en forme de U entoure le grand balcon, ceint d'une balustrade en pierre. Une table et quelques chaises sont installées dans un coin, garnie de plateaux de nourriture et de ce qui ressemble à des rouleaux de papier. Et il n'y a qu'une silhouette solitaire ici.

Ahren se tient à l'autre bout du balcon, les mains sur la balustrade, tête baissée, contemplant les terres du royaume en dessous.

Soudain, je ne suis plus si sûre de ma décision de venir.

– S'attarder sur le seuil de la porte, ça ne peut qu'attirer les ennuis, déclare Ahren sans me regarder, d'une voix profonde et veloutée.

Le simple fait de l'entendre fait remonter un tas d'émotions à la surface : la douleur qu'il m'ait rejetée, celle de ses secrets, le manque de lui.

Je suppose que venant de sa part, c'est sûrement ce qui s'apparente le plus à une invitation, alors je referme la porte derrière moi. Au moment où je vais mettre la main dans ma poche, je me rends compte que ma robe n'en a pas. Je conserve mon rubis sur la partie inférieure de mon corset à lacets, là où il y a plusieurs couches de tissu. Elles constituent de parfaites petites poches, c'est étonnant.

Je gigote, me mordille la lèvre inférieure, et me dirige d'un pas nonchalant vers lui, pendant que mon estomac fait la culbute.

– De quel genre d'ennuis parlons-nous exactement ? murmuré-je en m'approchant de lui.

– Le genre qui semble te suivre partout.

Il y a de la tendresse dans sa voix, ses mots ne sont ni amers ni agressifs. Ce sont les paroles du faë dont je suis tombée amoureuse.

C'est peut-être pour moi l'occasion de lui parler enfin, de découvrir ce qu'il se passe. Je me place à côté de lui, et observe la cité qui s'étend sous nos yeux. Les toits noirs des cottages brillent sous le soleil matinal, ornés de frises de couleurs variées comme le pourtour des fenêtres. Dans la vallée coule une rivière qui semble partager la ville en deux, et j'essaie de m'imaginer une enfance passée ici. Mais pour être honnête, je suis incapable d'imaginer un tel mode de vie.

Une femme maléfique de la Cour des Cendres m'a privée de ma chance de grandir parmi les miens, et un jour, j'en connaîtrai la raison.

– Deimos et Luther devraient être de retour plus tard dans la journée, m'informe Ahren sans me regarder.

– Où sont-ils ?

– En mission hors de l'enceinte du château pour escorter des visiteurs au-delà des maudits de sang.

Mon estomac se contracte à l'idée qu'ils soient confrontés à un tel danger.

– Pourquoi est-ce que ce sont *eux* qui y sont allés, et pas des soldats ?

J'ai l'air protectrice, et bon sang, je le suis.

– Notre mère a insisté pour ce que soient eux qui rencontrent notre père en premier.

Je manque de m'étouffer.

– Votre père, l'enfoiré qui a quitté votre mère pour une autre femme ?

Sans parler de l'ordure qui a tabassé sans relâche Ahren pendant son enfance, a massacré ses ailes jusqu'à ce qu'il n'en reste que les os, a laissé des cicatrices sur son dos qui resteront à jamais gravées dans mon esprit.

– Pourquoi est-ce que tu accueillerais *cet homme* dans ta cour ?

– Ce n'est pas encore *ma* cour, et Mère l'a accepté au nom des alliances entre royaumes. Nous devons nous unir contre les Unseelie.

Cette fois, je sens l'amertume déborder dans sa voix.

– C'est toujours une mauvaise chose, lui réponds-je.

Il me jette un regard, et je vois se retrousser le coin de sa bouche. Ses yeux vert pâle qui me sourient tandis que le vent se prend dans ses longs cheveux blancs, les repoussant loin de son visage.

Je me perds dans ces quelques instants passés en sa présence. Il est spectaculaire. Superbe. Farouche. Dominateur. Effrayant. Et mon cœur bat à tout rompre du désir que je ressens pour lui.

J'ai beau avoir les mains qui me démangent de le toucher, j'ai peur de pousser ma chance, alors je reporte mon attention sur la vue en empoignant la balustrade de pierre froide à la place.

– J'admire ta manière de toujours dire ce que tu

penses. Et c'est une des choses que je déteste dans mon rôle. Je ne peux pas me le permettre.

En lui jetant un œil, je le vois en train de fixer ma main, ou plutôt la bague que m'a donnée Luther. Il a dit qu'elle appartenait à sa grand-mère, Ahren sait donc exactement ce que cela signifie.

Je suis paralysée de peur. Je ne devrais pas, mais je vois Ahren se raidir aussitôt, et la jalousie percer dans ses yeux plissés. Son souffle s'accélère, et je baisse la main vers mon flanc, parce que d'une certaine manière j'ai l'impression de l'avoir trompé.

— Ahren, ce n'est pas…

— Je suis heureux pour toi. C'est exactement ce que je voulais pour toi.

Ses paroles sont amères et lugubres.

Je grimace à l'intérieur.

Je vois ses épaules se crisper, les muscles de son cou se contracter.

— Tu es heureux que ton frère m'ait demandé de l'épouser ?

Je déteste poser cette question, mais je n'arrive pas à le croire.

— Bien sûr.

Sa voix se fait plus grave, pourtant il refuse de me regarder.

Mes genoux flanchent.

— Et ça ne te fait absolument rien ?

— Ça devrait ?

Il hausse les épaules.

J'étudie son visage, je cherche un indice qui me dise

qu'il ment, mais il ne laisse rien transparaître, il est très doué pour cacher ses sentiments. À l'intérieur, je meurs. Je ne suis pas idiote ; je vois qu'il fait semblant, et pourtant, ça me fait tellement mal d'entendre ces mots sortir de sa bouche.

Sans me laisser la moindre chance de lui répondre, il se détourne et s'écarte rapidement de moi.

Mais qu'est-ce que… ?

J'attrape sa main sans réfléchir, l'obligeant à s'arrêter et me regarder. Un bourdonnement remonte dans mon bras quand nous nous touchons, et il tressaille aussi ; il sent notre connexion.

– Est-ce que tu pourrais simplement me parler, s'il te plaît ? l'imploré-je.

Il marque un temps d'arrêt et se retourne vers moi, haussant un sourcil.

– Qu'est-ce que tu veux de moi ? Que je te dise que ça m'arrache le cœur de voir la bague de Luther à ton doigt ? Que j'ai envie de défoncer le mur à coups de poing jusqu'à ne plus rien ressentir d'autre qu'une douleur immonde ?

J'ai le tournis, et je serre sa main plus fort.

– Alors pourquoi est-ce que tu me repousses ?

Il baisse les yeux.

– Je dois partir. Je ne vais pas faire ça.

– Non, lui dis-je d'un ton de défi, en me raidissant. Mais parle-moi, merde.

Je vais perdre les pédales, mais je ne le laisserai pas partir.

Il gémit ; c'est un bruit soudain, douloureux, et je

vois son dos se contracter tandis qu'il fait rouler ses épaules.

– Tu es blessé ? Je scrute son dos, réflexe idiot vu qu'il porte une tunique noire opaque.

– Ce n'est rien. Écoute Guendolyn, je suis navré que tu aies cru qu'il y avait quelque chose entre nous, mais nous n'avons aucun avenir ensemble.

Il parle d'une voix monotone, robotique, comme s'il s'était entraîné à me dire cette phrase.

Il tressaille une nouvelle fois et j'enroule mes doigts autour des siens ; il grimace comme s'il était en proie à une terrible souffrance.

– Qu'est-ce qui se passe ? lui demandé-je.

– C'est le stress. Je le concentre dans mes épaules. Ce n'est rien.

Je suis si confuse que je sens mes entrailles bouillonner, et je ne sais que dire ni que faire. De toute évidence, Ahren souffre. Certes, il a énormément de choses à faire, et ça lui pèse. Mais est-ce qu'il n'y a vraiment que ça ?

– Tu voudrais que je reste là à te regarder t'effondrer ? On va s'asseoir, et je vais te masser les épaules. Moi ça me fait toujours du bien.

Il retire sa main de la mienne, et je vois son expression changer pour ne refléter que frustration et colère.

– Comment pourrais-je être plus clair ? aboie-t-il. Je croyais que tu l'aurais déjà découvert maintenant, par le personnel du château.

Je frémis et me redresse.

– Découvert quoi ? La raison pour laquelle tu prétends vouloir passer à autre chose ?

Il soupire, sa lutte interne transparaît dans ses yeux et ses épaules voûtées, dans son corps qui se penche en avant.

– Dis-le-moi. Quoi que ce soit, je comprendrai, insisté-je.

Il détourne les yeux, et je vois les ténèbres obscurcir ses traits.

Je devrais être en colère après lui.

Je devrais être furieuse et m'en aller.

Mais j'ai si désespérément besoin de savoir la vérité que mes jambes refusent de bouger. Il faut que je sache ce qui lui arrive.

– Demain… commence-t-il, avant de s'interrompre, gémir et tomber à genoux, le dos soudain cambré.

Mon estomac se retourne.

– Ahren.

Je tends la main vers lui tandis qu'il s'affaisse sur ses jambes repliées, comme s'il allait être malade – mais je sursaute en entendant un bruit de tissu qui se déchire. Il siffle entre ses dents.

Je me recule et remarque alors que le dos de sa chemise est en lambeaux, et que ses ailes poussent pour se libérer.

Elles sont surtout faites d'os, comme la dernière fois que je les ai vues. Elles s'étendent de chaque côté de lui, s'enroulent autour de lui. J'ai le cœur en miettes de le voir ainsi, de savoir que son monstrueux père a arraché la chair de ses ailes – et qu'il sera malgré tout accueilli dans le royaume.

J'ai envie de hurler à l'injustice, et de détruire cette ordure pour avoir fait une telle chose à son fils.

Je tends la main et touche une aile avec tendresse.

Il tressaille à ce contact.

– Je te l'ai déjà dit, je suis brisé, grogne-t-il. Bon sang, comment pourrais-je diriger un royaume alors que je suis incapable de contrôler mon propre corps ?

Sa voix se brise, et j'ai l'impression qu'une main enserre mon cœur dans une poigne mortelle. Je n'ai qu'une envie : faire disparaître sa douleur.

C'est alors que je me rends compte que moi non plus je ne contrôle pas totalement mon corps, puisque je suis toujours à ses côtés malgré ses tentatives répétées de me repousser. Mais peut-être que mon esprit sait quelque chose que j'ignore… Ce qui se passe est plus profond avec Ahren.

De la main, je suis l'arête de son aile sur toute sa longueur en fermant les yeux. Je visualise l'énergie de mon corps qui entre dans le sien pour le guérir.

Je n'ai aucune certitude que ça va marcher, mais je ne peux pas rester là le regarder s'effondrer. Ça me tue de le voir brisé à ce point.

La chaleur irradie de l'endroit où se trouve le rubis sur ma poitrine, alors je me concentre dessus. Je sens le pouvoir monter en moi et ma peau se met à me picoter, hérissant tous mes poils.

Ahren rugit.

– Qu'es-tu en train de me faire ?

Il s'écarte de moi et se relève au moment où j'ouvre les yeux. Ses ailes squelettiques dépassent sur les côtés, leur ombre me domine, et il semble bien plus grand que d'habitude. Ça me rappelle à quel point je suis petite comparée à lui.

Il trébuche quand la première étincelle parcourt ses ailes. Elle éclate, tel un éclair, et danse sur son dos.

Je hais cette douleur que j'entends dans sa voix, et je ne sais pas quoi faire. Ai-je commis une erreur en me servant de ma pierre pour le guérir ? Qu'ai-je fait ?

Je me creuse les méninges pour savoir comment remédier à ça, éradiquer sa douleur, mais je ne trouve rien. Il n'y a rien de normal dans tout ça.

Il rugit, cambre le dos où jaillissent des étincelles blanches.

– Je suis désolée, murmuré-je en posant les mains sur lui, mais il me repousse, me faisant trébucher.

Toutes mes tentatives sont des échecs.

Les jambes d'Ahren cèdent sous lui et il tombe à genoux, levant les mains vers les épaules pour tenter d'atteindre ses ailes. Je me répète que j'essayais de l'aider, mais ça me tue de le voir dans un tel état.

– Ahren, l'appelé-je en le voyant se recroqueviller sur lui-même, tremblant.

Intérieurement, je suis submergée de culpabilité, et une fois encore je me rapproche pour essayer de faire quelque chose… N'importe quoi.

À la base d'une de ses ailes, mon regard est attiré par quelque chose de bleu, et je plisse les yeux pour mieux voir. Subitement, une vague de violet, turquoise et blanc nacré se répand sur ses membres osseux.

Il n'en faut pas plus… Une respiration, un battement de cœur, tandis qu'une couche de membrane apparaît sous mes yeux, s'étend sur ses os. Les couleurs se mêlent, tourbillonnent en vagues joueuses tandis qu'elles tissent l'étoffe de ses ailes.

J'en ai le souffle coupé, et le voir totalement guéri m'emplit d'une sensation de sérénité, de satisfaction et de plénitude. Elles sont toujours enroulées autour de lui, telle une fine couche de tissu extensible et coloré, et je suis incapable de détourner le regard de ce spectacle.

– Oh mon Dieu ! Ahren ! (Je m'accroupis devant lui, lui donne un coup de coude dans l'épaule.) Lève-toi.

Il relève la tête et plonge son regard dans le mien, le visage pâle, la bouche pincée.

– Tes ailes, chuchoté-je. Elles sont magnifiques.

Confus, il cligne des yeux, puis tourne la tête pour les regarder. Tout d'abord, il n'a aucune réaction ; il reste silencieux, figé comme si le choc d'être guéri était trop dur à supporter pour lui.

Il se dresse dans toute sa splendeur, et les couleurs qui l'entourent sont semblables à des vitraux. Elles sont fascinantes et lumineuses, comme les premiers bourgeons en fleur du printemps. Elles s'étirent, couvrant presque toute la largeur du balcon.

Il tend la main, et une aile se replie pour le toucher. Il déglutit bruyamment, les lèvres entrouvertes, et ses yeux brillent de larmes quand il me regarde. C'est la douleur de voir quelque chose qu'il s'était sûrement résigné à ne plus jamais vivre.

– Comment...

La voix tremblante, il n'achève pas sa phrase. Il m'agrippe par le bras et me serre fort dans les siens. Je sens son cœur battre sauvagement dans sa poitrine, son souffle s'accélérer, et j'ai les larmes aux yeux de voir sa réaction. Je n'ai jamais rien voulu d'autre pour lui qu'il s'aime en dépit de ce que son ordure de père lui a fait. C'est le moins que je puisse lui donner.

J'entoure sa taille de mes bras, inondée de chaleur à l'idée qu'il me revienne. Je ne comprends pas comment je peux être attirée à ce point par trois hommes à la fois, mais je m'en fiche à présent. Pour l'instant, il n'y a que nous, non ?

Il me serre plus fort, et soudain mes pieds quittent la terrasse. Mon cœur bat la chamade. Je lève les yeux vers Ahren qui me contemple avec un sourire tel que rien au monde ne pourrait l'atteindre. La terre s'éloigne en dessous de nous à mesure qu'il bat des ailes. Nous sentons le souffle de l'air, nos cheveux voltigent autour de nous, mais je garde les yeux rivés sur les siens.

– C'est incroyable, haleté-je.

– Je ne sais pas comment tu t'y es prise, mais tu m'as offert quelque chose que je ne serai jamais en mesure de te rendre. Tu ne peux même pas imaginer ce que ça représente pour moi.

Sa voix se brise, et, du coin de l'œil, je distingue l'expression de son bonheur.

– Je veux que tu te sentes entier, que tu oublies ce que ton enfoiré de père t'a fait. Il y a...

Il se penche et m'empêche de terminer avec un baiser brûlant, si puissant et possessif que j'en tremble. C'est le Ahren qui m'a manqué, le faë qui m'a subjuguée. Je prends son visage entre mes mains, me rapproche, lui rends son baiser, et lui montre ce qu'il représente pour moi.

Mon cœur manque d'éclater de la pure félicité d'être dans ses bras. Notre baiser est comme un brasier, et c'est ainsi qu'ils devraient toujours être. Sa langue tourbillonne sur mes lèvres de façon taquine tandis que mon estomac palpite d'exaltation.

– Je t'ai désirée depuis le jour de ton arrivée dans notre cour, et c'était une erreur de ma part. Tu mérites tout, et tellement plus encore.

Un éclat d'incertitude passe sur son visage, et il nous fait redescendre sur le balcon.

Je sens le malaise monter dans mon estomac, tandis que la vérité s'impose dans mon esprit.

Malgré tout, il n'a pas l'intention d'être avec moi.

Non, il ne ferait pas ça. Parce que le baiser qu'il vient de me donner ne peut être que celui d'un faë follement amoureux.

Mes pieds se posent doucement sur le sol, d'abord mes orteils, puis mes talons. Ahren refuse de me lâcher, et me dit :

– Je veux ton bonheur.

Il s'interrompt, et mon cœur cesse de battre un instant.

– Et ?

J'ai déjà les yeux embués de larmes, parce que mon corps sait ce qui se prépare. Je sens la douleur qui me tord le ventre, qui serre, serre, serre encore jusqu'à ce que j'étouffe.

– Pour pouvoir revendiquer le trône de la Cour des Ombres, je dois épouser la princesse de la Cour de Braise.

C'est comme un coup de poing rapide et violent ; je n'arrive même pas à réfléchir. Mes larmes coulent, impossibles à stopper. C'est pour cette raison qu'il m'a repoussée, et pour cela qu'il continue.

Titubant, je m'écarte de lui, totalement brisée. Ce n'est pas possible. Il est censé être avec moi… Comment peut-il épouser quelqu'un d'autre ?

– Guendolyn, s'il te plaît. Je n'ai pas le choix.

Il tend la main vers moi, mais je la repousse.

Autour de nous, le monde se fige. Il ne reste plus rien.

Je secoue la tête, essuie mes yeux ; mon esprit est en ébullition.

– Je pensais…

Comment ai-je pu être aveugle au point de ne pas le voir arriver ? C'était évident qu'il aurait à se marier, j'aurais dû le comprendre. Mais à dire vrai, pas une fois il ne m'est venu à l'esprit que je pourrais perdre Ahren. Dans mon esprit, tout allait bien pour nous et le problème venait d'ailleurs. Bon sang, mais quelle idiote !

– Si les choses étaient différentes… commence-t-il.

Mais je ne peux pas l'écouter. Je ne peux pas rester près de lui.

– Ne fais pas ça.

Quand il me regarde, je vois un tel chagrin dans ses yeux que mes genoux flanchent. Je m'attarde un peu plus longtemps sur lui, retraçant chaque partie de lui : ses pommettes saillantes, ses lèvres pleines et attirantes, sa mâchoire forte. Mais plus je le regarde, plus je sens mon corps prêt à s'effondrer ; mais je refuse de pleurer mon désespoir devant lui.

Je fais demi-tour et traverse le balcon en courant jusqu'à la porte que je franchis. Je dévale l'escalier dans le même élan. Les larmes ruissellent sur mes joues et intérieurement, je me trouve pathétique.

Stupide.

Naïve.

Idiote.

Son rude baiser m'a laissé les lèvres endolories. Une manière de me rappeler quelque chose que nous ne pourrons plus jamais avoir. Là-haut, j'ai cru que nous étions en train de nous réconcilier, qu'il allait me reprendre en échange du cadeau que je lui avais fait en lui rendant ses ailes. Mais en fait, j'étais juste désespérée, n'est-ce pas ?

Ce temps passé ensemble n'était rien d'autre qu'un adieu.

10

GUENDOLYN

Je suis totalement en état de choc tandis que je dévale les escaliers depuis le balcon. Je veux disparaître de ce foutu royaume. D'une poussée, j'ouvre la porte du bas, débarque dans le couloir et me précipite vers ma chambre, loin de tout le monde. Surtout d'Ahren.

Je le déteste de me faire sentir comme une merde, de me rejeter. Tout au fond de mon esprit, je comprends en partie pourquoi il le fait, et c'est ça que je hais le plus. Mais ça ne m'aide absolument pas. Je voudrais le détester, le faire sortir de mes pensées, de mes souvenirs, comme si nous ne nous étions jamais rencontrés.

Je m'essuie les yeux mais mes larmes ne cessent de couler. Sa décision me brise le cœur. Comment ai-je fait pour ne pas le voir venir ? Je me suis fourvoyée.

Je ne peux pas rester vivre ici et le voir chaque jour avec une autre.

Rien que penser à ce mariage me rend malade.

Je titube, parcourue de sanglots, me heurte au mur où je pleure dans mes mains. J'ai le cœur en feu à l'idée de le voir serrer une autre femme dans ses bras. Il m'est destiné… et il le sait. Je l'ai senti dans son baiser.

Mais comment les choses ont-elles pu dégénérer à ce point ? Est-ce que ma place est réellement ici, de toute manière ? Luther m'a fait sa demande, et je n'en ai même pas encore discuté avec Deimos. Mais à présent, cette joie que j'ai ressentie est gâchée par ce qu'Ahren m'a annoncé. Je fais tourner l'anneau autour de mon doigt, je ne sais pas trop ce que je suis supposée faire.

Après tout ce que nous avons traversé ensemble avec les princes, je suis tombée amoureuse d'eux. De chacun d'eux.

Luther.

Deimos.

Ahren.

Sauf que lui m'a brisé le cœur, et que je ne suis pas certaine de pouvoir m'en remettre si j'ai sous les yeux le rappel quotidien de ce que j'ai perdu.

Je récupère le rubis dans mon corset et le fais rouler entre mes doigts. J'ai encore tant de choses à découvrir sur moi, et je n'avais pas prévu de succomber à trois princes.

Plus je fixe le rubis, plus j'envisage de m'en servir pour partir d'ici et retourner chez moi, sur Terre. Rien que pour pouvoir réfléchir, me sentir normale, me fondre dans la société comme si je n'étais personne. Jamais je n'aurais cru qu'un jour j'aurais envie de ça. Je ne cesse de penser que la majeure partie de mon existence n'était qu'un mensonge, et que c'est quelque chose qui semble me poursuivre jusqu'ici. Le secret d'Ahren m'a détruite et je ne sais pas comment m'en sortir.

Un instant, je suis aux anges, et la seconde suivante, j'ai envie de m'enfuir. Je suis lasse des drames et des dangers qui m'attendent au tournant.

Des bruits de pas résonnent derrière moi, et mon ventre se contracte à l'idée que ce soit Ahren.

Je me retourne, et quelqu'un est juste derrière moi, seulement ce n'est pas le prince.

– Jasion ! hoqueté-je.

Je trébuche en arrière, et son regard se pose sur ma main refermée sur le rubis.

– Qu'est-ce que tu as dans la main ? exige-t-il de savoir.

Il me surplombe, affichant un rictus. Cette ordure me déteste, et c'est un sentiment réciproque.

– Laisse-moi tranquille.

Je me détourne de lui ; sa présence me donne la chair de poule.

Ses doigts puissants s'emparent de mon poignet, et il me tire en arrière.

– Je t'ai posé une question.

C'en est trop pour moi. J'ai juste envie de m'écrouler et pleurer, d'essayer de digérer ce qui s'est passé avec Ahren. Je n'ai aucune envie d'avoir affaire à ce mage idiot.

– Ce n'est rien.

J'arrache mon bras de sa prise, mais il ne me laisse pas partir.

Les narines dilatées, il me regarde comme si je ne valais rien. Abruti arrogant.

– Tu as volé le rubis du roi.

Il crache littéralement ces mots, et ses postillons m'éclaboussent le visage, me faisant grimacer. Je m'essuie avec la manche de ma robe.

– C'est dégoûtant, garde ça dans ta bouche !

Il resserre sa prise, et je grimace.

– Il m'a semblé te voir jouer avec une pierre rouge l'autre jour, et ensuite j'ai examiné le trône et me suis rendu compte que le rubis avait disparu.

Mon sang se fige dans mes veines à l'idée qu'il ait pu me surprendre avec la pierre. Je me suis montrée trop négligente avec lui, et à présent je me fustige de n'avoir pas su la dissimuler plus intelligemment.

– J'ai posé des questions à droite à gauche, et il semblerait que le rubis a disparu environ une semaine avant le meurtre brutal de notre roi.

Son accusation me fait frémir, mais il est hors de question que j'avoue à un mage qu'une fée a pris la pierre.

– Donne-le-moi ! grogne-t-il en se rapprochant.

La haine que j'entends dans sa voix déclenche quelque chose en moi. J'en ai ma claque de tout le monde. Je tremble de colère.

– Va te faire voir !

Il me saisit violemment la mâchoire, me blessant encore plus après sa dernière attaque, et me tire à lui.

C'est alors que je vois les ombres des gardes qui arrivent dans son dos. Est-ce qu'il s'agit de l'escorte des princes ? Sauf qu'Ahren m'a dit que Deimos et Luther n'étaient pas dans le royaume.

– Tu as assassiné le roi, me siffle Jasion en pleine face.

Mon sang se fige dans mes veines à ces mots.

– Est-ce que tu as perdu la tête ?

Je plante une main dans sa poitrine, mais il ne bouge pas.

– Cette pierre est d'une valeur inestimable, et tu l'as tué pour la prendre. Quel était ton plan ? La revendre et te faire une petite fortune, en t'imaginant que nous ne découvrions jamais la vérité ? C'est pour cette raison que tu as manipulé les princes, n'est-ce pas ?

Je serre les poings, fatiguée de ses conneries. Ma poitrine s'enflamme d'une fureur qui se propage à travers moi comme un brasier.

– Je ne suis pas une tueuse. Et si tu veux ce foutu truc, prends-le.

Je lève le bras pour jeter la pierre, mais ma main et le rubis claquent contre le mur.

Crac.

Une pointe acérée s'enfonce dans ma paume, et quand je ramène ma main, des éclats de rubis tombent au sol. Du sang s'écoule des coupures et des morceaux qui se sont incrustés dans ma peau.

– Oh, merde ! m'écrié-je, sous le coup d'une douleur soudaine et violente, comme la pire coupure de papier au monde.

– Espèce de pétasse.

Jasion me repousse sur le côté, droit dans les bras d'un garde.

J'ai la tête qui tourne. La main du garde m'entrave le poignet et il m'entraîne dans son sillage avant même que je puisse répondre.

– Lâchez-moi ! hurlé-je en frappant son bras de ma main libre.

Mais en vain, car il ne réagit pas. Il marche tellement vite qu'il me traîne presque dans le couloir.

Je hurle, parce qu'il faut que quelqu'un m'entende et prévienne Ahren. Mais il n'y a personne. Le garde ouvre une porte, me pousse à l'intérieur, et je me retrouve à descendre un escalier en titubant.

Mon cœur martèle ma poitrine à mesure qu'augmente ma peur. J'entends des bruits de pas qui se rapprochent, et en me retournant, je vois Jasion et un autre garde bâti comme un tonneau.

– Je n'ai rien fait de mal ! lui crié-je par-dessus mon épaule.

Je suis tellement furieuse de m'être laissée prendre au dépourvu.

Jasion sourit, le regard empreint de mauvaises intentions.

Puis on me jette dans un autre couloir faiblement éclairé, où règne un remugle de chaussettes et d'écuries.

– Où m'emmenez-vous ?

Mais aucun d'entre eux ne répond. Le garde me traîne le long du couloir obscur, puis au bas d'une autre volée de marches ; ce n'est qu'après avoir franchi une nouvelle porte que je réalise où nous nous trouvons.

D'un côté de la pièce sont alignées quatre cellules. Elles sont séparées les unes des autres par des murs de briques, et toutes vides.

Mon cœur se serre, et la panique m'envahit. Faisant fi de ma main qui me fait souffrir et qui saigne, j'enfonce mon coude dans le ventre du garde, qui ne semble pas réagir.

– Les princes auront ta tête pour m'avoir fait une chose pareille, le menacé-je tandis qu'il me pousse dans une cellule.

Au moment où je franchis le seuil en trébuchant, je suis frappée par une décharge d'énergie, comme un fort choc électrique. Je frémis et recule pour y échapper.

– C'est là qu'est ta place, meurtrière.

Il referme la porte à barreaux à grand fracas.

Je me précipite et agrippe un barreau d'une main, et le secoue. Je ne sens pas la douleur dans mon autre main ; la seule chose qui m'obsède, c'est la terrifiante réalité de ce qu'il va m'arriver.

– Bon sang, laissez-moi sortir d'ici ! Je n'ai tué personne !

Ma voix résonne autour de nous.

Jasion se poste devant la porte, bras croisés sur sa poitrine nue, arborant un air suffisant et fier de lui.

J'en ai les poils qui se hérissent, tandis qu'un filet d'énergie danse sous ma peau. Exactement le genre d'énergie que j'ai ressentie à la Cour des Cendres quand je défendais ma vie.

— Laisse-moi sortir avant que les princes ne décident de te faire payer cher pour ça.

Il ricane à mi-voix.

— Tu crois vraiment qu'ils vont te trouver ? Avant que ça n'arrive, tu seras partie depuis déjà bien longtemps.

Ma colère explose. Je serre les dents et fais appel à mon pouvoir, comme je l'ai déjà fait avant, mais rien ne se produit… Mon pouvoir ne répond pas. Je serre les poings, épaules courbées en avant, et je songe à la mort… La mort de cette sale ordure.

S'il était capable de tuer d'un regard, alors la haine dans ses yeux s'en chargerait. Ce n'est qu'une ordure.

— Le problème, c'est que tu te mets en travers de mon chemin. Mais ça ne va pas durer.

Cet enfoiré s'approche, juste hors de ma portée, inclinant la tête sur le côté. Son air imbu de lui-même m'exaspère. Il fait claquer sa langue et pousse un gros soupir, comme si je n'étais qu'une simple nuisance à ses yeux. Abruti.

— Je te fais une faveur. Tu sais comment ils traitent les assassins par ici ? Même tes princes ne pourraient t'épargner une mort longue, douloureuse et brutale.

— Tu prends les choses à l'envers. C'est moi qui vais prendre plaisir à voir les princes te déchiqueter en morceaux avec leurs épées.

— Je vais peut-être changer d'avis et te jeter aux loups plus tôt que prévu. J'ai récupéré des morceaux de rubis. (Il tapote sa poche.) J'ai toutes les preuves nécessaires pour te faire condamner. Et quelques témoins également. Les princes ne pourront rien faire pour te sauver.

Il se détourne de moi et se rue dans le long couloir, les gardes sur ses talons. Quelques instants plus tard, j'entends une porte claquer, et je reste seule.

La peur m'étrangle et je titube en arrière, serrant les bras autour de moi. Le seul éclairage dans cette pièce provient d'une torche posée dans un support métallique, à l'extérieur de ma cellule. C'est un cachot putride, répugnant et misérable.

Faisant les cent pas, j'appelle à l'aide.

Mais est-ce que quelqu'un va m'entendre ? Nous avons descendu d'innombrables volées de marches, et… Et je vais mourir ici. Bon sang, je déteste Jasion, et à la première occasion, je le tuerai de mes propres mains.

Debout dans ma cellule, j'ai la nausée, et je me demande comment cela a pu arriver.

Et ma fureur augmente encore quand je baisse les yeux sur ma main ensanglantée. Je n'arrive pas à croire qu'en plus de tout le reste, j'ai aussi réussi à casser le rubis, ce qui signifie que si j'ouvre un portail, je pourrais échouer n'importe où. Je suis trop engourdie pour pleurer, même si j'en ai envie. À la place, je me colle à la porte de la cellule et crie à l'aide.

DEIMOS

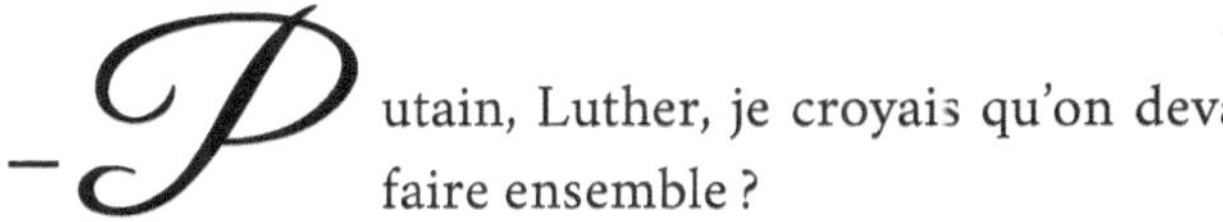

— Putain, Luther, je croyais qu'on devait le faire ensemble ?

Il y a des jours où j'ai envie de frapper très fort mon frère, par pur plaisir, en compensation de l'exaspération qu'il me provoque.

— Le moment m'a paru idéal.

Il hausse les épaules et observe la forêt couverte de neige qui nous entoure.

Les gardes sont derrière nous. Avec l'aide des mages, nous avons quitté le royaume ; ils nous ont rendus indétectables par les maudits de sang juste assez longtemps pour nous éloigner du château, là où ils traînent.

— Nous étions seuls, enchaîne Luther pour se justifier. Nous étions coincés dans le chalet, dans les bois, au beau milieu d'une tempête. Et puis le sujet est venu sur le tapis, et il se trouvait que j'avais la bague de grand-mère sur moi.

Je lui jette un regard incrédule.

— Tu trimballes ce truc sur toi depuis l'âge de huit ans, quand elle te l'a donnée, alors ne me mens pas, merde.

Du haut de sa jument noire, il me regarde, souriant à moitié ; il n'éprouve pas le moindre remords d'avoir demandé à Guendolyn de l'épouser en mon absence.

— Tu as vraiment envie de régler ça maintenant, alors qu'on est en route pour retrouver Père ?

— Putain oui, dis-je. On avait un accord, mais tu es incapable de tenir parole.

— Qu'est-ce qui te met le plus en colère, mon frère ?

rétorque-t-il. C'est parce tu penses que tu as raté le coche, ou parce que j'ai passé la nuit avec elle et pas toi ?

– Va te faire voir.

Pour tout dire, il a raison sur les deux points, mais hors de question que je l'admette à voix haute. Je suis toujours énervé par ce sale coup qu'il m'a fait. Je reporte mon attention sur le paysage, à l'affût des maudits de sang. C'est ça qui importe pour le moment, pas le feu qui gronde au creux de mon ventre parce que je voulais être là pour Guendolyn.

Plus j'y pense, et plus je réalise que j'ai envie de lui faire ma propre demande, avec ma propre bague. Ça me paraît normal que chacun de nous lui en offre une. J'organiserai ça quand nous serons rentrés. En toute honnêteté, j'avais prévu que nous le fassions avant qu'elle ne découvre qu'Ahren allait en épouser une autre. Pour qu'elle sache qu'elle n'était pas seule, et que Luther et moi serions toujours là pour elle.

Il n'est pas trop tard, mais pour l'instant nous devons escorter notre sale con de père jusqu'à chez nous. Je vais d'abord me débarrasser de cette corvée inutile, et ensuite j'irai la rejoindre au château.

– Je n'arrive toujours pas à comprendre pour quelle raison nous devons accueillir cet enfoiré, grogne Luther, tandis que nos chevaux trottent côte à côte sur le large chemin.

Le soleil brille, le ciel est dégagé, mais je n'ai aucune envie d'être ici.

– Mère a insisté.

Si ça ne tenait qu'à moi, notre vrai père n'aurait

jamais été invité au mariage d'Ahren... C'est bien pour ça que je déteste ces conneries politiques.

Luther grommelle quelque chose dans sa barbe, et je le vois serrer les rênes si fort que ses jointures blanchissent. Nous avons tous des raisons différentes de détester notre père, mais le fond du problème, c'est que c'est un sale con arrogant qui fait passer la richesse et le statut social avant la famille.

– Tu crois vraiment qu'il va ramener sa compagne ? ricane Luther. Cette femme est assez jeune pour être notre sœur.

– Ça pourrait être gênant, mais ça ne me surprendrait pas.

– Je pensais la même chose. Encore une occasion pour lui de remuer le couteau dans la plaie avec Mère. On pourrait peut-être demander au chef de glisser un petit quelque chose dans leur plat pour qu'ils passent la soirée aux toilettes plutôt qu'à la cérémonie.

– Arrange-toi pour que ça soit fait, et je ne dirai rien à personne.

Il affiche un sourire diabolique qui me fait sourire. Enfants, pour Luther et moi, la seule façon de survivre en étant sous la coupe de Père, c'était de faire des blagues, des farces, n'importe quoi pour ne pas vivre constamment dans la crainte de sa colère.

Nous arrivons bientôt à un carrefour. La route en face de nous mène à la Cour des Cendres, et les deux autres vers les royaumes de l'est et de l'ouest.

Devant nous se trouvent une douzaine de soldats à cheval, entourant un carrosse doré tiré par deux juments. Il a quand même amené sa compagne. Je soupire.

Notre père avance vers nous sur un grand cheval alezan. Il a pris du poids depuis la dernière fois que nous nous sommes vus, il y a des années ; il est devenu trapu. Ses courts cheveux noirs sont parsemés de mèches grises, il a les sourcils broussailleux et porte un épais manteau d'hiver noir comme la nuit.

– Luther, Deimos, salue-t-il en s'approchant.

Nos gardes s'écartent pour qu'il puisse nous rejoindre.

Père marque un temps d'arrêt devant nous, arborant cette perpétuelle expression de colère, comme s'il pouvait frapper à n'importe quel moment. Sauf que nous ne sommes plus des gamins. Lui est un seigneur, nous sommes des princes, et s'il nous frappait, peu importe qui il est, il serait puni de mort.

– Alors c'est vous deux qu'ils ont envoyés ? Son Altesse ne peut même pas s'arracher à son nouveau trône pour retrouver son vieux père.

Ses narines s'évasent, mais je ne parle pas à cet homme. C'est déjà bien assez que je sois présent.

– Bienvenue. (Luther se tient bien droit sur son cheval, prenant les choses en main.) Les bois qui entourent la Cour des Ombres sont dangereux. Tu rencontreras Ahren et Mère bien assez tôt.

Je sens l'amertume derrière les mots de Luther.

Père ricane, plissant le nez.

– C'est vrai que votre terre est toujours maudite. Dommage, vraiment.

Le sourire vil qui se dessine sur ses lèvres indique clairement qu'il savoure chaque occasion qui lui est donnée de pointer du doigt notre déchéance.

Je serre les dents, me demandant si quelqu'un le remarquerait si nous le jetions en pâture aux maudits de sang par accident.

Il regarde ses hommes par-dessus son épaule et leur adresse un coup de sifflet bref et bas, qui les met en branle. Père se tourne vers nous.

– Allons-y. J'ai mal aux fesses et aux jambes à force d'être en selle, et je veux tout connaître de la mort du roi Tibout. Il y a d'étranges rumeurs qui courent sur votre cour au sujet d'une intrusion de maudits de sang et de fées. Les garçons, peut-être que ce dont la Cour des Ombres a besoin, c'est de moi.

Il passe devant nous, comme si tout à coup, c'était lui aux commandes. Mon ventre bouillonne de fureur, et je vois se contracter les muscles du cou de Luther quand je me tourne vers lui.

Bon sang, après tout, ce ne seront peut-être pas les maudits de sang qui vont tuer notre père.

11

AHREN

— **D**égagez tous de ma chambre ! hurlé-je, la poitrine oppressée par la fureur.

Les membres du conseil cessent tout à coup leurs chamailleries et se lèvent. Ils me fixent comme s'ils avaient mal entendu, sauf que je suis on ne peut plus sérieux.

— Dehors ! balancé-je.

Je fais volte-face et me diriger vers le balcon de mon bureau… le bureau du roi.

Aujourd'hui, je n'ai pas la patience de subir leurs tergiversations ridicules sur la place des invités au mariage. De même, je ne supporte plus leurs discussions à propos des funérailles du roi après le mariage, ou de mon déménagement au palais pour l'arrivée de ma nouvelle épouse.

Cette simple idée me donne l'impression d'être piégé, et j'hésite vraiment à tout laisser tomber. Tout ce que je fais, c'est par devoir, par loyauté, pour ma famille.

Mais le prix à payer est élevé, et ça me pèse.

Je ne cesse de penser à Guendolyn et notre moment passé sur le balcon. Elle a soigné mes ailes, elle m'a débarrassé de l'ombre dans laquelle j'ai vécu la plus grande partie de mon existence. Et pour la remercier, je l'ai éconduite.

Je suis furieux, et mon cœur est brisé dans ma poitrine, objet inutile. Comment pourrais-je me marier à une autre alors que la femme pour laquelle je serais prêt à tuer est juste hors de ma portée ? La douleur que j'ai vue sur son visage… C'est ça le pire. Ça me détruit de la voir déchirée, et de savoir que c'est moi qui en suis la cause.

J'agrippe la balustrade du balcon et baisse les yeux vers la cour où les gardes et le personnel courent çà et là avec des décorations, afin que tout soit parfait pour quelque chose dont je n'ai foutrement pas envie. Je donnerais n'importe quoi pour prendre leur place, faire un boulot où je n'aurais pas à prendre toutes ces maudites décisions pour tout le monde. Pour être avec qui je veux.

Tendu, je serre les dents. Je déteste ma vie. La plupart du temps, j'ai horreur de me lever le matin, et je souffre terriblement de l'estomac. Je n'arrive plus à me rappeler la dernière fois où je me suis accordé un repas complet ; je ne garde plus rien. Je suis en train de m'effondrer.

La porte claque derrière moi, et je me retourne, m'attendant à trouver la pièce vide. Sauf que Jasion est toujours là, qui me rejoint sur le balcon. Le crâne de fée qui se balance à son cou m'agace au plus haut point. Il me fait penser à Guendolyn. Tout m'y fait penser.

– Pourquoi es-tu toujours là ? marmonné-je.

– Tu es stressé. C'était une bonne idée de se débarrasser d'eux tous. On dirait un troupeau d'oies qui tournent en rond sans savoir où aller.

Je reporte mon attention sur le parc en dessous.

– Et qu'est-ce que tu veux ?

Il inspire brusquement.

– Que Votre Altesse soit heureuse, bien sûr. Tu te souviens que durant toutes ces années, tu as parlé du genre de roi que tu deviendrais quand ce serait ton tour ? Tu disais que tu ferais de ce royaume un meilleur endroit, et que tu assurerais l'équité et l'égalité des richesses. J'ai bien peur que tu aies perdu cette envie. C'est peut-être que la fonction royale est bien plus stressante que ce que nous avions pensé.

Sa voix me tape sur le système ; ses paroles me font l'effet d'un moustique qui ne quitterait pas mon oreille.

Je me redresse et me poste face au mage qui se penche par-dessus la balustrade pour regarder ceux qui travaillent sans relâche dans la cour.

– Je n'ai pas besoin de ta pitié, Jasion. Qu'est-ce que tu veux vraiment ? Je sais quand tu as quelque chose derrière la tête.

Il se retourne, plante ses yeux dans les miens, et redresse les épaules. Il a les cheveux en bataille aujourd'hui, plus que d'ordinaire, et parsemé de petites plumes, ce qui signifie qu'il a pratiqué la magie.

– Je suis inquiet pour toi, déclare-t-il, comme il le fait toujours.

Mais je ne cesse de repenser à cette discussion que nous avons eue avec Luther sur le chemin de la Cour des Cendres, quand il m'a répété que Jasion était épris de moi. Durant des années, j'avais entendu des rumeurs à ce sujet mais sans jamais y prêter attention. La jalousie peut revêtir différentes formes, sauf que quand j'étudie sa manière de me regarder, je me pose la question.

– Ce qu'il te faut, c'est un proche conseiller à tes côtés, qui ne soit pas un vieux rat poussiéreux susceptible de vendre ses informations au plus offrant.

Je fronce les sourcils.

– Qu'est-ce que tu insinues ? Que je ne peux pas faire confiance à mon conseil royal ?

Il respire fort, comme s'il portait tout le poids du monde sur ses épaules.

– Ahren.

Il se rapproche, trop près à mon goût.

– Comment crois-tu que j'aie appris que tes ailes étaient guéries ?

Je me raidis, abasourdi par sa déclaration.

– C'est quoi ce bordel ? grogné-je.

Je vois ses épaules se relever et se tendre.

– Tu ne saisis pas. Dans ce conseil, je suis la seule personne sur laquelle tu peux compter pour te soutenir, alors nomme-moi conseiller en chef, pour te décharger un peu de ce poids. Laisse-moi m'occuper des subtilités d'organisation de ton mariage, de l'enterrement, de nos invités. Tu ne devrais pas avoir à te préoccuper de ce genre de choses.

Il marque un point, mais je reste bloqué sur le fait que quelqu'un m'a espionné quand j'étais sur le balcon avec Guendolyn. Est-ce qu'on l'a vue en train de guérir mes ailes ?

– Qu'est-ce qu'ils ont vu ?

Jasion se passe une main sur la bouche, comme s'il avait besoin d'y réfléchir.

– Quelqu'un t'a vu t'élever au-dessus du balcon depuis le parc, avec des ailes brillantes et spectaculaires. C'est un nouveau départ pour toi, une renaissance, ce qui signifie que tu peux laisser le passé où il est.

Je manque de m'étrangler en entendant les mots « nouveau départ ». Ce qui m'attend ressemble davantage à une vie enfermée dans un enclos.

– Va-t'en, lui ordonné-je. J'ai besoin de temps pour réfléchir.

– Bien sûr. (Il incline la tête et commence à s'en aller.) Mais n'oublie pas que rien ne t'oblige à tout faire par toi-même. Cela fait longtemps que nous sommes amis, et je suis là pour t'aider.

Son affection excessive m'agace. Même s'il a de bons arguments, je ne sais pas à quel point je peux lui faire confiance, surtout tant que je n'en sais pas plus sur ses motivations. Lui et moi avons peut-être grandi ensemble à la Cour des Ombres et partagé des aventures, mais cela m'a aussi appris à connaître quel type de faë il est : un manipulateur avide d'attention et qui a désespérément besoin de se faire valoir. Ces traits ne font pas de lui quelqu'un de dangereux. Pourtant, Guendolyn se méfie de lui, et les conversations que j'ai eues à son sujet avec le roi et mes frères me poussent à me poser des questions. À le regarder sous un autre angle. Et maintenant je doute de Jasion.

Quand il a quitté la pièce, je me retourne pour regarder dehors. J'ai besoin de trouver une issue à cette existence pourrie.

GUENDOLYN

Je suis tirée du sommeil par un cri perçant, si tant est que l'on puisse considérer comme dormir le fait de s'affaler contre un mur en étreignant ses genoux, sur le sol crasseux d'une cellule. Je ne sais même pas depuis combien de temps je suis là. Une nuit entière ? Des heures ?

J'entends des bruits de pas, et je distingue deux personnes qui entrent dans le donjon. J'ai l'estomac qui gargouille et je suis persuadée qu'il commence à s'auto-dévorer. Les gardes ne m'ont rien donné à manger, juste de l'eau. Et encore, quand ils viennent me rendre visite. Je suis seule dans cet endroit, et la seule chose que je peux faire, c'est de ruminer ma haine pour Jasion. Je le déteste de toutes les fibres de mon corps. J'ai la gorge sèche à force de crier, mais personne ne peut m'entendre ici.

Cet enfoiré de mage va se débarrasser de moi sans que personne ne sache jamais ce qui s'est passé. Les princes penseront que j'ai disparu, ou peut-être que j'ai ouvert un portail pour m'enfuir après avoir découvert le futur mariage d'Ahren. Mais jamais je ne fuirais Deimos et Luther. Le temps passé ici m'a permis de prendre du recul. Ahren m'a repoussée, et c'est à moi de décider quoi faire de ça. Pas à lui, ni à personne d'autre. Alors une fois que toute cette histoire de mariage sera terminée, je demanderai à Luther et Deimos d'emménager avec moi hors du manoir, voire même en dehors du royaume. Je me fiche de savoir où nous vivrons, mais je ne peux pas rester sous le même toit qu'Ahren en sachant qu'il s'envoie en l'air avec une autre. Cela me briserait encore plus que je ne le suis déjà.

Les voix qui murmurent font comme un bourdonnement dans l'air, mais je n'arrive pas à les distinguer ; alors je me relève et avance sans bruit vers la porte à barreaux. Je regarde dehors, mais mon angle de vue masque ce qui est au-delà des murs de briques de ma cellule.

– Tu as fait du bon boulot, murmure voix une sombre et rugueuse qui me donne des frissons.

Je ne reconnais pas la personne à qui elle appartient.

– Comme tu l'as dit, plus ils sont importants, plus ils tombent vite, répond Jasion, et ma colère s'enflamme.

Je serre les dents quand je l'entends.

– Et Ahren ? demande l'homme à la voix vicieuse.

Je me fige sur place.

– Il va lentement se rallier à cette idée, explique Jasion. Et une fois que vous aurez emménagé ici, il nous faudra le convaincre.

Je n'ose pas faire le moindre geste, je me repasse en boucle ce que je viens d'entendre.

– Viens, laisse-moi te montrer la fille.

J'ai le cœur au bord des lèvres en entendant leurs pas se rapprocher. Je me jette contre le mur le plus proche, et me laisse tomber sur les fesses, tête baissée comme si j'étais en train de dormir.

Je sursaute et ouvre les yeux quand résonne un fort choc métallique contre les barreaux. J'ai le souffle coupé devant ces deux monstres meurtriers qui me regardent. Jasion est accompagné d'un homme âgé, aux cheveux grisonnants, et qui porte un long manteau d'hiver.

Le faë plus âgé, doté de longues oreilles, se penche en avant et plisse les yeux en me regardant.

– C'est donc elle la pétasse qui a capté l'attention d'Ahren ? Elle n'a pourtant rien de spécial.

Je resserre mes genoux, incapable de trouver le moindre mot qui pourrait avoir un effet sur ces deux-là.

Il incline la tête, me scrute. Je déteste déjà cet homme autant que je déteste Jasion. Je n'ai pas la moindre idée de qui il s'agit, mais il faut absolument que je prévienne Ahren qu'il court un danger.

– On l'a trouvée en possession du rubis du trône du roi. Elle sera exécutée pour trahison devant tout le royaume le jour suivant le mariage. Mais elle a quelque chose de spécial, et je n'ai pas encore découvert ce que c'est.

L'homme ricane.

– Viens par ici ! aboie-t-il.

Je ne bouge pas.

Jason me jette un regard noir.

– Fais ce qu'il dit, sinon j'entre et je t'y contrains.

J'ai la chair de poule et envie de hurler à cet enfoiré de me foutre la paix. Mais malgré tout, je me lève et m'avance vers eux.

– Ta main, m'ordonne-t-il.

Je déglutis avec difficulté, terrifiée.

– S'il vous plaît, ne me faites pas de mal.

– Donne-moi ta main, crie-t-il, me faisant tressaillir.

Comme ma paume est toujours douloureuse après mes tentatives infructueuses pour retirer les éclats de rubis, je lui tends mon autre bras.

Il tire un coup sur mon poignet, entraînant tout mon bras à travers les barreaux. Le côté de mon visage se heurte aux barreaux métalliques ; tout mon corps tremble.

Cet enfoiré me renifle la main et cette vision me colle la nausée.

Je suis coincée là, l'estomac serré. L'expression de l'homme ne trahit aucune émotion. J'ai comme l'impression qu'il est incapable de montrer ses sentiments.

Jasion se colle à mon visage en quelques secondes, souriant comme un abruti dégonflé.

– Tu n'es plus si dure maintenant que tu n'as plus ton prince.

Il prend plaisir à me voir me tortiller.

J'inspire brusquement, et une forte odeur de girofle m'assaille… C'est une odeur familière, et au départ, je n'arrive pas à la resituer.

Tout à coup, une douleur aiguë me transperce le poignet, déchirant ma peau comme une lame.

Je crie et retire ma main, où je découvre une trace de morsure. Ce vieil enfoiré m'a fait saigner.

– Sale porc, lui craché-je tout en baissant la manche de ma robe pour couvrir la morsure, pressant le tissu sur la blessure pour éponger le sang.

Cette ordure lèche le sang sur ses dents, et ses yeux se révulsent un court instant.

– Tu as raison, elle est plus qu'une simple guérisseuse. La magie étincelle dans son sang. Elle va détruire tout ce à quoi nous avons travaillé durant toutes ces années. Tuez-la !

– Non ! crié-je en reculant, tandis que mes genoux se dérobent.

Que je tienne encore debout relève du miracle.

– Je vais m'en occuper très vite, répond Jasion.

Il me regarde, et la menace est claire dans ses yeux : il préférerait me torturer que m'accorder une fin rapide.

L'ordure plus âgée gémit avant de se détourner.

– J'en ai assez de ce cachot déprimant. Je suis affamé.

– Bien sûr, Votre Seigneurie.

L'homme éclate de rire alors qu'ils s'éloignent. La porte principale du donjon se referme sur ce bruit hideux.

Je suis incapable de bouger après tout ce que je viens juste d'apprendre. Je suis terrorisée, et le sombre murmure des cauchemars qui m'attendent me précipite vers le fond.

Mais soudain, l'odeur de clous de girofle que j'ai

remarquée sur Jasion s'accroche à mes narines, et la réalité me frappe de plein fouet. Michae m'a dit qu'il en avait trouvé près du roi dans la salle du trône juste après son meurtre. Cela m'avait paru étrange sur le moment.

Putain ! Jasion s'est servi de la magie pour tuer le roi. Mon père. Je le savais.

Mon estomac se contracte brusquement.

Et je suis la prochaine.

Cette ordure m'a accusée, se servant du rubis comme d'une preuve. Je suis son bouc émissaire, c'est clair.

La rage bout dans ma poitrine, et mon cœur bat si vite et si fort que la pièce vacille autour de moi. Ils ont assassiné le roi de sang-froid pour qu'Ahren accède au pouvoir, et l'utiliser ensuite comme une marionnette. Mais mon prince n'est pas stupide à ce point. C'est impossible.

J'arpente ma cellule, mes deux mains me font atrocement souffrir à présent.

La colère déferle comme un tsunami dans ma poitrine, et une veine pulse sur ma tempe. Les ténèbres s'installent en moi. Si je ne sors pas d'ici pour prévenir les princes, mon heure est venue.

Je ne pense qu'à eux, la gorge serrée par la terreur de ne pas arriver à mettre un terme à tout ça.

Je ferme les yeux, prends de profondes inspirations pour apaiser mon cœur furieux, et je sens une flambée de pouvoir envahir mes bras. Il jaillit alors qu'une douleur aiguë transperce ma paume entaillée par le rubis. Est-ce que mon pouvoir fluctue parce que la pierre est brisée ?

Je n'ai qu'une chose à faire pour le savoir, et c'est risqué, mais rester ici à ne rien faire ne m'aidera pas. Je lève ma main couverte de sang séché et de minuscules éclats de pierre trop petits pour être retirés, la porte à ma bouche et me concentre sur l'image d'un portail donnant sur ma chambre dans le château. Et je souffle.

Une bouffée d'énergie me traverse et s'échappe d'entre mes lèvres. Un brouillard bleu clair se répand dans l'air et tout autour de la cellule, jusqu'à s'accumuler dans un coin, puis s'assombrit jusqu'à ce que se dresse devant moi une ouverture noire, juste assez large pour que j'y entre. Je ne perds pas une seconde et plonge vers mon échappatoire.

Alors que je franchis le portail, je murmure :

– S'il vous plaît, faites que ce ne soit pas une erreur.

GUENDOLYN

Je franchis le portail et émerge dans un immense salon au papier peint nacré. La lumière naturelle pénètre dans la pièce par de longues et étroites fenêtres, tandis qu'un feu rugit dans la cheminée située dans un coin.

L'espace est décoré de meubles en bois ornés, et des vitrines sculptées débordent de toutes sortes de livres et de joyaux colorés. Ce n'est que lorsque mon regard se porte sur les deux canapés qui se font face que je distingue l'arrière de la tête de quelqu'un.

Mon cœur bat à tout rompre, car il n'y a rien de familier dans cette pièce. Je connais assez le manoir des princes pour savoir qu'ils n'ont pas de fenêtres comme celles-ci.

Apparemment, ma tentative de faire en sorte que le portail me ramène à ma chambre a échoué. Bon sang, mais alors, où suis-je ?

Je me retourne vers le portail, mais il a disparu ; mon sang se glace.

Pitié, non ! Je lève ma main blessée ; il faut que je m'en aille d'ici au plus vite. Je souffle rapidement sur ma paume, me concentre sur ma chambre au manoir, mais je ne déclenche pas la moindre étincelle d'énergie. Plus j'essaie et plus je tremble. C'est le pire des scénarios à mes yeux, être transportée dans un endroit au hasard. Certes, je me suis échappée du donjon, mais où est-ce que j'ai atterri à la place ?

Sans perdre un instant, je me tourne vers la porte en bois noir et saisis la poignée.

– À ta place, je ne ferais pas ça, me dit une voix de femme dans mon dos.

Les muscles de mes épaules se contractent, et je me fais volte-face.

À quelques mètres se trouve une femme à la beauté saisissante, qui me semble familière. Elle est plus âgée que moi, vers la fin de la quarantaine, avec de longs cheveux blonds qui retombent en boucles douces sur ses épaules. Elle a un visage délicat et rond, des yeux très bleus, des cils pâles et des lèvres d'un rouge profond. Elle est un peu plus grande que moi, avec des courbes harmonieuses, et porte une robe bleu pétrole resserrée au niveau de la poitrine et qui s'évase vers le bas comme s'il y avait plusieurs couches de tissu en dessous. Si jamais il y avait une représentation de la parfaite princesse de conte de fées, cette femme en serait la quintessence.

Je ressens quelque chose de familier et d'apaisant en sa présence.

– J-Je crois que je me suis p-perdue, bégayé-je, jouant l'innocente.

Elle me scrute de la tête aux pieds avant de regarder la porte.

– Tu es arrivée exactement là où il fallait que tu sois, me répond-elle. Si le portail t'a amenée ici, c'est parce que c'est ta place.

Qu'est-ce qu'elle raconte ? Je balaie la pièce du regard en quête de quelque chose de familier, mais ne trouve rien. Et dehors, il n'y a qu'une forêt enneigée à perte de vue. Je n'aperçois pas de montagnes, ce qui me paraît bizarre, car j'ai l'habitude de les voir depuis les fenêtres du manoir.

– Qui êtes-vous ? demandé-je. Où sommes-nous ?

Elle s'avance vers moi d'une démarche délicate. C'est une femme de haut rang, elle est habituée à donner une image de perfection. J'ai déjà rencontré la mère des princes, je sais donc que ce n'est pas elle.

Mais pourquoi cette femme est-elle enfermée ?

– Viens avec moi.

Elle me tend la main, paume tournée vers le haut, le bout des doigts légèrement recourbé.

Je devrais être effrayée, mais l'énergie qui l'entoure m'apaise. Quelque chose chez cette femme me donne envie de me blottir et l'écouter me raconter des histoires. Et elle semble en savoir plus à mon sujet que moi-même.

Alors je m'avance et pose ma main au poignet mordu dans la sienne.

En retour, elle m'adresse un sourire radieux que je ressens au plus profond de moi. Elle est comme un soleil qui m'emplirait d'une étrange tranquillité.

Elle me guide vers une fenêtre ; nous nous tenons côte à côte, à regarder dehors, alors que le soleil commence à poindre au-dessus de l'horizon.

En bas, un haut rempart de pierre entoure le bâtiment, et le parc est parsemé d'arbres ; au-delà de la muraille, on aperçoit un ruisseau gelé par le froid de l'hiver. Au-delà, la forêt s'étend dans toutes les directions.

Il me faut quelques instants pour me rendre compte que je suis déjà venue ici. Je connais cet endroit... Et quand le souvenir me revient, je halète et retire ma main de la sienne, grimaçant à cause de la morsure.

Le parc en dessous, c'est celui où Deimos et moi avons franchi le portail quand il m'a amenée dans ce monde.

Je n'arrive pas à respirer.

Je me suis téléportée à la Cour des Cendres.

Merde !

La femme sourit.

— Tu te souviens, c'est bien. Je t'ai vue arriver ce jour-là depuis ma chambre, et je te garde à l'œil depuis.

— Comment ?

J'ai les genoux qui flanchent. La dernière fois que je suis venue ici, la mère du roi a tenté de me tuer... Est-ce que cette femme fera pareil ?

– J'ai tellement de choses à te dire. Mais nous n'avons pas beaucoup de temps, personne ne doit te trouver ici.

– S'il vous plaît, dites-moi ce qui se passe ?

J'enroule mes bras autour de moi.

Elle avance vers moi, et je recule.

– Asseyons-nous.

Elle me fait signe de la suivre vers le canapé, où elle s'assied avant de tapoter le siège à côté d'elle.

Ce n'est pas comme si j'avais vraiment le choix, et elle ne m'a pas menacée, alors je m'exécute. Elle est assise le dos bien droit, les mains posées sur les genoux, à l'autre bout du canapé, et me fait face.

– Je sais qui tu es, parce que j'ai reconnu le parfum de ta magie, m'annonce-t-elle. J'ai toujours su que tu étais puissante, avec des capacités telles qu'ouvrir des portails, ou modifier les capacités des autres faë, et vice-versa. À mes yeux, tu es magnifique, mais ta présence fait peur à beaucoup. Tu représentes une menace pour eux.

J'attends en silence d'en apprendre plus, j'intègre tout, et j'attends avec impatience la chute qui me fera comprendre comment tout ceci est relié.

– Ce qu'on m'a obligée à te faire m'a détruite.

Elle s'étrangle. Je ne connais pas cette femme, mais je me rapproche et pose la main sur son bras. Elle tremble quand je la touche.

– Qu'est-ce que vous voulez dire ? murmuré-je, presque effrayée à l'idée de découvrir la vérité.

Elle soulève ma main et embrasse tendrement mes

doigts. Elle ne le fait pas d'une manière effrayante, mais avec de la tendresse, comme on s'y attendrait de la part d'un membre de la famille... Un parent...

Et d'un coup, tout s'éclaire pour moi, comme si une porte s'était ouverte dans mon esprit.

Ces similitudes que je vois... C'est à moi qu'elle ressemble. Ses cheveux, la forme de son corps, sa tendresse. La douleur lancinante dans ses yeux quand elle me regarde.

Les larmes me brûlent les yeux.

– Est-ce que vous êtes ma mère ?

J'en ai le souffle coupé quand ses doigts se resserrent sur les miens.

– Te laisser aux soins du refuge pour femmes sur Terre a été la chose la plus dure que j'aie jamais faite, et je ne m'en suis toujours pas remise. (Les larmes coulent à flots sur ses joues.) Tu n'étais qu'un bébé, mais si je ne t'avais pas cachée, mon mari et sa mère t'auraient tuée.

J'ai le tournis. Au départ, je n'arrive même pas à répondre, choquée par ce que je viens de découvrir. J'essaie de rester forte, mais j'ai le menton qui tremble. Je me rapproche et elle me serre fort contre elle. Je pleure contre sa poitrine, et elle renifle ; nous sommes toutes deux effondrées. Quand je m'imaginais la rencontre avec mes parents, je pensais rire et sourire comme une dingue, pas pleurer.

Découvrir que j'avais perdu mon père était déjà assez atroce, et à présent... j'ai retrouvé ma mère. Est-ce pour ça que le portail m'a amenée ici quand je lui ai demandé ma chambre ? Il m'a conduite là où était ma place. Auprès de ma mère.

Je suis partagée entre la tristesse et un incroyable bonheur, tiraillée dans différentes directions, jusqu'à ne plus savoir ce que je ressens.

Je m'écarte d'elle m'essuie les yeux du dos de la main, avant de me rappeler ses derniers mots.

— Il y a tant de choses qui me perturbent. Tu dis que mon père voulait me voir morte, mais…

— Je n'ai pas parlé de *ton* père, mais de mon mari. Je suis l'épouse du roi des Unseelie à la Cour des Cendres, mais je ne l'ai jamais aimé. C'était un mariage forcé, destiné à unir deux maisons puissantes.

— Tu es la reine de la Cour des Cendres ! (Je sursaute et cligne des yeux, songeant à tout ce que je suis en train de découvrir.) Et tu as eu une liaison avec le roi de la Cour des Ombres ?

Je vois des larmes briller au coin de ses yeux à l'évocation de mon vrai père, et elle hoche la tête.

— Je l'aimais, mais nous n'avions aucun moyen d'être ensemble. Les Seelie et les Unseelie ne se mélangent pas.

Je déteste ce dicton. Je suis le fruit des deux, alors je dois être la personne la plus détestée au monde. Je m'accroche à son bras, et je repense à ma douleur qu'on m'enlève Ahren ; je vois cette même douleur déchirante dans les yeux de ma mère.

— Écoute-moi très attentivement, Guendolyn. (Elle se penche plus près.) Tu es plus puissante que n'importe lequel d'entre nous. Le sang de fée qui coule dans la lignée de ma mère est le plus pur. Il vient directement de la reine des fées elle-même. Depuis sa disparition, il est resté en sommeil à chaque génération, mais à ta naissance, les fées sont venues par centaines de milliers entourer le château, en psalmodiant le mot *Eirian*.

– La reine des fées, murmuré-je.

– Oui, ma petite. Dans tes veines coule le pouvoir de la reine des fées. C'est l'une des raisons pour lesquelles le roi et sa mère ont cherché à te tuer. Ton pouvoir est trop grand. C'est pourquoi ma belle-mère a jeté une malédiction sur toi à ta naissance, sans que je le sache. Elle a fait en sorte qu'à ton retour dans notre royaume, ta présence déchaîne l'enfer sur la Cour des Ombres. Mon mari me disait que c'était une punition appropriée pour le roi Tibout.

– Alors ils étaient au courant de ta liaison avec le roi ennemi ?

Elle hoche la tête.

– C'est pour cela que j'ai vécu sous surveillance constante la majeure partie de ma vie.

Je reçois tellement d'informations que je me cale dans le canapé pour tenter de faire le tri. À présent, les choses commencent à faire sens... Comme l'attraction que j'exerce sur les fées, pourquoi tout le monde me déteste, et comment j'ai atterri sur Terre.

– Il y a autre chose que tu dois savoir, me dit-elle.

– Franchement, je ne sais pas ce que je vais pouvoir encore encaisser.

Après tout ce qui s'est passé à la Cour des Ombres, toutes ces informations me submergent.

Elle poursuit néanmoins :

– La principale raison pour laquelle la plupart des faë veulent te voir morte, c'est parce que tu es la seule véritable héritière à pouvoir régner sur la Cour des Cendres et la Cour des Ombres.

Je reste bouche bée.

Elle se tourne vers moi et m'agrippe fermement par le bras, et son expression se fait plus que sérieuse.

– Le roi Tibout n'est plus. Avant que son fils Ahren ne monte sur le trône, il faut que tu le revendiques, et que tu épouses rapidement un royal. Une fois que tu l'auras fait, tu revendiqueras aussi le trône de la Cour des Cendres, ce qui signifie que tu pourras influencer les décisions de cette cour pendant que le roi et moi sommes encore en exercice. À la mort de l'un de nous deux, tu pourras revendiquer ce trône avec ton roi, et régner sur les deux cours. Tu pourras les réunir en une seule, comme autrefois. Et les autres cours du royaume s'y joindront.

Je secoue la tête.

– Quoi ? Tu ne peux pas mourir !

– Chut. (Elle pose une main sur ma bouche.) Je ne vais nulle part. Ça fait trop longtemps que j'attends ce moment, j'ai trop perdu… Maintenant, il est temps de frapper.

– Je ne veux pas du trône, chuchoté-je.

– Il ne s'agit pas de ce que tu veux, ma chérie. C'est le seul moyen de mettre fin aux effusions de sang entre nos deux cours, d'arrêter les morts et de rétablir l'équilibre dans notre monde.

Je déglutis avec peine, j'ai une boule énorme dans la

gorge. Je réfléchis à ses mots, et surtout je pense à mes trois faë.

– Que vont devenir les princes ? Est-ce que je peux en épouser un pour monter sur le trône ?

Elle me jette un regard étrange et sourit.

– Est-ce que l'un d'eux a attiré ton attention ?

J'affiche un sourire bien trop grand, sans savoir comment lui expliquer qu'en fait, il s'agit des trois.

– En quelque sorte.

– Pour revendiquer le trône, il faut de toute façon que tu prennes pour roi un membre d'une famille royale, alors oui.

Je sens mon ventre bouillir d'impatience et d'excitation à cette nouvelle. Je peux épouser Ahren !

Mais aussi vite, le doute s'installe quand je songe à l'énormité de ce qu'elle me suggère.

– Je ne suis pas certaine que ça marche. Pourquoi me croiraient-ils alors que le roi Tibout n'est plus là pour soutenir ma revendication ? Et en quoi cela pourra-t-il réunir les cours ?

Mes genoux tressautent ; je n'arrive pas à croire que je suis en train d'envisager une chose pareille. Je comprends à peine les coutumes faë, et je n'en sais vraiment pas assez pour diriger. C'est une blague d'imaginer que je pourrais régner sur quoi que ce soit quand la moitié du temps j'ai du mal à contrôler mes propres paroles.

– La réponse se trouve dans ton sang. Les mages peuvent tester tes lignées grâce à la magie – c'est ça, ta preuve.

Penser aux mages me donne la chair de poule, parce que jamais Jasion ne m'aidera. Mais le roi a d'autres mages, alors il faut peut-être que je les rallie à mon camp. Je respire par à-coups rapides à présent, j'ai du mal à remplir mes poumons. Est-ce que je suis vraiment en train d'envisager de revendiquer le trône ?

Je ne devrais pas m'en sentir coupable, mais une partie de moi se demande quelle sera la réaction d'Ahren. Le fait que j'intervienne…

– Ce n'est peut-être pas la meilleure chose à faire. J'ai juste envie de m'intégrer quelque part, et de vivre une vie normale.

Ma mère me regarde avec gentillesse, et pose une main sur ma joue pour essuyer mes larmes.

– La plus grosse erreur que j'ai faite dans ma vie, c'est de ne jamais m'être battue pour ce que je voulais. J'ai laissé ma peur décider à ma place. Résultat, j'ai perdu ma fille et le faë que j'aimais. Je ne veux pas que tu vives avec de tels regrets. C'est quelque chose qui te ronge, qui te paralyse. Tu as l'occasion de prendre ce que tu veux, et de faire une différence dans ce monde qui a autrefois tenté de t'éliminer.

– Elle se lève et me prend la main.

– Il est temps pour toi de te dresser et de montrer au monde qui tu es.

Je ne bouge pas, je la regarde ; et la question qui me trotte en tête sort toute seule :

– Est-ce que mon père était au courant pour moi ?

Elle baisse la tête, mais je surprends l'éclat dans son regard avant qu'elle ne réponde :

– Oui. Mais il n'a pas eu la chance de te rencontrer.

Sa voix douce et tremblotante me brise le cœur. Elle traverse la pièce jusqu'à une vitrine, et elle ouvre un tiroir.

Je me lève et la rejoins quand elle fait demi-tour. Saisissant ma main valide, elle y dépose un long ruban rose. Le tissu est doux comme de la soie sous mes doigts, et je vois mon nom brodé plusieurs fois en lettres blanches. *Guen.*

– Ton père a fait fabriquer ceci spécialement pour toi et me l'a envoyé, mais tu étais déjà partie à ce moment-là. Je ne lui ai jamais dit que c'était trop tard, j'en étais incapable.

Elle pose sa main sur la mienne, et recourbe mes doigts sur le précieux ruban.

– À présent je peux dire que j'ai tenu ma parole envers lui.

Elle essuie à la hâte une larme au coin de son œil, et la douleur s'intensifie dans ma poitrine.

Je me racle la gorge, et lui raconte :

– J'ai passé du temps avec lui à la Cour des Ombres, mais je ne crois pas qu'il ait su que c'était moi. Il m'a bien accueillie et m'a fait me sentir à l'aise quand nous avons eu l'occasion de parler ensemble.

Elle se penche pour prendre ma main coupée, toujours constellée d'éclats de rubis, et la placer entre les deux siennes.

– Parfois le destin a de drôles de façons de réunir ceux dont les chemins doivent se croiser, même s'ils ne le savent pas.

Soudain, ses mains envoient une bouffée de chaleur intense dans mon bras.

Je grimace, et elle me lâche. Quand je regarde ma main, il n'y a plus la moindre coupure, seulement du sang séché. Abasourdie, je lève les yeux vers elle.

– J'ai le pouvoir de guérir… Et je sais faire quelques trucs en plus.

C'est donc d'elle que je tiens ce pouvoir de guérir. Quand je regarde à nouveau ma main, je ne peux m'empêcher de me demander si elle a incrusté les morceaux de rubis sous ma peau.

– Convoque ton portail, me dit-elle d'un ton brusque et précipité. Nous n'avons pas de temps à perdre.

– Attends, et toi ?

– Le mariage a lieu aujourd'hui, murmure-t-elle, alors va l'empêcher, et réclame ton dû. Ça va aller. Les fées du destin m'avaient promis ta venue, et tout va changer à partir de maintenant. Tu le verras très bientôt.

– Il y a déjà eu tant de changements, murmuré-je.

– Vite maintenant, il faut que tu ailles revendiquer ton véritable héritage. C'est le plus important.

J'ai énormément d'autres questions à lui poser, mais elle a raison. Il faut que j'empêche Ahren d'épouser quelqu'un d'autre. Je lève une main tremblante à hauteur de ma bouche et souffle une brume bleue. *Ramenez-moi à la Cour des Ombres dans…*

Mes mots s'évanouissent quand le portail se matérialise devant moi en quelques secondes. Jamais ça n'a été aussi facile. Est-ce à cause du rubis en moi, ou de l'aide de ma mère?

– Dépêche-toi.

Elle me pousse dans le dos.

Je trébuche et franchis le seuil vers les ténèbres.

13

DEIMOS

— **A**vez-vous vu Guen... Gainy ? demandé-je pour la vingtième fois ce matin à un membre du personnel.

À chaque fois, je manque de laisser échapper son nom.

La servante secoue la tête, les yeux baissés.

– Je suis désolée, Votre Altesse, mais j'ai aussi demandé autour de moi, et personne ne l'a vue depuis hier.

Je m'écarte brusquement d'elle et longe le couloir pour retourner directement dans sa chambre. Mais je ne sais même pas ce que je cherche, ni même ce qui pourrait me donner une indication de l'endroit où elle est partie.

Luther débarque dans la chambre derrière moi, et mon cœur bondit d'espoir, impatient qu'il apporte des nouvelles.

Mais la détresse sur son visage m'anéantit, me mène

en un lieu horrible où j'imagine qu'elle est blessée quelque part. Nous n'aurions jamais dû la laisser seule.

– Putain, il n'y a absolument rien. Nous avons fouillé le palais et le manoir, le parc et la ville. Je n'arrive même pas à l'atteindre en pensées. Quelque chose la tient à l'écart de moi.

Je me tourne vers mon frère.

– Comment Ahren l'a-t-il pris ?

Incrédule, Luther ricane devant mes questions.

– Tu crois que j'ai l'intention de l'informer le jour de son mariage que la fille qu'il aime est portée disparue ? Mais je lui ai demandé quand il l'avait vue la dernière fois, et c'était hier, comme tout le monde.

Je me traîne jusqu'à la fenêtre, scrutant la cour en contrebas à la recherche de ses longs cheveux blonds, de sa démarche adorable et de son balancement de hanches. Je continue à espérer que je vais l'apercevoir, et que ce n'est qu'un énorme malentendu.

– Il doit savoir, murmuré-je en me tournant vers Luther. Ahren va nous tuer si on ne lui dit rien et qu'elle finit blessée.

Une boule de plomb m'obstrue la gorge, et j'ai du mal à déglutir.

Luther se passe la main dans les cheveux, comme à chaque fois qu'il a un secret. Il est transparent, et en plus, il regarde dans le vague.

– Qu'est-ce que tu ne me dis pas, mon frère ?

Je m'adosse au canapé en le regardant, lui qui se tient à plusieurs mètres, près de la fenêtre.

Il relève la tête vers moi.

– Guendolyn a guéri les ailes d'Ahren.

J'écarquille les yeux.

– C'est incroyable ! Il devrait être de bonne humeur alors.

Luther grimace et tord sa bouche sur le côté.

– Pas tout à fait. Il a annoncé son mariage à Guendolyn, et la raison pour laquelle il ne peut pas être avec elle. Elle est partie en courant, et c'est la dernière fois qu'il l'a vue.

– Merde, Luther, tu aurais dû commencer par là ! Donc ça signifie qu'elle pourrait être allée quelque part se cacher parce qu'elle est bouleversée ?

Incrédule, Luther me regarde comme si ma suggestion était totalement impensable.

– Elle nous aime, dit-il. Elle ne se cacherait pas de nous.

– Nous n'étions pas présents quand elle avait le plus besoin de nous, lui rappelé-je.

Son regard sans expression est parlant. C'est vrai, nous n'avons pas eu notre mot à dire quand il a fallu aller chercher Père, mais ça craint, merde.

– Très bien, commenté-je. Où irait quelqu'un qui est dévasté ?

Le simple fait de prononcer ces mots à voix haute me serre le cœur, alors que je l'imagine seule quelque part, le cœur brisé. Elle a besoin d'être dans mes bras, là où je pourrai lui rappeler qu'elle n'est *pas* seule, et lui expliquer la situation merdique dans laquelle se retrouve Ahren, et qui le hantera toute sa vie. Ahren avait promis qu'il lui parlerait plus tôt, et j'aurais voulu qu'il tienne parole.

Je serre les poings. Ce n'est pas ainsi que les choses doivent se passer. Luther et moi avions parlé de demander à Guendolyn de nous épouser ; nous avions prévu de vivre tous les trois dans ce manoir, d'avoir une nouvelle vie ensemble. C'est tout ce dont j'ai envie, mais je sais qu'elle souffre à cause d'Ahren. Et que l'obstacle va être dur à franchir.

— Séparons-nous, commence Luther. Et nous faisons une autre fouille, tout en gardant à l'esprit qu'on cherche un endroit où elle aurait pu aller pour échapper à tout le monde.

J'opine.

— Nous devons la retrouver vite, parce que Mère nous pourchassera elle-même si nous n'assistons pas au mariage. Il va bientôt commencer, et nous ne sommes même pas encore habillés.

Luther fulmine.

— Je déteste ce mariage, merde.

Il fait volte-face et se rue dans le couloir. Je fais de même, et décide d'entamer mes recherches par le haut du manoir, avant de redescendre. Il y a tant de pièces inoccupées, nous avons peut-être raté quelque chose lors de notre premier passage.

À l'angle du couloir, je me heurte à Jasion, qui fonce sans regarder où il va. Je recule et gémis en le voyant s'incliner.

— Toutes mes excuses, Votre Altesse, pour ne pas vous avoir vu. C'est une journée complètement folle, et j'ai énormément de choses à préparer pour la cérémonie.

Même si je déteste le mage, je profite de l'occasion pour lui poser la question :

— As-tu vu Gu-Gainy ?

Je le vois se raidir à ma question, ce qui pique ma curiosité.

— Alors ? lui intimé-je en me rapprochant, les entrailles nouées.

Je l'ai toujours détesté. En ce qui me concerne, s'il se fait expulser de la cour, ce n'est pas à moi qu'il manquera.

— Ce matin, dit-il avant de se racler la gorge et plonger son regard dans le mien. Je l'ai aperçue juste après l'aube.

L'espoir renaît en moi.

— Où ? m'enquiers-je impatiemment, me penchant en avant.

— Quand je me suis réveillé, j'ai regardé par la fenêtre, et elle courait dans les bois à l'extérieur des remparts du château.

— Quoi ? crié-je, pas sûr d'avoir bien entendu. Tu es certain d'avoir bien vu ? Il y a des foutus maudits de sang là-bas.

Il acquiesce, le visage blême, et je lis la peur dans ses yeux. Il a peur de moi, et ça ne ressemble pas au Jasion que je connais. Il a un comportement étrange, et ce n'est pas peu dire en ce qui le concerne.

— J'ai trouvé ça étrange moi aussi, mais je ne l'ai aperçue que quelques instants, et elle allait bien. J'ai simplement supposé que c'était normal et que quelqu'un veillait sur elle. Je n'y ai pas plus réfléchi.

Furieux, je le saisis par le cou et le plaque contre le mur.

– Bon sang, pourquoi tu n'es pas venu en parler à quelqu'un tout de suite ?

Il s'agrippe à mon poignet tandis que je lui serre le cou. Ce serait tellement incroyable de voir cette fouine sortir de nos vies pour de bon. Je ne l'ai jamais aimé, et je ne lui ai jamais fait confiance ; mais pourquoi mentirait-il sur un sujet pareil ? Et… son histoire colle parfaitement à l'idée qu'elle n'aurait pas supporté l'idée d'être là pendant le mariage d'Ahren, et qu'elle se serait enfuie.

Je sens une main invisible s'enrouler autour de mon cœur et le serrer, tandis que le douloureux chagrin s'intensifie. Elle ne nous aurait pas quittés, Luther et moi… Mais j'ai du mal à le croire, même après tout ce que nous avons traversé.

Jasion me frappe le bras ; son visage devient bleu. Ah oui. Il ne vaudrait mieux pas que j'étrangle le mage d'Ahren en ce jour si prometteur.

Je retire ma main et le vois s'effondrer au sol quand ses genoux se dérobent. Il halète pour respirer.

– À la seconde où tu la vois, tu me l'amènes, compris ? grogné-je.

Il hoche la tête.

– Bien sûr, Votre Altesse, croasse-t-il.

Ne supportant pas de le voir une seconde de plus, je me retourne et emprunte le couloir en direction des écuries. Je vais rapidement longer les remparts à la recherche de la moindre trace de Guendolyn et prier les dieux qu'elle soit en vie.

Je démolirai ce foutu royaume pour la retrouver s'il le faut.

GUENDOLYN

Je sors de l'obscurité et pénètre dans une pièce faiblement éclairée. Je balaie les alentours du regard, m'attendant à voir ma chambre au manoir.

Sauf que, évidemment, ce n'est pas là que j'ai atterri ! La puanteur du cachot m'agresse les narines : je suis à l'intérieur de ma cellule verrouillée.

– Oh merde, non !

Je me retourne vers le portail qui vient de disparaître et maudis cette satanée chose qui refuse d'écouter mes instructions.

Agacée prête à hurler, je me frotte les yeux et porte la main à ma bouche, mais soudain, le doute m'assaille. Dieu seul sait où je vais finir. Mais quand je me remémore les paroles de ma mère, je sais que je n'ai pas de temps à perdre, et qu'il faut que j'essaie.

Une partie de moi a très envie de se réjouir que j'aie retrouvé ma vraie mère, et que je comprenne enfin mon passé. Certes, c'était bien tordu, mais c'est un bon départ pour tout reconstituer, et essayer d'aller de l'avant. C'est pour cette raison que je franchirai le portail autant de fois qu'il le faudra, repoussant mes limites jusqu'à ce qu'il m'emmène où je veux.

Quoi que ça implique, je me souviens que j'ai des pouvoirs de fée. Si je savais comment les manier, je filerais d'ici en un clin d'œil pour écraser tous ceux qui m'ont fait du mal, à moi et à ceux que j'aime. Mais vu les difficultés que j'ai eues à utiliser mes pouvoirs, j'ai le sentiment que leur maîtrise va prendre pas mal de temps.

Bon sang, j'aimerais tellement avoir un manuel genre *Les pouvoirs des fées pour les nuls*.

La porte principale du donjon grince brusquement, puis des pas résonnent.

Je me fige, complètement terrorisée à l'idée que ce soit Jasion qui revienne.

Frénétiquement, je presse le bas de ma paume sur ma bouche, et je souffle.

— Gainy? Bon sang, mais qu'est-ce que vous faites là? murmure une voix masculine que je reconnais.

Je tourne la tête, et me retiens de pleurer de bonheur en voyant Michae.

— Oh, mon Dieu, vous m'avez retrouvée!

Je marche à toute vitesse sur le sol crasseux et me jette sur les barreaux métalliques, que je secoue.

— Faites-moi sortir, s'il vous plaît, avant le retour de Jasion.

— C'est lui qui vous a enfermée là? demande-t-il d'une voix frémissante.

— Cette ordure m'a accusée d'avoir tué le roi, et il prévoit de m'assassiner; et il est de mèche avec un vieux faë que je n'ai jamais vu. S'il vous plaît, Michae, faites-moi sortir.

Je trépigne, imaginant que le mage va faire irruption ici et le tuer avant qu'il ne puisse me libérer.

Michae fouille l'endroit, mais revient, le regard triste.

– La clé de secours n'est plus ici. J'en ai besoin.

J'acquiesce, et mon ventre se noue à l'idée qu'il va s'en aller.

– Dépêchez-vous, je vous en supplie !

– Je vous le promets ! m'assure-t-il avant de sortir à la hâte, me laissant seule.

Je fais les cent pas, et prie pour qu'attendre ne soit pas la mauvaise décision.

14

AHREN

— Où sont-ils ? demandé-je à Mael, la frustration évidente dans ma voix. Mes frères ne peuvent pas avoir disparu comme ça.

Ses yeux bruns reflètent une inquiétude folle, et il ne cesse de passer ses doigts dans ses cheveux blancs coupés court, dans un geste nerveux. Comme tous les autres, pour le mariage il porte un pantalon noir et un veston en cuir, avec des boutons argentés. Le tissu est tendu sur son ventre, et il a le front moite.

— Votre Altesse, j'ai envoyé les gardes procéder à une nouvelle fouille du parc. Nous allons les retrouver.

Je souffle et me détourne, me mordant la langue. Ce n'est pas après lui que je suis en colère. C'est toute cette situation de merde. Je suis là à attendre que les servantes m'apportent mes vêtements de cérémonie, et ça me tue. Je veux en finir avec cette journée pourrie.

Aujourd'hui, je vais épouser une princesse, une inconnue, une femme que je ne désire pas, et mon couronnement aura lieu juste après. La cour célèbre mon ascension au rang de roi, et je ne cesse de me répéter que quand je serai au pouvoir, je pourrai changer les choses.

Enfin tout, sauf la possibilité d'avoir la femme que je désire à mes côtés.

J'avais espéré que Luther et Deimos se seraient joints à moi aujourd'hui, pour me montrer leur soutien, mais apparemment, ils m'ont oublié, rejeté. Encore une raison de détester cette journée.

– Tu hésites ? me demande une voix masculine, me tirant de mes pensées.

C'est une voix qui me fait froid dans le dos.

– Père, sifflé-je entre mes dents serrées.

Je me tourne et le vois entrer dans ma chambre.

– Je suis plutôt déçu, fils, de n'avoir pas eu l'occasion plus tôt de venir te donner ma bénédiction. J'ai toujours su que tu étais destiné à quelque chose de grand. Tu avais juste besoin qu'on te pousse un peu.

Je sens se tendre les muscles de mon cou.

– Je n'en ai pas le même souvenir, lui réponds-je, fatigué de ces jeux – et la journée ne fait que commencer.

Il me sourit, et c'est chose rare venant de l'homme qui me rappelait jour après jour que je ne vaudrais jamais rien, que j'étais faible, et qui me racontait que s'il me battait, c'était pour m'endurcir.

– Ça suffit. Va-t'en, grogné-je avant de lui balancer mon poing dans la figure.

Il ne bouge pas.

– Fils, j'admets que cette animosité entre nous est en partie de mon fait. Je t'ai éduqué comme mon père l'a fait avec moi. De plus, il y a bien longtemps que j'aurais dû te rendre visite, pour que nous fassions la paix. Parce que j'espère que tu pourras me pardonner et que nous pourrons faire une trêve.

Incrédule, je le fixe. Bon sang, mais il plaisante ? Mais qui est cet homme ? Jamais mon père ne s'aplatirait.

– Qu'est-ce que tu veux ? grogné-je alors que mon pouls s'accélère et palpite dans mes veines.

La colère que j'ai l'habitude de voir sur son visage est remplacée par quelque chose de pitoyable. Mon père est-il devenu sénile ? Ou peut-être que ma mère l'a invité au nom de la diplomatie et aussi parce qu'elle a accepté le passé en tant que tel. C'est peut-être sa manière de nous dire que nous devrions faire de même... Si Mère peut faire face à ce faë pendant quelques jours, afin de ne pas briser les relations avec nous et l'est du royaume, alors je pourrais peut-être en faire de même ?

– Être avec mes fils, et rattraper le temps perdu.

Je me débats avec mes pensées, hésitant à suivre la direction de Mère, et je le regarde, incrédule. Je sens le feu envahir mes entrailles, comme toujours. À sa vue, les seuls souvenirs qui me reviennent sont ses crises de colère, ses coups, et toutes ces fois où il a arraché la chair de mes ailes jusqu'à ce qu'elles ne repoussent plus. Ce truc, jamais je ne m'en remettrai, et jamais je ne lui pardonnerai. J'aurais dû me montrer clair avec ma mère et refuser qu'elle l'invite.

– Je n'ai pas de temps à consacrer à ton plan, quel qu'il soit, à présent que tu sais que je vais accéder au trône. Je ne sais si c'est la peur ou l'idiotie qui t'amène ici, mais Père, cela fait bien longtemps que les ponts sont coupés entre nous, et rien ne réparera jamais ça.

Il m'adresse un regard chargé de mépris, une expression qui m'est bien plus familière. *Le voilà*, mon véritable père.

– J'espère qu'avec le temps, tu reconsidéreras la question.

Sur ces paroles, il relève le menton et fait volte-face, son manteau flottant autour de lui tandis qu'il sort de ma chambre.

Cette journée va me détruire. Je suis énervé que Mère ait insisté pour inviter cet enfoiré à mon mariage et mon couronnement. Jamais je n'oublierai ce jour, tout le monde me l'a dit. Et je suis d'accord avec eux, sauf que ce ne sera pas pour les raisons qu'ils pensent.

Quelques instants plus tard, plusieurs servantes se présentent à ma porte, me regardant avec impatience. La brune fait une révérence et annonce :

– Votre Altesse, nous sommes ici pour finir de vous habiller.

Je soupire. Je sais qu'il est vain de résister. Les événements de cette ampleur sont planifiés dans le moindre détail, alors je leur fais signe d'entrer, puis les laisse s'occuper de mes vêtements. Je porte déjà mon pantalon noir, et je retire mon haut pour faciliter la tâche aux servantes. Elles s'agitent à présent autour de moi comme des fées.

Songer aux fées ramène Guendolyn au premier plan de mes pensées, et mon cœur se serre. Ni l'un, ni l'autre, nous n'avons souhaité cette fin.

Une fois le travail des servantes terminé, je baisse les yeux sur mon manteau bleu foncé, en velours tissé, qui tombe jusqu'au sol. Les lisières du devant et du col montant sont magnifiquement brodées d'or, avec des motifs évoquant le soleil et les étoiles, la rivière et la terre. Ce sont les éléments qui s'unissent pour former notre royaume. Une servante me prend la main et glisse des anneaux d'or sur mes doigts, comme c'est la coutume. Un seul doigt reste nu, attendant que la mariée le pare lors de l'échange des anneaux.

Les dames prennent du recul et m'admirent. Elles sourient, fières de leur travail, mais j'ai l'impression d'être un imposteur. Est-ce que je mérite ce rôle alors que je suis en proie à des doutes si forts ?

– Merci, leur dis-je.

Elles s'inclinent, puis quittent ma chambre à la hâte.

Avant que je n'arrive à calmer ma respiration, ma mère fait irruption. On dirait que ma chambre est une salle de spectacle. Y a-t-il une file d'attente à l'extérieur, où tous les gens du palais patientent pour me rendre visite ?

– Tu es spectaculaire, comme un roi devrait l'être.

En un instant, elle se retrouve près de moi, sa robe de soie brodée aussi bleue qu'un ciel d'été. Sa robe aux manches longues possède un col haut et épouse ses formes avant de tomber sur ses chevilles. Ses cheveux bouclés sont constellés de petites fleurs blanches et elle ne porte ni couronne ni tiare ; elle montre ainsi qu'elle approuve la transmission du titre de reine à ma future épouse.

– Je ne suis pas prêt, avoué-je à haute voix.

Elle s'approche et prend mon visage dans ses mains en coupe. Je scrute les rides profondes au coin de ses yeux, son regard fatigué, le chagrin qui s'accroche encore à son sourire forcé. À présent qu'elle a perdu son mari, c'est à moi de prendre soin d'elle. Si je ne veux pas me détourner du trône, c'est pour la famille.

– C'est normal d'être nerveux, Ahren. Mais tu t'es préparé à ce rôle toute ta vie. Tu dois simplement être toi-même, et tout le reste coulera de source. Je suis juste là, à tes côtés.

Elle arbore un sourire radieux, et pendant un instant, elle parvient à me faire croire que ce sera formidable. Puis je me rappelle cette douleur dans ma poitrine, le vide dans mon cœur, et cette décision insupportable que j'ai prise.

– Es-tu prêt à devenir roi ? murmure-t-elle, et je vois des larmes de fierté s'accumuler dans son regard.

Avant, je rêvais du jour où quelqu'un me poserait cette question. À présent, plus que tout, je souhaiterais pouvoir décliner.

GUENDOLYN

— S’il vous plaît, dépêchez-vous, haleté-je.

Devant ma cellule, Michae tripote une clé métallique qu’il enfonce dans la serrure. La porte finit par s’ouvrir. Je sors en courant et me jette au cou de mon garde que j’entoure de mes bras.

— Merci, merci, merci !

Il trébuche et rit doucement, presque nerveusement.

— Nous n’avons pas le temps, me rappelle-t-il.

Je m’écarte de lui, et hoche la tête.

— Vous avez raison. Nous avons un mariage à empêcher.

Il blêmit.

— Euh, ce n’est pas ce que j’avais en tête. Je songeais plutôt à nous échapper avant que Jasion ne nous retrouve, pas me retrouver emprisonné pour avoir défié la royauté.

— Il faut simplement que vous me conduisiez à Luther et Deimos, et eux se chargeront du reste.

— Oui, mademoiselle. À présent, on fait vite et en silence, pour sortir d’ici avant le retour du mage.

Il passe devant, et je le suis de près. La peur m’envahit à l’idée qu’à tout moment, Jasion pourrait se surgir au coin de la cage d’escalier. Et j’ai bien peur que Michae ne soit pas de taille à l’arrêter.

Une fois sortis du donjon, nous nous précipitons à l’étage. Mon cœur martèle ma poitrine. J’ai du mal à respirer quand nous arrivons à la porte principale qui permet de sortir de la cage d’escalier.

Michae ouvre la porte, jette un coup d’œil dehors,

puis me fait signe de le suivre. Je souffle bruyamment avant de tourner à droite et filer dans le couloir orné de statues d'animaux. À présent que j'ai passé tout ce temps dans le manoir, je reconnais la direction que nous prenons… droit au palais.

Soudain, Michae se tourne vers moi, me tire par le bras et me pousse avec lui dans une pièce juste à côté de nous.

Mon pouls palpite dans mes veines, et je vois la peur sur son visage. Porte fermée, nous gardons tous deux le silence.

Des voix masculines nous parviennent depuis le couloir, et quand un rire éclate, ma colère flambe. C'est Jasion.

Je scrute la pièce vide en inspirant doucement, pour tenter de m'apaiser. Jamais je n'aurais cru pouvoir détester quelqu'un autant que lui. Le simple son de sa voix me donne la chair de poule. Je voudrais l'étrangler, mais ma priorité, c'est de rejoindre Ahren. Et cela implique qu'il ne faut pas que je laisse la colère prendre le dessus.

Je me fige quand Michae ouvre la porte avec un déclic et sort la tête pour inspecter le couloir.

— La voie est libre, m'annonce-t-il.

Je me glisse dehors, et nous fonçons en avant juste au moment où Luther franchit la porte qui mène au pont entre les deux bâtiments.

Je ne sais pas qui est le plus choqué : moi, qui tressaille, ou Luther, dont les yeux lui sortent des orbites.

Pendant une seconde, nous restons tous figés,

abasourdis. Puis je passe devant Michae et cours droit vers Luther. J'enroule mes bras autour de sa poitrine, colle ma joue contre son cœur, et ne le lâche plus.

Il pose les mains sur mes épaules et m'oblige à le regarder.

– Bon sang, petite louve, mais où étais-tu ? Nous t'avons cherché partout, et je n'arrivais pas à te retrouver par la pensée.

Je croise ses yeux d'ambres magnifiques, mais empreints d'inquiétude.

– En bas, dans le cachot. Jasion m'a kidnappée.

Son corps se tend, sa lèvre supérieure se retrousse.

– Je vais le tuer, putain.

15

LUTHER

— *N*ous n'avons pas le temps, m'interrompt Guendolyn. Il faut que j'empêche le mariage d'Ahren avant qu'il ne soit trop tard.

Je la regarde fixement, ne sachant trop si c'est dû au fait qu'elle ne supporte pas la décision d'Ahren, ou s'il y a autre chose.

— Petite louve, tu sais bien que c'est le seul moyen pour lui de revendiquer le trône. (Mon cœur se serre, je sais qu'elle en souffre atrocement.) Deimos et moi serons toujours là pour toi, bébé. La tenant toujours par les épaules, je l'attire à moi, mais elle me repousse, la bouche tordue de colère.

— Je le sais ! s'exclame-t-elle. Tu ne comprends pas. J'ai un tas de choses à te dire, et très vite. Tu dois garder l'esprit ouvert, d'accord ?

Elle scrute le couloir d'un bout à l'autre, comme pour s'assurer qu'il n'y a personne dans les parages.

Michae est à quelques mètres de nous, mais à part lui, nous sommes seuls.

Elle se penche plus près de moi et murmure :

– Mon véritable père était le roi Tibout. Il y a dix-huit ans, il a eu une liaison avec la reine de la Cour des Cendres. Je suis leur enfant. C'est pour cette raison que ceux au pouvoir qui connaissent la vérité sur mon existence veulent me voir morte. Parce que je suis l'héritière légitime des deux cours.

C'est quoi ce bordel ? J'ai la tête qui tourne. Je ne m'attendais pas du tout à ça. Je pensais à son chagrin, et qu'elle avait décidé qu'elle ne pouvait plus supporter de vivre ici.

Je me tourne vers elle.

– D'où ça sort ?

Elle m'agrippe le bras et je la sens trembler.

– Quand nous nous sommes rendus à la Cour des Cendres récupérer le remède pour Deimos, la mère du roi m'a parlé de mon père. Et j'aurais dû vous le dire tout de suite, à toi et tes frères, mais je ne voulais pas empêcher Ahren de revendiquer le trône. Il le mérite. Ce n'est pas ce que je veux… (Elle marque un temps d'arrêt, le souffle court, pendant que mon esprit s'emballe.) Ce qui compte le plus, c'est que si je peux prouver que je suis l'héritière légitime du trône, Ahren n'est plus obligé d'en épouser une autre.

Sauf qu'elle a tort. Ce qui compte le plus, c'est qu'elle prétend être l'héritière du trône. Mais comment ?

– Tu en es sûre ? demandé-je. Comment peux-tu en

être certaine ? Est-ce que le roi t'a dit quelque chose quand tu as discuté avec lui ?

J'ai des centaines de questions qui tourbillonnent dans mon esprit.

Elle cille en me regardant, troublée par mes questions. C'est alors que je me rends compte que si c'est elle l'héritière légitime du trône, alors Ahren, Deimos et moi ne serons plus en lice.

Je rumine cette idée un instant. Depuis notre emménagement à la Cour des Ombres, nous avons été éduqués comme des princes, et ce statut nous est rappelé quotidiennement. On nous a toujours dit qu'un jour nous posséderions un grand pouvoir et une position importante. Et soudain, ce n'est plus le cas.

Je ne sais pas trop comment réagir, et mes pensées se bousculent pour donner un sens à tout cela. Ça expliquerait sa malédiction, pourquoi la Cour des Cendres la voulait morte, pourquoi les rumeurs et prophéties la concernant se propagent à une telle vitesse dans notre royaume. Tout ceci était-il destiné à faire d'elle une cible dès l'instant où elle rentrerait chez elle ? Toutes ces histoires de malédiction ont servi à faire peur aux gens et les dissuader de l'aider dans le Royaume Errant, alors qu'en fait, la malédiction de la Cour des Ombres était due aux agissements du roi.

Putain ! Elle pourrait bien être l'héritière des deux trônes. Je suis pris de vertige.

Je déglutis, tentant d'intégrer tout ça.

– Donc, si tu prends les deux trônes, tu vas hériter

des deux plus importantes cours du royaume errant. Tu régneras sur les deux.

– C'est ce que je viens de dire.

– Je viens juste de comprendre.

Je prends appui sur le mur pour me soutenir. Cela bouleverse tant de choses.

– Je veux que tu saches que je ne veux pas de ce trône. Mais je ne peux pas supporter l'idée qu'Ahren soit avec une autre.

– En toute honnêteté, lui dis-je, je doute que quiconque veuille vraiment d'une telle responsabilité. Être roi ou reine implique de grandes responsabilités, et ça te change.

Elle lève les yeux vers moi, et je vois qu'elle essaie de comprendre ; mais elle ne le pourra que lorsqu'elle régnera. Et quand je l'imagine en tant que reine – en tant que *ma reine* –, j'en ai le souffle coupé. Une fois qu'elle aura revendiqué les deux trônes, elle sera la personne la plus puissante de ce royaume.

Putain !

Elle ne semble pas remarquer que je suis sous le choc, et elle continue de parler :

– De plus, cet abruti de Jasion me voit comme une menace. Dans le donjon, je l'ai entendu conspirer avec un faë âgé que je n'ai jamais vu ; ils expliquaient comment ils avaient tué le roi Tibout, et prévu de manipuler Ahren pour qu'il agisse selon leurs désirs.

– Attends ! Rembobine. Jasion a assassiné le roi ? grogné-je un peu trop fort, tandis que mon cœur cogne dans ma cage thoracique.

Un grondement primitif surgit en moi : la prochaine fois que je le vois, je lui arrache la tête à mains nues.

– Quel ordure ! Ce rat insignifiant s'est joué d'Ahren depuis le début.

– Il y a autre chose. Quand j'étais enfermée dans mon cachot, je me suis servie d'un portail pour m'évader, mais j'ai atterri à la Cour des Cendres. Dans la chambre de la reine. Et c'est ainsi que j'ai découvert que c'était ma mère.

Elle plonge la main dans le devant de sa robe, en tire un ruban et me le tend. Dessus est inscrit son nom, Guen, en lettres brodées.

– Elle m'a donné ça : il est identique à celui qui était noué à ma cheville quand j'ai été abandonnée bébé sur Terre.

Je me frotte les yeux tandis que la vérité prend corps dans mon esprit. J'ai encore du mal avec cette annonce, et ses conséquences colossales.

– Il nous faut plus de preuves qu'un simple ruban.

C'est vrai qu'elle a toujours donné l'impression de venir d'un autre monde, et que le pouvoir qu'elle exerce sur les fées est très rare, mais il en faudra plus à la cour pour prouver qu'elle est l'héritière légitime.

– Je sais, murmure-t-elle, comme si c'était trop pour elle aussi.

Je la prends dans mes bras, pris d'un élan protecteur. Je dois protéger ma petite louve de tous les monstres qui lui feraient du mal.

– Est-ce tu vas m'aider ? murmure-t-elle en levant les yeux sur moi. Je dois revendiquer le trône, faute de quoi je perdrai Ahren, et vous aussi. Je sais comment prouver qui je suis… Enfin, en quelque sorte.

– Bien sûr que je vais t'aider.

C'est la seule réponse possible.

– Bien alors il faut que l'un des mages, pas Jasion, évidemment, teste mon sang. Ma mère m'a dit qu'ils peuvent faire un test magique pour révéler mon véritable héritage.

– C'est vrai, je crois.

Elle s'accroche à mon bras.

– Je n'ai pas d'autre choix. Nous devons le faire, c'est un risque à prendre.

– Il y a des années, je me suis lié d'amitié avec l'un des mages ; il pourra nous aider. Mais il faut absolument que j'aille retarder le mariage, sans quoi tout ça sera vain, alors Deimos peut t'emmener chez le mage, murmuré-je.

Puis je me tourne vers Michae. C'est mon garde le plus fidèle et il a fait tout ce qui était en son pouvoir pour protéger ma petite louve.

– J'ai vu Deimos partir à toute allure sur son cheval vers les remparts entourant le château. Va le chercher de toute urgence.

Il frappe deux fois sa poitrine au-dessus de son cœur, incline la tête, puis se rue dans le couloir et disparaît au coin.

– Combien de temps reste-t-il avant le mariage ?

Guendolyn parle vite, elle panique.

– Ahren devrait déjà être en train d'entrer, mais la tradition veut que la nouvelle reine arrive plus tard.

Nous n'avons pas beaucoup de temps, mais il faut que Deimos vienne, et vite.

Pendant que je parle, mon esprit continue de mouliner la nouvelle qu'elle vient de me balancer.

– Est-ce que les mages assisteront au mariage ? me demande-t-elle pour me distraire.

Je secoue la tête.

– Les mages du vieux roi ne sont pas invités à y assister.

– Aïe, c'est un coup dur.

Elle tremble et se frotte les bras comme si elle avait froid. Je n'ai qu'une envie, la serrer dans mes bras et discuter de ce qu'elle vient de me révéler. Qu'elle règne sur les deux cours signifierait l'union de notre espèce, la fin de la guerre et des bains de sang. Mère avait l'habitude de me raconter des histoires du temps où une seule cour dirigeait tout le royaume, un temps où régnait la plus grande paix de tous les temps.

Guendolyn fait les cent pas dans l'espace restreint.

Ce jour va entrer dans l'Histoire. Le projet de ma petite louve va faire scandale. Cependant, je ne peux m'empêcher d'être un peu inquiet, car si elle se trompe, elle sera considérée comme une traîtresse. Autrement dit, elle sera condamnée à mort et je ne suis pas certain que nous pourrions l'empêcher. Mais du fond de son cœur, elle y croit, et je n'ai pas d'autre choix que croire la même chose.

Je ne la quitte pas du regard tandis qu'elle se mordille la lèvre inférieure. L'anxiété se voit sur ses traits, et ça me fait mal de la voir aussi bouleversée.

— Nous allons trouver un moyen d'arrêter ce mariage.

Elle me jette un regard de biche effarouchée ; mais il y a tant d'autres choses derrière ces yeux bleus. Elle a traversé des épreuves horribles, et finir au cachot a dû la terrifier. Je me crispe à chaque fois que j'y pense, et ça me donne d'autant plus envie de détruire Jasion et tout ce qui va avec.

— Je ne veux pas que tu penses que je fais tout ça par soif de pouvoir, parce que ce n'est pas le cas.

— Petite louve. (Je la regarde, porte sa main à mes lèvres et y dépose un tendre baiser, me fichant de qui pourrait nous voir ; après ce jour, rien ne sera plus pareil.) Je n'ai pas le moindre doute envers toi. Si ç'avait été le cas, tu aurais tenté de revendiquer le trône dès la mort du roi. Sans compter que… (je me force à tousser) sans compter que nous ne serions pas là en ce moment, tu serais là-bas en train d'épouser Ahren.

Son visage s'affaisse et elle aspire sa lèvre inférieure dans sa bouche.

— Je n'étais pas au fait des lois faë. J'ai juste supposé qu'Ahren accèderait au trône, mais pas qu'il devrait se marier pour ça. Personne ne m'en a parlé.

Je déglutis avec peine, me demandant à quel point les choses auraient été différentes si nous nous étions tous ouverts les uns aux autres dès le départ.

— Tu as raison. Nous aurions dû te dire tout de suite ce qui se passait. Nous nous sommes tous caché des choses, mais ça s'arrête ici, et maintenant. Et je veux aussi comprendre pour quelle raison je ne peux plus t'atteindre en esprit.

Tout en parlant, je tends mon énergie vers son esprit, comme à chaque fois que je lui parle, mais rien ne se passe. C'est comme si j'étais perdu dans un trou noir.

– Je ne sais pas.

Elle écarte les cheveux de ses yeux et grimace.

Il y a du sang séché sur ses jointures.

– Montre-moi ta main.

Elle ouvre sa main, observe sa paume. Elle est sale et incrustée de sang séché.

– Que s'est-il passé ?

– J'ai accidentellement brisé le rubis, et des échardes se sont enfoncées dans ma peau. Je crois que certains morceaux étaient toujours dedans quand ma mère a guéri les coupures. Depuis que la pierre s'est brisée, je me sens différente intérieurement. Serait-ce pour ça que je ne te capte plus ?

Peut-être ? Je hausse les épaules, car je n'ai aucune réponse. Tout ça est tellement nouveau pour nous tous. Elle se colle contre moi. Elle est si petite et fragile, et j'ai juste envie de la protéger. Sauf qu'elle est beaucoup plus forte qu'il n'y paraît, et apparemment, bien plus que nous ne le savions.

– Tu dois savoir quelque chose : si je t'ai trouvée sur Terre, c'était grâce à la magie… Je me suis servi d'un sort qu'on réserve normalement à la recherche de son âme sœur.

– Ton âme sœur ?

– Oui, nous sommes faits pour être ensemble. Et je suis persuadé que c'est la même chose entre moi et mes frères. Nos destins sont mêlés.

Elle sourit, comme si elle n'était pas surprise mais simplement heureuse de mon aveu.

– Alors est-ce que ça veut dire que, dans un monde parfait, vous seriez tous les trois heureux d'être avec moi en même temps ?

Elle se mordille la lèvre inférieure.

– Oui. Ce n'est pas si rare dans notre royaume.

Son sourire s'élargit et j'adore la lueur d'excitation que je vois dans ses yeux.

De lourds bruits de pas se font entendre. Deimos s'avance vers nous en balançant les bras, et alors qu'il s'approche de nous, la panique se dissipe de son visage. Michae le suit de près.

– Deimos !

Guendolyn me lâche et court vers lui. Ils se heurtent et il l'étreint, la soulevant du sol. Ils s'embrassent, et je me réjouis de cette joie que nous lui inspirons, et de ce qu'elle a fait naître en nous.

Ils entament une longue conversation, la colère tordant le visage de Deimos. À en juger par sa bouche béante et la façon dont il se fige sur place, il est en train d'apprendre qui est exactement notre petit ange. J'ai dû avoir la même réaction quand elle me l'a appris.

– Deimos ! l'appelé-je. (Il se tourne vers moi tandis que je les rejoins.) Maintenant que tu es là, il faut qu'on se dépêche. Emmène Guendolyn voir Ramond au sous-sol et fais-lui passer le test sanguin. De mon côté, j'ai un mariage et un couronnement à retarder le plus longtemps possible sans me faire à mon tour jeter au cachot. Alors, rejoignez-moi rapidement dans la grande salle.

Mes paroles sont confuses, car la panique me gagne.

– Pourquoi n'irais-tu pas voir ton ami mage pendant que je fais diversion ? propose Deimos.

– Parce que si Ahren te voit faire des bêtises, il te jettera dehors. Il ne s'y attendra pas, venant de moi. Maintenant, allez-y !

– Merci, répond Guendolyn.

Deimos hoche la tête avec réticence, et je lis les interrogations dans son regard. Mais tout comme moi, il sait que nous ne pouvons pas perdre plus de temps si nous voulons aider Guendolyn.

– Bonne chance, Luther, dit-il.

Je lâche un rire, car si quelqu'un a besoin de chance, c'est bien lui et Guendolyn. Ce sont eux qui vont devoir obtenir les preuves pour empêcher le mariage.

J'appelle Michae à mes côtés et nous filons.

– Allons nous fourrer dans le pétrin, déclaré-je.

GUENDOLYN

— Qui que tu sois, tu es toujours ma Guendolyn, déclare Deimos en me serrant légèrement la main.

Ce doit être les mots les plus tendres qu'il m'ait jamais dits, qu'il m'aime pour ce que je suis.

Deimos et moi traversons à la hâte le palais mortellement calme. Il n'y a plus qu'une poignée de gardes disséminés ici et là.

— Tu sais parfaitement quoi dire pour me faire sourire, lui réponds-je.

Mais tout ça arrive tellement vite que je n'ai pas le temps de réfléchir aux implications. Pour l'instant, je me fie entièrement à mon instinct, et ma priorité, c'est de ne pas perdre ces trois faë que je veux avoir dans ma vie pour l'éternité.

Je ne cesse de penser à Luther et Michae qui doivent retarder le mariage. J'ai les nerfs à vifs, j'ai peur qu'ils arrivent trop tard.

Deimos émet un petit rire, me tirant de mes pensées. Il a toujours cet effet sur moi. Et jamais je ne me lasserai d'entendre ce son magnifique. Il me remonte toujours le moral.

– Un *machin* comme toi devenant la reine de deux royaumes ? Est-ce que tu te rends compte à quel point c'est inédit ? Certains diraient que c'est impossible.

Je hausse les épaules tandis qu'il me fait dévaler un grand escalier de marbre. Des tableaux ornent les murs, qui représentent de nombreux faë de la famille royale portant des habits élaborés, dans des postures raides et posées, de toute évidence. Ils sont la royauté, alors que je suis… Je me sens comme la fille perdue. Comment cela pourrait-il être mon avenir quand j'ai encore tant de choses à apprendre au sujet de cette cour ? Franchement, je n'étais même pas au courant qu'Ahren devait se marier pour revendiquer son trône, et ce n'est qu'un infime détail de la culture faë. Alors comment suis-je censée diriger un royaume ?

– D'ici peu, il y aura des portraits de toi aussi, me dit Deimos, remarquant que je regarde tous les anciens rois et reines de la Cour des Ombres. Tu vas être époustouflante.

– Est-ce que tu penses que les gens dont m'accepter comme leur reine ? Je n'ai pas grandi ici.

Mon incertitude transparaît dans ma voix.

Deimos s'arrête devant moi et me saisit les mains.

– Ils t'aimeront parce que tu seras la reine des Cendres et des Ombres.

Je lui jette un regard noir.

– Ça existe vraiment ?

Il glousse et m'entraîne à nouveau dans l'escalier.

– Je viens juste de l'inventer, mais ça sonne bien.

Son sourire en coin m'hypnotise.

Au bas des escaliers, il dit :

– Quand tout sera terminé, toi et moi allons passer du temps ensemble. Exactement comme tu viens de le faire avec Luther. Juste pour que tu en sois bien consciente.

Il fait allusion à la demande en mariage de Luther… Je le vois au regard qu'il jette à la bague que je porte au doigt ; et malgré le pétrin dans lequel nous sommes, il continue à me faire sourire.

– Je l'espère vraiment.

– Tant mieux.

Nous filons le long d'un couloir sombre qui me donne la chair de poule. Je n'ai pas le temps de poser des questions que nous nous arrêtons devant une porte cintrée sur laquelle il frappe à coups de poing.

La porte s'ouvre, et nous sommes accueillis par un mage qui ne me dit rien – mais je n'ai pas voulu leur prêter trop d'attention. Comme tous les autres, il porte l'habituelle tenue des mages. Ses cheveux blancs sont courts et moins indisciplinés que ceux de ses collègues. Il doit avoir une trentaine d'années, et il est bronzé, comme s'il passait beaucoup de temps dehors.

– Votre Altesse.

Il incline la tête, mais garde les yeux rivés sur moi. Deimos s'avance.

– Ramond, tu te souviens que tu me dois une faveur ? J'en ai besoin maintenant.

Il blêmit, et marque une pause de quelques instants avant de répondre :

– Tu ne devrais pas être au mariage ?

– Est-ce que tu peux m'aider ou non ? insiste Deimos.

À ces mots, le mage se raidit.

– Bien sûr, Votre Altesse.

Par-dessus son épaule, je jette un coup d'œil à sa chambre, meublée d'un simple petit lit, d'une table de chevet et d'une armoire, et sans fenêtre. Que des bougies. Cet endroit est déprimant, on dirait presque qu'on installe les mages ici pour les mettre hors de vue de ceux qui pourraient les craindre.

– J'en étais sûr, répond Deimos. Nous devons nous rendre à ta salle de rituel. (La confusion de Ramond lui plisse le front.) Est-ce qu'on peut deviner la lignée de quelqu'un par la magie ? demande mon prince.

Le mage me dévisage, m'étudie. Est-ce qu'il me reconnaît comme étant la guérisseuse des princes, comme la plupart des gens de cette cour ? Je ne peux m'empêcher de me demander s'il me voue la même haine que Jasion.

– Il me faut des échantillons de sang, l'un du faë qui se fait tester, l'autre de la lignée en question.

Je reste figée devant sa réponse, et pendant un instant, Deimos me regarde, lèvres pincées. Ma mère n'avait pas parlé d'un échantillon de sang de la lignée originelle. Mais elle m'avait fait quitter en hâte la Cour des Cendres.

— C'est mon sang que nous devons comparer à celui du roi Tibout, admets-je.

Mon ventre se tord d'inquiétude à l'idée qu'ils n'aient pas d'échantillon de sang du roi. S'il vient de mourir, il y a peut-être encore moyen d'en récupérer un sur lui ? Cette simple idée me donne la nausée, mais j'étouffe sous une vague de désespoir.

— Je vous en prie, le temps presse.

Le mage plisse les yeux.

— De quoi s'agit-il au juste ?

— Écoute, Ramond. J'ai entendu une rumeur selon laquelle tu garderais des échantillons de sang des royaux morts.

Je jette un coup d'œil à Deimos : je ne sais pas s'il invente ou si c'est vrai. Et si c'est le cas, pour quelle raison ?

— À qui as-tu parlé ?

Le mage a les yeux tombants, et des ombres s'assemblent autour de lui.

— Jasion, crache Deimos.

— Qu'il soit voué aux Sept Enfers, grommelle Ramond.

C'est intéressant de voir que même les autres mages détestent Jasion.

— Prends ce dont tu as besoin, nous allons faire ça maintenant, grogne Deimos. Je me fous ce pourquoi tu gardes ce sang, mais amène-nous à lui.

Ramond acquiesce.

– Votre Altesse, c'est pour garder la trace des lignées à travers l'Histoire. Cela nous aide à retrouver les plus proches de celle de la reine des fées et celles des premiers faë.

– Bon sang, mais je m'en fous ! balance Deimos avant de pousser un profond soupir. Bouge ton cul !

Ramond hoche la tête, paniqué, puis sort précipitamment de sa chambre dans le couloir.

– Par ici, indique-t-il.

Deimos attrape ma main et nous courons presque derrière le mage qui emprunte tour après tour des couloirs où les ténèbres semblent se reproduire. Malgré toutes les questions qui m'assaillent, je me tais, car les murs résonnent beaucoup par ici.

Les murs sont en pierre sombre et ne portent aucun tableau. C'est un endroit déprimant, et l'air paraît chargé, me hérissant les poils des bras.

Au bout d'un long couloir, Ramond s'arrête, tripote un trousseau de clés pendu à une chaîne autour de sa taille, en choisit une avec laquelle il déverrouille une porte.

Nous pénétrons dans la pièce, et ma curiosité est piquée par ce qui s'y trouve. Des murs noirs, la plupart recouverts de nombreuses étagères de bocaux remplis de poudres et liquides de toutes les couleurs. Au milieu trône une longue table qui ressemble à celles qu'on trouve dans les labos de sciences chez moi. Il règne une odeur de renfermé, comme si personne n'avait jamais aéré l'endroit. L'unique grande fenêtre sur le mur du fond est masquée par un tissu qui a depuis longtemps viré au jaune. Des toiles d'araignée s'étalent aux angles du plafond.

Ramond va au fond de la pièce et ouvre une armoire ancienne et poussiéreuse. Il souffle en faisant tinter les bocaux pour trouver le bon sang, je présume.

Deimos me serre légèrement la main, et je me tourne vers lui. Il m'envoie un baiser, et je me laisse aller contre lui. Comment ai-je pu avoir assez de chance pour que ces princes tombent amoureux de moi ? À présent, je ne fais plus que m'accrocher à eux.

– J'ai trouvé, annonce Ramond en posant une fiole noire sur le comptoir.

Puis il fait demi-tour et se dirige vers un mur couvert d'étagères du sol au plafond. Deux secondes plus tard, le mur tout entier s'ouvre sur un compartiment caché.

Bouche bée, je lorgne à l'intérieur, mais n'y vois que ténèbres. Ramond s'y engouffre.

– Tu connaissais l'existence de cette pièce secrète ?

– Bien sûr.

Deimos lâche ma main, et s'avance pour observer. Visiblement, il n'était pas au courant.

Au moment où il passe la tête, Ramond réapparaît et Deimos recule. Le mage transporte une cage à oiseaux assez grande pour contenir un perroquet, sauf que c'est une fée qui y est enfermée.

Le ventre noué, je me rapproche pour observer la créature qui volète frénétiquement, cherchant à s'échapper. Elle n'a pas l'air en forme. Elle est dotée d'ailes vert forêt, mais la peau de son visage et de son corps est d'une pâleur maladive et striée de veines rouge cerise.

– Pourquoi est-elle emprisonnée? demandé-je au moment où la fée se jette sur la cage, les yeux rouges, la bouche grande ouverte.

Découvrant ses dents acérées comme des rasoirs, elle me siffle dessus. Elle n'a rien de semblable aux fées que j'ai vues avant.

– Elle a un problème!

Mes entrailles se contractent de la voir captive.

Le mage éloigne la cage de moi.

– Elle s'est fait mordre par un maudit de sang, mais elle conserve néanmoins une grande puissance. Elle fera l'affaire, d'autant plus qu'il est difficile de capturer une fée normale. En lui faisant ingérer deux gouttes de sang de types différents, couplées à un peu de magie, elle nous révélera si les échantillons sont de la même famille ou non.

– Emmène tout, il faut qu'on y aille maintenant, exige Deimos. (Il traverse la pièce pour attendre à la porte.) J'espère juste que Luther a réussi à retarder le mariage tout ce temps.

– On fait le test au mariage? hoqueté-je alors que Ramon passe en vitesse devant moi, la cage à la main.

– Il faut que le Conseil et Mère constatent les preuves de leurs propres yeux.

Je les rattrape et nous nous élançons de nouveau dans les couloirs et les escaliers. Ma respiration s'accélère à mesure que mon état de nerfs empire. Je sais que Deimos a raison, mais si quelque chose tournait mal ?

À l'étage, nous tournons dans un large corridor éclairé par des fenêtres sur un côté. Au fond se dressent deux portes blanches, comme si nous étions sur le point de franchir les portes du paradis. Est-ce là qu'aura lieu le mariage ? Mes bras se couvrent de chair de poule à cette idée.

Je tends la main vers Deimos au moment où j'aperçois un homme familier plus loin dans le couloir, en train de parler à plusieurs gardes. Je plisse les yeux pour mieux le distinguer. Les cheveux blancs le long manteau… Je hoquette. C'est cet enfoiré du donjon, celui qui a conspiré avec Jasion pour assassiner le roi.

Mes genoux flanchent et la peur me submerge. Deimos sent que je me laisse distancer, et il se tourne face à moi, l'air inquiet.

– Qu'est-ce qui se passe ? demande-t-il.

– C'est lui.

Je déteste me faire toute petite pour me cacher de cet homme.

Deimos suit mon regard vers le vieux faë, puis pose à nouveau les yeux sur moi.

– Qui ? Mon père ?

Ses mots me font l'effet d'une lame me lacérant les entrailles. *Merde !*

– Ce vieux faë est ton père ?

Je m'étrangle à moitié sur ces mots. La maudite ordure qui a arraché les ailes d'Ahren.

Quand il hoche la tête, j'inspire en tremblant.

– C'est l'homme qui a fait assassiner le roi Tibout par Jasion, murmuré-je. Je l'ai entendu complimenter Jasion pour ça, et il a dit que plus ils sont grands, plus ils tombent vite ; ils conspirent contre Ahren pour s'emparer du pouvoir dans son royaume. Et il a également l'intention de s'installer à la Cour des Ombres.

J'essaie de me rappeler les autres paroles que j'ai entendues, mon pouls palpitant sous l'effet de l'adrénaline.

Je vois Deimos se raidir et serrer les dents.

– Tu en es sûre ?

– Oui. Cette ordure m'a mordu le bras.

Je remonte ma manche de robe à la hâte et lui montre la vilaine marque.

– Jamais je ne l'oublierai.

Deimos vire cramoisi, comme s'il était sur le point d'exploser. Il serre les poings et se détourne de moi, mais je m'élance derrière lui et agrippe son manteau.

– Non, pas maintenant. Nous n'avons pas le temps.

Le mage nous fixe, déconcerté, tenant la fée qui se met à pousser des cris stridents dans la cage, attirant l'attention de tout le monde sur nous.

Deimos s'écarte de moi et se précipite vers son père.

Mon cœur bat plus fort, parce que ça va vraiment mal se passer.

J'échange un regard avec Ramond, qui hausse les épaules comme si ce genre de drame était habituel à la cour.

– Merde, il faut qu'on l'arrête, dis-je.

Je cours après Deimos, mais avant que je puisse l'atteindre, il s'est jeté sur son père, le projetant à terre. À genoux sur lui, mon prince balance coup sur coup sur le visage de son père.

Ça devrait me faire grimacer, mais à l'intérieur, je me réjouis, car son père mérite ce qu'il y a de pire au monde. Il voulait le pouvoir, mettre un pied dans le royaume, et il a poussé Jasion à prendre une vie. Tendue, bouillonnante, je savoure chaque coup porté par Deimos.

Quatre gardes restent plantés là quelques instants, sans savoir vraiment quoi faire. Après tout, Deimos est un prince, *leur* prince. Et il peut les faire jeter en prison s'ils lui font du mal.

Mais quelques instants plus tard, deux d'entre eux se ruent en avant et écartent le prince de son père.

– Deimos, je t'en prie, il faut qu'on y aille, lancé-je dans son dos.

Il me fait face, les traits enflammés par la rage. Je soupçonne que cette agression a beaucoup plus à voir avec la manière dont il a été traité dans son enfance, qu'avec la simple vengeance pour le meurtre sans pitié du roi Tibout ou la manière dont j'ai été blessée.

Du revers de la main, il s'essuie la bouche.

– Tu as raison. (Il lève brièvement les yeux vers les gardes avant de les rabaisser sur son père.) Emmenez-le au donjon et enfermez-le.

Me prenant par le coude, il me fait contourner son père toujours à terre, et avec Ramond, nous couvrons la distance qui nous sépare des portes blanches.

– Halte ! retentit une voix masculine derrière nous.

Par réflexe, nous jetons un coup d'œil par-dessus notre épaule et voyons ces mêmes gardes s'avancer vers nous avec détermination.

Le père de Deimos se relève. Il ne se fait pas arrêter, il brosse son manteau et ricane en nous regardant.

– Attrapez-la ! grogne-t-il. C'est une meurtrière ! Elle a tué le roi Tibout !

Sur ces mots, il se précipite dans le corridor.

C'est quoi ce bordel ?

– Non ! (Je recule.) Ce n'est pas vrai !

Deimos me pousse de côté pour s'avancer d'un pas protecteur devant moi, je bute contre le mage et nous vacillons tous deux, affolant la fée dans sa cage. Ramond la fourre dans mes bras et se retourne pour affronter l'assaut. Je sens déjà le picotement de la magie dans l'air.

Les gardes percutent Deimos et Ramond, l'élan les envoie tous s'écraser contre les portes blanches, provoquant un formidable fracas. Qui sont ces gardes pour se permettre d'attaquer un prince ?

Un homme massif en uniforme fait craquer son cou, ajuste ses vêtements et se dirige vers moi d'un pas nonchalant, avec la ferme intention de me châtier.

Oh, merde !

AHREN

Un énorme fracas éclate derrière les portes donnant sur la grande salle, interrompant Luther et son chant ridicule. Il insiste sur le fait que c'est un rituel tiré de livres historiques. J'hésite entre l'envie de rire ou de lui botter le cul, car il se ridiculise devant tout le monde.

Son chant m'évoque un animal à l'agonie. Au moins, le bruit nous offre un répit.

Mais comme il ne se répète pas, Luther reprend ses hululements, debout au milieu du passage qui divise les invités en deux groupes.

Mère me lance un regard noir en secouant la tête, et ses cheveux blancs parfaitement coiffés rebondissent sur ses épaules. Je déteste voir une telle détresse déformer ses traits, surtout devant nos invités.

– Qu'est-ce qu'il est en train de faire ? siffle-t-elle.

Je vois bien qu'il est en train de gagner du temps, mais je ne comprends pas du tout pourquoi. Ma future épouse n'est toujours pas arrivée, et je suppose que Luther n'y est pas étranger puisqu'il tente de retarder l'inévitable.

La salle du trône est décorée avec soin pour le mariage du siècle. Des compositions florales habillent les murs blancs, et les piliers de marbres sont entourés de vignes dorées. Le tapis d'un blanc immaculé qui court sur toute la longueur de la salle est occupé par Luther qui ne cesse de déambuler comme un fou.

Les membres du conseil assis à ma droite sont furieux, et ne cessent de s'agiter, tandis que les invités semblent plus choqués qu'amusés. La lumière du soleil qui pénètre par les fenêtres éclaire nettement tous les visages mécontents… surtout ceux de la famille de la mariée.

– Assez de cette folie, gémit Mère dans mon oreille. Mets un terme à tout ça maintenant, avant que nous ne devenions la risée du royaume.

Je m'éclaircis la gorge, quitte le trône et me dirige vers mon frère, qui agite frénétiquement les mains, dans une chanson sur l'ivresse avant un mariage. Il a même persuadé l'un de ses gardes de l'accompagner, et celui-ci bat la mesure en tapant dans ses mains.

Nous avons un grand orchestre de musiciens talentueux dans un coin, qui ne peuvent que les contempler avec perplexité.

Je descends de la plate-forme où mon épouse me rejoindra, si jamais elle arrive, et me rapproche de mon frère.

Il me sent arriver et se tourne pour planter ses yeux

dans les miens. Je vois dans son regard qu'il me supplie de reculer. Je devine à quel point cela doit être dur pour lui, qu'il s'efforce de continuer, mais ce n'est pas pour lui-même… Donc il fait ça pour Guendolyn.

Bien sûr, c'est ça. Qu'est-ce qu'ils trament ? J'ai bien envie d'accorder à Luther un peu plus de temps pour voir où il veut en venir, mais la tension dans la pièce menace d'exploser.

Brusquement, les portes du hall s'ouvrent à la volée. L'une d'elles se décroche de ses gonds, envoyant des éclats de bois en tous sens.

Quelqu'un crie quand deux gardes blessés et ensanglantés roulent dans la salle et s'immobilisent là où commencent les rangées de sièges. Ils ne bougent pas.

La foule devient hystérique, plusieurs femmes hurlent, sous le choc.

Deimos pénètre dans la salle avec une lèvre ensanglantée, et son veston déchiré à la poitrine. Il n'est même habillé pour le mariage. L'un des mages de sa connaissance, Ramond, le suit. Lui aussi a l'air mal en point, les cheveux en bataille, un œil au beurre noir, son collier en bandoulière.

Derrière eux, Guendolyn entre, portant une grande cage où une fée volète en tous sens. Elle balaie du regard l'énorme salle bondée, arborant un air penaud. Je repère dans le corridor d'autres gardes gisant à terre, couverts de sang. Pourquoi se battaient-ils contre Deimos ?

Je m'avance, mon cœur cognant dans mes oreilles, attendant que tout cela prenne sens. S'agit-il d'une nouvelle blague pour retarder plus encore mon mariage? La fureur bouillonne dans ma poitrine. Ce mariage est déjà assez compliqué comme ça, je veux juste en finir. Cette folie doit cesser tout de suite.

– Bon sang, mais qu'est-ce qui se passe? lancé-je.

– Ce n'est plus un mariage, c'est un carnaval de monstres! crie l'un des vieux membres du conseil derrière moi.

Je me raidis en voyant les gardes de la salle s'approcher de Guendolyn et du mage de chaque côté, puis je repère mon père qui entre en douce et se glisse parmi la foule comme s'il était en retard.

– Deimos, qu'est-ce que tu fais, bon sang? crié-je, confus et frustré.

Bon sang, je n'ai aucune envie d'épouser une étrangère, mais il faut que le trône soit à moi pour que je puisse sauver ma famille.

Mes frères le savent.

– Ahren, commence Deimos.

Luther s'écarte. Apparemment, son rôle dans cette mascarade prend fin.

– Avant que le mariage ne débute, des informations cruciales viennent d'être révélées. (Il essuie le sang sur sa lèvre.) Le roi Tibout a un enfant, qui est le véritable héritier légitime de ce trône.

La salle entière fait silence. Je ne suis pas certain d'avoir bien entendu. Je me penche légèrement en avant, crispé.

– Qu'est-ce que tu veux dire, mon frère? grogné-je.

Qu'est-ce qu'il est en train de faire?

Je me tends quand je le vois prendre la main de Guendolyn et la faire avancer. Ramond lui reprend la cage à la fée. D'un pas hésitant, elle arrive devant moi. La fille que j'aime me jette un regard plein d'incertitude, et la peur se lit sur son visage. Mes entrailles se serrent. Elle est tout ce que je veux, mon rêve, mon fantasme, mon avenir… Mais si l'on en croit le destin, pas dans cette vie. Cela me fait mal d'être aussi près d'elle, ça me brise encore et encore, au point que je ne sais plus comment être ce faë que j'étais autrefois.

– Au nom du ciel, que se passe-t-il ici ? demande ma mère en s'approchant.

– C'est vrai, dit Guendolyn, élevant la voix pour tout le monde l'entende. Le roi Tibout est mon père. Je suis désolée de devoir le révéler devant tout le monde, mais le roi a eu une aventure avec la reine de la Cour des Cendres, ma mère.

Des hoquets et des murmures éclatent de toutes parts dans la salle, et ma mère s'arrête près de moi. Je suis perdu.

– C'est une blague ? grogné-je.

– Mon frère. (Luther s'avance.) Écoute-la.

Je me tourne vers ma mère, et la vois pâlir et chasser des larmes d'un battement de cils. Je glisse mon bras dans son dos.

– Viens, je te raccompagne à ta place.

Elle me repousse et murmure :

– J'ai toujours su qu'il voyait cette faë, et j'ai su pour l'enfant aussi, mais je l'ai accepté, pour que vous ayez un foyer tous les trois, un avenir. On m'a dit qu'elle était partie et qu'elle ne reviendrait plus jamais dans ce royaume.

J'ai la gorge serrée, ça me fait mal de la voir souffrir. Vivre en sachant cela a dû la déchirer, mais elle tenu le coup malgré tout.

Et ça signifie que je ne monterai pas sur le trône aujourd'hui.

— On s'aimait quand même, admet-elle. À notre manière à nous. Parfois, il arrive dans la vie que l'on fasse des choses dont on n'a pas envie, pour le bien de tous.

Elle me regarde, faisant clairement référence à mon mariage avec la princesse du royaume de l'Est.

Je fusille Guendolyn et mes frères du regard, saisi d'une violente poussée de colère.

— Il fallait vraiment que tu attendes jusqu'à maintenant pour me dire ça ? Putain, maintenant ? Pourquoi ne me l'a-t-elle pas révélé plus tôt ?

Si c'est vrai, j'aurais pu l'épouser aujourd'hui et éviter tout ça. Je me sens trahi, car si elle tenait à moi, elle m'aurait déjà tout raconté. Je ne saisis pas… Veut-elle le trône pour elle toute seule ?

Tous les yeux sont rivés sur nous, toutes les oreilles attentives au drame qui sera attaché pour toujours à ce royaume.

— Il y a des preuves de tout cela, annonce le mage qui les accompagne. Du moins, il y en aura une fois que nous aurons procédé à un test pour confirmer que cette fille est effectivement la fille du roi Tibout.

Les murmures dans la salle s'estompent, et on a presque l'impression que tous se penchent pour écouter. Mère a raison. Nous allons devenir la risée de tous.

Mais si Guendolyn est la fille du roi, elle a le droit de revendiquer le trône avant que je me marie. Or elle ne peut pas le faire sans avoir un époux.

C'est pour cette raison que Luther s'est totalement ridiculisé, non ? Pour l'aider à accéder au trône… Est-ce qu'il a l'intention de l'épouser ?

Des centaines de questions tournent en boucle dans mon esprit, ne faisant qu'ajouter à ma confusion.

Sauf que suis de plus en plus en colère, tandis qu'un chagrin atroce me transperce le cœur. Je n'arrive pas à croire que Guendolyn et mes frères m'aient caché ça. J'ai toujours été présent pour eux, à faire ce que je pensais juste. Je bous de rage, je vais exiger qu'ils me disent la vérité.

– C'est absurde, retentit la voix de Jasion dans la salle, m'arrachant à mes pensées.

Il se dirige vers nous depuis l'un des côtés, la mâchoire contractée. Sa fureur éclate sur son visage. C'est quoi ce bordel maintenant ?

Il me rejoint en quelques instants, le souffle court.

– Tu ne peux pas la laisser transformer cette cérémonie sacrée en spectacle. Si tu veux savoir la vérité, c'est une espionne infiltrée dans notre royaume. J'ai la preuve qu'elle a tué le roi Tibout.

– Mensonge ! crie Gwendolyn. C'est Jasion qui a tué le roi, il a comploté ça avec ton vrai père.

Ses mots me laissent choqué et sans voix. J'ai déjà eu des doutes sur Jasion… mais tuer un roi ?

Deimos plonge vers Jasion, le poing brandi. Il atteint le mage en plein nez, l'expédiant à terre sur le coup.

— C'est quoi ce bordel ?

J'attrape le col du veston de mon frère et l'oblige à s'écarter du mage.

— Est-ce que tout le monde est devenu fou ? crié-je, sans faire taire pour autant les murmures qui se répandent dans la salle comme un feu de paille.

Ce n'est pas l'endroit où révéler des secrets ou porter des accusations.

Jasion se relève, le nez en sang. Guendolyn n'a pas pu tuer le roi… Elle était avec nous au moment où c'est arrivé, et c'est la preuve que Jasion ment. Est-ce qu'il se couvre par culpabilité d'avoir tué le roi ? Je parcours la foule du regard et vois mon père assis sur un côté, qui observe la scène avec amusement. S'il existait une tête de coupable typique, ce serait la sienne.

Une rage infernale me submerge à l'idée qu'il puisse être impliqué dans le meurtre du roi.

Guendolyn s'avance vers moi, mais je tremble de colère. Les répercussions de tout ça vont être énormes. Sans compter que tout ceci a lieu devant tous les seigneurs du royaume, y compris mon père, qui doit être fou de joie de nous voir ainsi. À en juger par les regards noirs que me jettent les conseillers de la future mariée, je doute que cette union ait lieu aujourd'hui. Elle et ses parents sont dans une autre pièce, à attendre qu'on les appelle pour le mariage. Et bien sûr, la sœur du roi est également présente dans la foule, qui attend comme un vautour de revendiquer le trône. Je la repère et la vois qui sourit.

Mon sang bouillonne, mais je ne peux pas me permettre de perdre mon sang-froid. Tout le monde n'attend que ça. J'ai besoin de comprendre ce que Guendolyn sait du meurtre, et en quoi mon père et Jasion sont impliqués.

– Pourrions-nous nous concentrer sur une chose à la fois ? Si le roi a un enfant, il nous en faut la preuve, déclare l'un des membres du conseil dans mon dos. Puis il nous faut des preuves de qui a tué le roi.

Je sens une douleur monter à la base de ma tête et s'étendre rapidement, à mesure que mon stress augmente.

Je me tourne vers le mage qui agrippe la cage à la fée.

– Montrez-nous les preuves. Et vite. Je suis à bout de patience.

– Votre Altesse, insiste Jasion, d'une voix forte et sèche. Vous ne pouvez pas sérieusement envisager une chose pareille. Elle a assassiné le roi Tibout.

Je fais volte-face, le saisis à la gorge et le tire à moi. Il me reste à peine une bribe de santé mentale et cet enfoiré me pousse en s'imaginant que je ne sais pas qu'il ment.

– Fais très attention à tes paroles quand je sais que tu mens, grogné-je.

Je vois son visage devenir blanc comme neige, puis en un instant, son expression devient assurée, comme si cela lui suffisait pour reconstruire son histoire. J'ai toujours cru qu'il était un ami, ce qui était une grave erreur. Je le vois à présent. Je le relâche et il titube. Une fois tout ça terminé, je m'occuperai personnellement de son interrogatoire. Je me tourne vers mes gardes pour les interpeller quand la voix de Jasion se propage à travers la pièce, afin que tout le monde entende.

– Votre Altesse, continue-t-il, me faisant serrer poings. Vous savez certainement qu'autoriser quelqu'un à contester l'accession au trône a des conséquences. Si cette fille, *cette meurtrière*, ne peut pas prouver qu'elle est l'héritière légitime, alors elle devra être condamnée à mort pour avoir tenté d'usurper le trône.

Je fais volte-face dans sa direction, poings serrés. Ses paroles me frappent direct à l'estomac. Je lui jette un regard noir, imaginant de quelle manière je vais le massacrer.

– Tu n'es pas…

– Je suis d'accord, s'exclame ma mère dans mon dos. Qu'on en finisse avec cette absurdité, après quoi tous ceux qui ont perturbé cette cérémonie seront interrogés et devront subir le plus sévère des châtiments. Ça suffit !

La salle applaudit avec une approbation exaspérante. Je me tourne vers ma mère, furieux qu'elle prenne le parti de Jasion. Mais en même temps, je n'arrive pas imaginer à quel point ce doit être dur pour elle. Elle a d'abord perdu un mari dont elle savait qu'il la trompait, puis sa fille se pointe pour me prendre le trône. Et pour lui rappeler l'infidélité de son mari.

– Gardes ! crié-je. Appréhendez Jasion et enfermez-le dans un cachot.

Le visage du mage se décompose tandis que deux gardes accourent du côté de la salle pour exécuter mon ordre. Puis c'est la fureur qui déforme ses traits, la haine qui irradie de lui. Je ne supporte plus sa vue. Je le maudis à mi-voix et jure qu'une fois que tout sera terminé, il sera jeté en pâture aux maudits de sang, si j'ai mon mot à dire. Pas besoin d'interrogatoire : son destin à la Cour des Ombres est scellé.

Je lance un regard à Guendolyn, qui se mordille la lèvre inférieure, la peur croissant dans ses yeux. Elle croise les miens, et mon premier réflexe est de la prendre dans mes bras, l'emmener hors d'ici et lui demander de tout me raconter. Mais je ne bouge pas, car ça ne marchera pas. Pas quand des centaines de faë sont impliqués dans ce scandale. La seule façon d'éteindre l'incendie, c'est d'exposer publiquement la vérité.

L'esprit embrumé, je considère l'intention de Guendolyn de monter sur le trône en tant que reine. Je ne peux pas nier qu'en mon for intérieur, je me demande si sa décision n'est pas motivée en partie par l'envie de me voir souffrir après que je l'aie repoussée. Pour me priver de cette chose que je lui ai préférée…

Je secoue la tête. Elle ne ferait pas ça.

Je repense au moment où nous étions seuls sur le balcon, quand elle avait guéri mes ailes. À son déchirement quand je l'avais repoussée.

Pour quelle raison ne m'a-t-elle jamais parlé de ses ancêtres ?

Un fort claquement de mains attire mon attention sur ma mère.

– Fais ton test ici, que tout le monde puisse le voir.

Elle est furieuse, ne veut même pas me regarder. Si le test s'avère concluant, elle craint de perdre notre maison, sans parler des charognards dans la foule, prêts à bondir.

Le mage amène la cage en haut des marches et se tient au milieu de la scène, tourné vers Mère et le conseil. Je viens m'asseoir à côté d'elle, tandis que mes frères se tiennent de part et d'autre.

Guendolyn gravit les marches, la tête haute. Pour son salut, je prie que le test démontre qu'elle est bien ce qu'elle prétend. Ne pas être avec elle est une chose, mais si elle était exécutée, j'en mourrais. La douleur revient dans mes tripes, mes omoplates se contractent sous l'effet du stress. C'est un effet boule de neige, et ma respiration devient hachée.

Assis à côté de Mère, le corps tendu à l'excès, j'attends. Guendolyn a l'air très nerveuse. C'est dur de la voir comme ça, alors que j'ai envie de la protéger de tout le monde – sauf que là, ce qu'elle demande, c'est d'être en première ligne.

Elle m'a caché ce secret. Ça ne devait pas se finir comme ça.

– Ramond, tu peux procéder, dit Deimos.

Le mage acquiesce d'un hochement de tête, puis pose la cage par terre à ses pieds.

– Je n'ai pas de couteau sur moi, dit-il. Il me faut quelques gouttes du sang de…

Il jette un œil à Guendolyn : visiblement, il ignore comment elle s'appelle.

– G-Guendolyn, dit-elle doucement, son regard glissant sur nous avant de revenir sur le mage.

Des hoquets de surprise s'élèvent dans la salle, même ma mère a le souffle coupé d'apprendre qui se tient devant elle : la fille maudite de notre royaume.

Cela ne semble pas déranger le mage, qui sort de la poche de sa robe un petit bol en bois de la taille de ma paume.

Je me lève et tire une lame de ma ceinture, puis m'approche d'elle. Elle me présente sa main avec précaution, la paume vers le haut, tandis que le mage approche le bol pour récupérer le sang.

Elle est douce au toucher, et je la sens trembler.

– Ça va faire un peu mal, lui murmuré-je.

– Ça va, me rassure-t-elle.

Comme si c'était moi qui avais besoin de réconfort alors que c'est sa vie qui est en danger. Je ne sais même pas si je serai capable de l'aider si elle se retrouve accusée de trahison et condamnée à mort. Et cette simple idée m'empêche de respirer.

– Tu es sûre que tu veux faire ça ?

J'hésite un peu, parlant tout bas de peur que les autres n'entendent.

Elle m'observe avec le même chagrin dans les yeux que je lui ai vu sur le balcon.

– Il n'y a rien au monde que je désire plus que d'être avec toi.

Près de nous, le mage se racle la gorge mais il ne

bouge pas, le bol en main. J'ai le souffle court, toutes les émotions que j'ai refoulées remontent à la surface. Celles qui me poussent à partir et suivre mon cœur. À revendiquer la fille devant moi, et à être heureux pour une fois au cours de ma misérable existence.

C'est à ce moment que je réalise que ce n'est pas pour elle qu'elle veut le trône, mais pour s'assurer que je le prenne avec elle.

La gorge nouée, je ne fais pas un geste. Je vois à présent tout ce qu'elle endure pour moi.

– Fais-le, murmure-t-elle. S'il te plaît. Allez, coupe-moi.

Le silence règne dans la salle, tout le monde attend en retenant son souffle.

Il y a tant de choses qui dépendent de cela, les vies et l'avenir de tant de gens.

– J'espère que tu as raison.

Je donne un coup rapide sur la partie charnue de sa paume, et la lame mord dans sa chair. Le sang perle rapidement le long de la coupure. Elle incline la main sur le côté et des gouttelettes rouges roulent le long de sa paume et tombent dans le bol.

Après en avoir récolté une petite flaque, le mage annonce :

– C'est suffisant.

Guendolyn retire sa main, et je lui tends un mouchoir sorti de ma poche. Je range ma lame et retourne à mon siège. Mes tripes se nouent, mon malaise augmente chaque seconde. J'ai l'impression d'être témoin de la plus grosse catastrophe au monde, sans rien faire pour l'empêcher.

Je jette un coup d'œil à Luther, qui m'adresse un regard rassurant, genre « nous faisons ce qu'il faut. » Comment peut-il en être aussi sûr ?

Le mage sort une petite fiole noire de sa poche, la débouche et entreprend de verser ce qui semble être le sang de quelqu'un d'autre dans celui de Guendolyn.

– Ceci est le sang du roi Tibout, annonce-t-il.

On n'entend pas le moindre mot dans la salle comble. Ce silence m'étouffe.

Une fois la fiole refermée et remise dans sa poche, il s'accroupit devant la cage.

À l'intérieur, la fée est assise contre la paroi du fond et l'observe avec de grands yeux, silencieuse. Il ouvre un petit loquet sur le côté, glisse prestement le bol dans la cage et retire sa main. Une énergie bleu clair se propage de ses doigts jusqu'au bol avant de disparaître aussi vite qu'elle est apparue.

Il soulève la cage et se tourne vers nous.

– Cette fée a été mordue par un maudit de sang, et grâce à ma magie, lorsqu'elle boira le sang, pourra avoir deux réactions différentes. Soit elle restera calme, ce qui nous indiquera que les sangs sont de la même lignée. Soit elle va piquer une crise et se jeter sur les parfois de sa cage pour s'échapper, parce qu'elle sera momentanément empoisonnée par le mélange de sangs.

Guendolyn reste à proximité, appliquant le mouchoir sur sa coupure, et comme tout le monde, ses yeux sont rivés sur la cage.

La fée s'approche du bol, et se met à genoux devant. Dans le silence de la salle, le seul bruit audible est celui de la fée en train de laper le sang.

Quelques instants plus tard, elle relève brusquement la tête.

Guendolyn serre ses bras autour d'elle, et je ne peux pas bouger. Je reste figé sur mon siège, attendant désespérément de voir le test réussir. *Je vous en prie, faites que ça marche.*

Mon cœur s'emballe et une douleur terrible me prend aux tripes lorsque je vois surgir de chaque côté d'elle ses ailes de fée, vertes comme de la mousse et battant frénétiquement.

Elle se met à tournoyer sur place à l'intérieur de la cage, de plus en plus vite. Elle ne rebondit pas comme une folle, mais reste au même endroit en tourbillonnant.

– Qu'est-ce que ça signifie ? demandé-je.

Le mage humecte ses lèvres sèches et me jette un regard.

– Jamais je n'ai vu une telle réaction.

Un hoquet s'échappe des lèvres de Guendolyn et le bruit reprend brusquement dans la salle. Il ne faut pas plus de quelques instants avant que certains exigent sa mort.

18

GUENDOLYN

on cœur bat à tout rompre, et je voudrais me rouler en boule et disparaître sur-le-champ. Mon regard passe du mage perplexe à la fée qui tourne sur elle-même dans sa cage, tandis que croissent les cris demandant ma mort.

Ces faë ne savent rien de moi, et pourtant ils veulent me voir morte ? Comment pourraient-ils m'accepter en tant que reine quand ils me rejettent aussi vite ?

L'énergie se diffuse le long de mes bras. J'en suis à un point où je me fiche du trône ; rien n'a plus d'importance que de me retrouver avec mes princes. Peut-être que la solution serait que je les embarque tous les trois avec moi sur Terre, afin de refaire notre vie là-bas. Mais ce serait fuir mes problèmes, n'est-ce pas ?

Je m'approche de Ramond et chuchote :

– Est-ce qu'on peut recommencer, s'il te plaît ?

Il me regarde avec sympathie et acquiesce.

Heureusement, Ramond n'est pas du tout comme Jasion.

Luther et Deimos s'avancent, tandis que je soutiens le regard d'Ahren. Eux me soutiennent, mais lui doit craindre que je raconte des mensonges, sinon pourquoi hésiterait-il ?

Je tente de me rappeler si ma mère a dit quelque chose d'autre sur la façon de procéder, quelque chose que nous aurions pu manquer la première fois. Je ne peux m'empêcher de trembler, j'ai peur de la suite.

Luther s'approche de moi et se penche pour murmurer à mon oreille :

– Deimos et moi allons t'escorter hors d'ici en toute sécurité.

Je lève la tête et le fixe dans les yeux.

– Vous me croyez, n'est-ce pas ?

– Oui, mais il ne s'agit pas de nous, petite louve. À cet instant, tu es en danger. Je t'en prie, insiste-t-il, l'air secoué.

Un cliquetis attire mon attention sur Ramond, qui sort le petit bol de la cage. C'est alors que la pauvre fée s'écroule au sol. Elle rampe sur le côté de la cage vers moi, s'agrippe aux barreaux métalliques et lève sur moi un regard des plus chaleureux. Elle n'a plus du tout l'air sauvage et prête à attaquer quiconque s'approcherait trop près. Elle est plus calme à présent, et je ne ressens que de la pitié pour cette pauvre créature.

– Guendolyn, insiste Luther dans mon oreille.

Je me tourne vers lui.

– S'il te plaît, laisse-moi essayer encore une fois. Accorde-moi ça.

Il n'y a pas à hésiter. Il hoche la tête, et je résiste à l'envie de le serrer dans mes bras. Je dois être forte, afficher une apparente maîtrise, même si je suis en ébullition à l'intérieur.

Luther s'adresse à la famille royale et au conseil :

– À présent que le test préparatoire est terminé, nous allons procéder au véritable essai.

Jasion gémit bruyamment.

– C'est une traîtresse, et vous la laissez ouvertement vous trahir.

Bon sang, mais pourquoi n'est-il pas au cachot comme Ahren l'a ordonné ? Certains dans la foule font écho à ses paroles, et c'était précisément son but.

– Luther, l'avertit la reine.

Le prince s'adresse à toutes les personnes présentes dans la salle :

– Je ne sais pas ce qu'il en est pour vous, mais quand quelqu'un prétend être un héritier perdu, il est de notre devoir de lui donner toutes les chances de prouver ses dires. Si le roi Tibout était vivant, il serait d'accord, et vous tous ici le savez.

Il se tourne vers un garde.

– Elle a ensorcelé le prince. Vous voyez bien qu'elle a échoué au test. Nous n'avons pas besoin de plus de preuves. Elle assassiné le roi, et à présent elle tente de s'emparer du trône.

– Bâillonnez et attachez Jasion immédiatement ! rugit-il.

Le garde empoigne Jasion et le force à s'asseoir avant de le ligoter et le bâillonner.

– Ma Reine, cela a assez duré. S'il vous plaît, je vous implore de reprendre la cérémonie, lance un homme derrière moi.

C'est l'un des conseillers, un vieux faë guindé. Ses pairs autour de lui hochent la tête.

Des voix s'élèvent de toutes parts, les gens discutent entre eux. La sueur me coule dans le dos et je déglutis avec difficulté. Les conseillers commencent à se disputer, et je me rends compte à présent de l'horreur de la situation.

Je me tourne vers la fée et je caresse son aile à l'intérieur de la cage. Elle n'a plus l'air folle, plutôt d'une fée perdue, et je me demande si c'est le fait de lui donner mon sang qui a produit cet effet.

– Laissez-la sortir, demandé-je à Ramond, mais il ne m'entend pas, ses yeux écarquillés fixent l'entrée de la salle.

Des cris affolés retentissent parmi les participants qui se ruent hors de leurs sièges et se dispersent dans la salle.

Ma mère apparaît sur le seuil. Je reste bouche bée. Sa robe bleu pâle scintille de diamants, ses cheveux sont relevés à l'aide d'une couronne pailletée, ses lèvres sont roses et brillantes. Elle est magnifique. Dire que je suis stupéfaite serait un euphémisme. Que fait-elle ici ?

Derrière elle, une demi-douzaine de gardes portant l'uniforme sombre de la Cour des Cendres marchent en formation serrée.

– Mère ! crié-je, attirant tous les regards sur moi.

Celui choqué d'Ahren me rappelle l'expression de ses frères lorsqu'ils tentaient de comprendre qui j'étais au juste. Ce qui me fait penser qu'il n'a pas encore entendu cette partie de mon histoire.

En fait, tout le monde me regarde de la même manière, entre incrédulité et confusion, en découvrant que je suis à la fois Seelie et Unseelie.

Ma mère me sourit, mais avant qu'elle ne prenne la parole, quelqu'un s'interpose : le père d'Ahren émerge de la foule terrorisée.

– Fils, je ne vais pas rester assis plus longtemps à regarder cette mascarade. Tu es dépassé. Il est évident que cette sorcière a invité l'ennemi dans notre cour, et pourtant tu n'as pas encore exigé qu'on l'arrête ? Est-ce qu'elle t'a ensorcelé, ou est-ce que son cul vaut de l'or ?

Deimos s'élance hors de la scène pour se ruer sur son père, rugissant comme une bête, le visage déformé par la fureur. Luther et Ahren le rattrapent et empoignent bras pour le retenir. Mais vu la rage qui tord leurs traits, je ne saurais dire s'ils ne bloquent pas Deimos pour être les premiers à tabasser leur père.

– Va te faire voir ! crache Luther, ce qui lui vaut des halètements choqués parmi les invités.

C'est en train de devenir un vrai spectacle, et leur foutu enfoiré de père se devait de faire son numéro, n'est-ce pas ? Je me ressaisis et le fusille du regard, serrant les poings. Ses paroles me rendent furieuse, mais en même temps, la tension qui monte dans la salle me fait paniquer.

– Arrêtez la reine ! hurle la mère d'Ahren, qui se lève de son trône pour s'éloigner de cette ambiance explosive.

– Non ! crié-je en dévalant les marches pour rejoindre ma mère.

– Est-ce là l'accueil auquel j'ai droit après avoir contraint mon mage à mettre mis fin à la malédiction qui pesait sur votre royaume ? Ces créatures ne sont plus attirées par votre royaume. Elles sont toujours là, et les éradiquer complètement est bien plus compliqué, mais le mage, dans son dernier souffle, est parvenu à faire en sorte que leurs morsures ne transforment plus personne en maudit de sang.

Ma mère hausse un sourcil, et toute la salle hoquète. D'après ce que m'ont raconté les princes, ces créatures sévissent sur leurs terres depuis longtemps, c'est donc une super nouvelle.

– Je l'ai fait pour ma fille, pour que votre cour l'accepte, et j'ai tout risqué pour que cela fonctionne, ajoute-t-elle.

Quelqu'un applaudit dans la foule, puis d'autres suivent, l'acclamant d'avoir éradiqué un énorme problème.

Soudain, une étincelle explose dans la salle sur notre droite, et tout le monde sursaute de frayeur. Je sens de l'électricité dans l'air. Magique, pour être plus précise.

Les gardes de la Cour des Ombres dégainent leurs épées à l'unisson, et ce brutal fracas métallique me fait tressaillir. Ils sont raides, les yeux pâles et vitreux tels des zombies… comme s'ils étaient sous contrôle.

– Ahren, mon fils, tu dois être capable de voir clair à travers leurs manigances pour te prendre ton trône. Le roi Tibout est mort, il ne peut pas protester. Mais même moi, je vois clairement ce qui se passe ici.

– Ça n'a rien à voir avec toi, Père, grogne Ahren.

L'un des gardes sectionne les cordes qui lient les poignets de Jasion et lui enlèvent son bâillon. Il se lève et rejoint le père des princes. Tous deux me regardent en ricanant.

– Changement de plan, déclare Jasion alors que d'autres gardes se précipitent dans la salle depuis le couloir et bloquent la sortie.

C'est là que je réalise que tout ceci est l'œuvre de Jasion, c'est pourquoi les gardes ne l'ont pas appréhendé. Il avait tout orchestré depuis le début.

– Gardes, repos, ordonne Ahren, tandis que Deimos et Luther se placent à ses côtés et dégainent leurs lames.

Leur mère, ainsi que les conseillers, reculent au fond de l'estrade. Mais personne n'écoute... Ils sont sous le contrôle de Jasion maintenant.

La peur me hérisse les poils. Cela va tourner au bain de sang.

– Nous n'étions pas obligés d'en passer par là, dit son père. Mais c'est peut-être ce qu'il faut à ce royaume. Une ardoise propre et un nouveau départ. Un nouveau roi aux responsabilités.

– Père ! Cela n'a rien à voir avec toi, grogne Ahren.

Mais sur un simple sifflement de Jasion, les gardes chargent, attaquant tous ceux qui se trouvent sur leur chemin, qu'ils soient de la Cour des Ombres ou de la Cour des Cendres, et se frayent un chemin vers nous.

Les cris sont assourdissants, et la terreur me fait trembler jusqu'aux os. L'instinct et la panique prennent le dessus, et je me précipite dans l'allée vers ma mère qui accourt vers moi. Les traits crispés par la peur, elle jette son bras vers l'extérieur, créant une explosion de puissance qui percute un garde venant vers elle et le projette au milieu des soldats. Elle halète et ralentit tout à coup. Je lui saisis le bras.

– Je ne suis plus aussi forte que je l'ai été, dit-elle au milieu du chaos.

– Il faut qu'on te sorte d'ici, crié-je.

J'agrippe la main de ma mère et la tire vers la scène. Pendant ce temps, mes trois princes et Michae se lancent dans la bataille aux côtés des gardes de la Cour des Cendres.

Les cris et le chaos se répandent comme une traînée de poudre. Des fracas métalliques résonnent, et je suis rongée par la peur.

Et voilà. Dès que quelque chose de bien est près de se produire, l'univers me dit « *Va te faire voir !* »

L'atmosphère empeste si vite la haine et la mort que j'en ai le tournis.

– Votre Majesté, m'adressé-je à la mère des princes. Restez près de moi. Je vais vous faire sortir toutes les deux d'ici.

Tremblant de tout mon corps, j'appelle le pouvoir en moi. Je fixe ma paume aux éclats de rubis. *Faites que ça marche.*

– Je suis la reine Sarey, annonce ma mère à la reine, qui a l'air déchirée, les yeux pleins de larmes. Nous ne nous rencontrons pas dans les meilleures circonstances, mais sache que j'ai toujours eu le plus grand respect pour toi.

– Oh ? Est-ce que tu me respectais quand tu couchais avec mon mari ? éructe-t-elle, tandis que d'autres gens courent sur l'estrade en criant.

Merde, ce n'est pas le moment pour ça.

– Après Guendolyn, nous avons cessé de nous voir. Il t'aimait vraiment, explique ma mère, tendant les mains vers la reine. J'aurais aimé venir plus tôt t'expliquer tout ça.

Mais je n'ai pas de temps pour ça.

C'est au moment où je constate que j'ai perdu de vue mes princes dans la bataille que Luther est projeté à terre, la joue zébrée de sang. Jasion projette une boule d'énergie sur les gardes qui se trouvent sur son chemin, tandis que le père des princes bouscule une femme pour atteindre plus rapidement l'estrade.

Mon pouls fait rage dans mes veines. Ramond se tient au bord de l'estrade, comme s'il tentait de jeter un sort sur la bataille ; sauf que les mages ont besoin d'ingrédients adéquats pour exercer leur magie. Quoi qu'il fasse, ce sera faible, mais au moins il essaie. Près de lui se trouve la fée en cage. Il me vient alors une meilleure idée.

Je m'élance vers la cage et tripote le loquet pour l'ouvrir. La fée s'envole immédiatement, déployant ses larges ailes magnifiques.

– S'il te plaît, tu veux bien m'aider ? m'écrié-je en lui tendant ma main incrustée de rubis.

Comme si elle comprenait, elle voltige et se pose sur mon poignet.

La mère des princes hoquète derrière moi.

– Tu possèdes le pouvoir des fées ?

– Oui, explique ma mère. Tout comme mes ancêtres. C'est pourquoi elle est l'héritière légitime non seulement du trône de la Cour des Ombres, mais aussi du trône de la Cour des Cendres. Tu n'es pas obligée d'être d'accord, mais au fond de toi, tu sais que c'est juste.

Le père des princes se précipite sur la scène, écartant les autres pour se jeter sur moi si vite que ma réaction n'est pas assez rapide. Son poing me cueille sur le côté du visage, et je vois des étoiles en tombant à la renverse avec un bruit sourd.

Des ailes papillonnent sur mon visage, et un sifflement emplit mes oreilles.

– Tu vas tout gâcher, grogne-t-il.

Son ombre me surplombe, et j'ouvre les yeux pour voir la fée se jeter sur lui, le mordre et le griffer. Il se débat frénétiquement contre elle.

Ma mère projette ses bras vers lui, et la fée s'écarte de lui au même moment.

Une explosion d'air frappe le vieux faë en pleine poitrine, le projette à travers la salle où il s'écrase contre un pilier. Il s'effondre à terre en gémissant, et intérieurement, je m'en réjouis.

Ma mère titube comme si elle était soudain épuisée,

peinant à reprendre son souffle. La reine de la Cour des Ombres l'attrape par la taille.

– Je te tiens.

Je me relève, ignorant de mon mieux la douleur qui me brûle le visage comme s'il était en feu, et me concentre.

– Emmenez tout le monde le plus loin possible dans ce coin.

Je fais signe aux reines de rejoindre la partie de l'estrade où les lâches conseillers sont tapis comme des rats. Ma mère aide à rassembler tout le monde derrière moi, le plus à l'écart possible du danger.

La fée revient à mon poignet tendu une fois de plus. La bataille s'étend sur ma gauche, gardes contre gardes, princes, et quelques invités qui ont empoigné des couteaux pour combattre les soldats possédés.

Je ne vois Jasion nulle part, mais je n'ai pas le temps pour ça maintenant.

L'énergie se répand dans mes bras tandis que j'approche la fée de mon visage. Elle m'imite, et toutes les deux, nous soufflons sur nos paumes. Une brume bleue s'échappe de ma bouche.

– Fées, murmuré-je et ma minuscule amie émet un son qui ressemble à *Eirian.*

Au bout de quelques secondes, un portail noir se déploie devant moi et s'élargit. La puissance me donne la chair de poule. Les sons et cris de la bataille m'environnent, mais je me concentre sur ce que j'ai ouvert en espérant que cela fonctionne. Ma fée s'envole et disparaît dans le portail. Oh merde. Ce n'était pas prévu.

Je vais peut-être demander à tous les invités de faire de même.

Soudain, un coup de poing terrible asséné au bas de mon dos me coupe littéralement le souffle, et mes jambes se dérobent. Je tombe à genoux, haletante, cambrant le dos sous la douleur qui remonte le long de ma colonne vertébrale.

Un bras se bloque autour de ma gorge et me hisse sur mes pieds contre une poitrine ferme.

– Je te tiens, pétasse, grogne Jasion dans mon oreille tandis qu'il m'étrangle.

Je me débats, lui enfonce mon coude dans le ventre, plante mon de talon dans son tibia.

– Lâche-moi !

Sa poigne se resserre.

– Tu vas mourir aujourd'hui !

Je suis saisie d'effroi.

– C'est quelque chose que j'aurais dû faire il y a longtemps.

Il lève une lame sur ma poitrine.

Je vois ma vie défiler devant mes yeux, des flashes de tout ce qui va m'être arraché. Cette ordure va tuer ceux qui représentent tout pour moi, me retirer que ce j'ai lutté pour trouver toute ma vie : ma famille et mon bonheur.

Mon cœur saigne de voir Ahren plaqué au sol par deux gardes, Deimos cerné par trois autres et Luther projeté contre un mur.

Je puise dans chaque fibre du pouvoir qui est en moi et je l'appelle à la surface comme je l'avais fait à la Cour des Cendres.

Une explosion d'énergie jaillie de mes mains si violemment que je suis brusquement projetée contre Jasion, nous faisant tous deux tituber. Il relâche sa prise et je pivote, plaquant mes paumes sur son torse. Toute ma puissance interne se déverse en lui.

Il est aussitôt projeté en arrière et s'affale sur le dos.

Il lâche sa lame et baisse ses yeux exorbités sur sa poitrine. Du sang suinte là où mon énergie l'a touché. Il pousse un cri terrifiant et s'essuie frénétiquement tandis que le sang s'écoule par tous ses pores.

Un souffle puissant me fouette de chaque côté.

D'abord, je ne vois que des ailes violettes, vertes et magenta, puis je distingue les dizaines, non, les centaines de fées qui se grouillent dans la salle du trône.

Je glapis de joie à les voir, c'est un spectacle absolument incroyable.

Une troupe se rue sur Jasion, l'assaille jusqu'à le recouvrir entièrement. Je n'entends plus que ses hurlements au milieu des battements d'ailes.

Je devrais peut-être éprouver de la pitié, mais le fait de qu'il reçoive exactement ce qu'il mérite est la plus douce des satisfactions. Après quelques instants, elles cessent leur assaut, ne laissant derrière elles que le bruit des os qui tombent sur le sol. Des vêtements. Des cheveux. Et quelques traces de sang.

C'est tout ce qui reste de cette maudite ordure de mage, et même ça c'est encore trop. Je ferai en sorte que chaque morceau soit réduit en cendres.

À l'autre bout de la scène, les invités crient,

esquivent les fées qui ne les touchent même pas. Ma mère se tient devant eux, m'adressant un large sourire approbateur.

– Finissons-en, dit-elle.

Une fée aux ailes bleues scintillantes voltige devant moi et me fait signe.

Je cligne des yeux pour voir plus clairement, et mon cœur bat à tout rompre.

– Sifflet ! (Je souris béatement car cette petite créature est exactement celle que j'espérais invoquer.) Tu es venue !

Eirian. Ce mot traverse mon esprit, tandis qu'elle fait volte-face et siffle en désignant le chaos.

Je me tourne vers la salle où les gardes de la Cour des Ombres ne se battent plus mais se recroquevillent et tombent à genoux devant les princes, pleins de remords et de confusion. Ce qui confirme que Jasion les avait bien ensorcelés.

Des cadavres jonchent le sol, de faë qui sont morts par la faute de deux salauds avides. Justement, je repère le père des princes qui se faufile comme le serpent qu'il est pour s'enfuir de la salle.

– Sifflet, ramène-le-moi.

Elle se propulse à travers la salle comme une torpille, un essaim de fées juste derrière elle.

Elles se jettent sur lui, le prenant au dépourvu.

Il se retourne, le visage déformé par la panique quand il voit ce qui l'attend. Ses hurlements sont une douce musique pour mes oreilles.

Les superbes petites créatures pullulent autour de lui

et il se débat contre elles en battant des bras, mais il perd pied en quelques secondes. Elles le transportent jusqu'à moi, puis le lâchent et il s'effondre à genoux sur les marches devant moi.

Mes trois princes s'approchent de leur père, ainsi que son ex-femme. Ma mère est près de moi.

– Ahren, gémit-il. Est-ce que tu vas la laisser me faire du mal ? Je suis ton père, ta chair et ton sang.

Mon prince s'approche de lui, arborant une expression de pure haine et de fureur. Il lève le poing et l'enfonce dans le visage de son père, l'envoyant au sol.

– Je n'ai plus de père.

Ahren déboutonne ensuite sa veste et la jette derrière lui, puis fait passer sa chemise par-dessus sa tête.

Sur l'estrade, la reine hoquette, mais je sais exactement ce qu'il est en train de faire, et je l'aime pour cette raison.

Il courbe les épaules vers l'avant tandis que ses omoplates s'ouvrent en deux. Ses ailes jaillissent de son dos, avec un bruit semblable à un frottement de cuir. Elles se déploient de part et d'autre, dans de magnifiques tons de bleu, violet et blanc. Étendues, elles occupent une bonne largeur de la salle. Mon prince lève le menton, il n'a pas honte de ce que son père a toujours considéré comme mauvais, et je suis vachement fière d'Ahren.

Toute la salle s'extasie devant les ailes spectaculaires de leur prince, ce qui est rare, je crois.

Il jette un regard noir à son père et déclare :

– Tu as cherché à me briser, mais tu as échoué. Va te faire voir !

Il me lance un coup d'œil et opine d'un signe de tête, tout comme Deimos et Luther. Je me tourne vers leur mère rouge de fureur.

– Tuez-le ! ordonne-t-elle.

Je souris de voir ce ver se tortiller, cherchant à s'échapper.

– Il est à toi, Sifflet.

Je le montre du doigt, et les fées fondent aussitôt sur le vieux faë.

Impitoyables, elle mordent, déchirent la peau, percent des trous dans son visage et son corps. Je m'interdis de détourner le regard, car s'il faut que j'assume mon rôle dans ce royaume, je dois faire preuve de courage.

Mes princes restent là à contempler l'homme qui a provoqué tant de chagrin dans leurs vies recevoir enfin ce qu'il mérite. Même si, à vrai dire, j'ai l'impression qu'elles le tuent un peu trop vite. Ça devrait s'éterniser, durer plus longtemps.

Les bruits d'aspiration et de mastication sont étouffés par les cris de terreur des invités. Ouais, bon, ce n'est pas du tout le mariage qui était prévu. Je doute que quiconque puisse un jour oublier cette journée. Ahren rétracte ses ailes et se rhabille, et je surprends son sourire en coin. C'est ce qu'il attendait depuis longtemps.

La plupart des spectateurs ne savent pas quoi regarder… lui ou la fin sans pitié d'un horrible faë.

Ma mère me rejoint accompagnée de Ramond qui tient son bol de sang.

– Il est temps qu'ils voient la vérité pour que tu puisses occuper la place qui te revient, me rappelle ma mère.

Elle s'empare d'un couteau et passe le tranchant sur sa paume d'un geste vif. Elle tourne la main sur le côté, et laisse le sang goutter dans le bol contenant le sang du roi Tibout et le mien.

Ramond passe sa main sur le liquide, et une énergie bleue recouvre la surface. Puis il propose le bol à Sifflet.

– Cela marchera sur n'importe quelle fée, nous assure-t-il.

Sifflet me regarde et je hoche la tête, espérant que cette fois-ci se passe mieux que la précédente.

Mon cœur bat à tout rompre. J'ai les nerfs en vrac, inquiète que cela échoue.

Je me souviens que lorsque j'étais petite, j'ai dû attendre les résultats d'une analyse de sang parce qu'on craignait que je sois épileptique. L'attente était horrible. Mais là, ce n'est pas comparable. C'est cent fois pire.

Ahren garde un air stoïque, les yeux rivés sur Sifflet qui se pose sur le bras du mage et se penche pour goûter le sang. Quelques secondes plus tard, elle lèche fébrilement l'offrande.

Elle redresse soudain la tête, la bouche couverte de sang, des gouttes coulant de son menton. Elle a les yeux écarquillés comme si elle s'offrait un trip avec de la super bonne came.

J'ai envie de fermer les yeux pour ne pas avoir à

regarder ça. Je ne cesse de me l'imaginer en train de péter un plomb. Le froid m'envahit, me glace jusqu'à la moelle. Mes genoux tremblent.

La fée replonge dans le bol, savourant chaque goutte.

Ma mère saisit ma main et se penche.

– Tu n'as rien à craindre. Plus jamais.

Soudain, la petite créature relève la tête, et plusieurs personnes dans la salle retiennent leur souffle.

Faisant de même, je la regarde s'élancer dans un envol maladroit dans ma direction, avec ses ailes qui se déploient et se contractent. Plus je l'observe, plus je m'attends à ce qu'elle vire hystérique d'une seconde à l'autre.

Ma mère s'agrippe à mon bras.

Et je retiens mon souffle pendant que nous attendons.

19

AHREN

Chaque centimètre de mon corps me fait mal, y compris là où un maudit garde m'a frappé à l'aine. Mais maintenant, je ne peux plus bouger car je suis chaque mouvement raide et saccadé de la fée.

Ce jour entrera dans l'Histoire, tout le royaume en parlera, mais la seule chose qui m'importe, c'est la sécurité de Guendolyn. Si elle veut bien de moi, je prendrai ma place à ses côtés.

Soudain, la fée tombe des airs et atterrit maladroitement sur l'épaule de Guendolyn. Elle retrouve son équilibre, et se pose à genoux. Elle pique du nez, puis se met à ronfler doucement. Guendolyn la prend dans ses bras, tandis que les autres fées nous entourent et nous observent.

– Ça correspond, annonce Ramond d'une voix forte, faisant tressaillir tout le monde. Guendolyn est bien la fille du roi Tibout de la Cour des Ombres et de la Reine

Sarey de la Cour des Cendres. Elle est l'héritière légitime des deux royaumes.

Personne n'ose parler ou même bouger après cette annonce, et je déborde de joie à l'intérieur. J'ai envie de ça pour elle, plus que je n'aurais pu l'imaginer.

– Oh Guendolyn, dis-je en la rejoignant à grands pas. C'est tout ce que tu mérites.

Elle halète, l'air choqué, comme si elle n'en croyait pas ses oreilles. Les yeux brillants, elle enroule ses bras autour de moi et je l'étreins, embrassant le dessus de sa tête.

Ma mère me regarde bizarrement.

– C'est elle que je veux épouser, déclaré-je assez fort pour que tout le monde entende. Si elle et la Reine de la Cour des Cendres veulent bien de moi.

– Oui, répond-elle. Je veux me marier avec vous trois.

La foule est surprise, mais il n'est pas rare qu'une reine ou un roi prenne plus d'un partenaire pour régner à ses côtés. Mes frères nous rejoignent, et je n'ai jamais été aussi heureux. Jamais je n'aurais imaginé trouver ce genre de bonheur au milieu de la mort, ni que je trouverais un moyen de m'extirper de l'impasse où j'étais coincé.

Je parcours du regard les convives qui se dispersent dans la salle et capte l'attention des conseillers du royaume de l'Est. J'étais censé épouser leur princesse, c'est pourquoi ils dardent sur moi leurs regards enflammés de colère. Je dois en premier lieu m'adresser à eux et leur présenter mes excuses pour la façon dont la journée s'est déroulée. Je fais signe à mon conseiller, Mael, et lui demande de conduire nos invités de l'Est jusqu'à l'endroit où la reine Titania, son mari et sa fille nous attendent dans le château.

– Je ne vais pas tarder, ne les laisse pas partir.

Ça va être une conversation difficile, que j'espère pouvoir adoucir pour le bien de nos relations.

– Bien sûr.

Il incline la tête et s'éloigne précipitamment. Je regrette de les avoir mis dans une telle situation, mais ça ne changera rien au fait que j'ai finalement obtenu ce que je voulais.

La reine de la Cour des Cendres dit :

– Ce test confirme que Guendolyn est la légitime descendante de deux lignées royales. Et à en croire nos amies ailées, ma petite fille détient aussi le pouvoir de la reine des fées.

Elle s'éclaircit la gorge et regarde ma mère, puis les membres du conseil rassemblés au milieu de la foule des invités, et totalement choqués.

J'en suis encore à devoir intégrer que Guendolyn est la princesse des deux cours de l'Ombre et des Cendres… et qu'en plus, elle est désormais aussi la reine des fées. Mon esprit parvient à peine à appréhender la tournure des événements. Si quelqu'un le mérite, c'est bien ma Guendolyn.

– Il y a autre chose, reprend la reine. Nombre de gens connaissent ma fille comme étant la fille maudite de notre royaume. Mais bien peu comprennent que c'est ma belle-mère et mon mari qui l'ont maudite enfant. De cette manière, elle ne reviendrait jamais dans notre royaume et ne pourrait pas revendiquer les deux trônes et unir nos deux cours. Je n'ai jamais eu le choix et j'ai fait ce que j'ai pu pour protéger ma fille, c'est pourquoi je l'ai cachée parmi les humains dans le royaume de la Terre. Mais à présent qu'elle est de retour, je veux lui accorder un cadeau pour réparer tous les torts qu'elle a subis. Pour faire les choses bien.

Elle s'avance pour prendre la main de sa fille.

– Ma lignée est celle de la famille originelle, issue de la reine des fées elle-même. On m'a obligée à faire un mariage sans amour. À présent, je prends position. J'abdique officiellement la couronne de la Cour des Cendres. Le trône est désormais vacant pour un membre de la famille, dans la mesure où je me suis retirée. Et mon mari ne peut rien y faire puisque tu es l'héritière par le sang.

Elle se tourne vers Guendolyn qui pleure des larmes de joie.

Mon estomac fait des nœuds, car c'est sans précédent. Aucun roi ou reine n'a jamais renoncé à son trône. Deimos reste bouche bée et Luther cligne des yeux, incrédule.

– Mère, murmure Guendolyn, la voix tremblante.

Elle me lâche et se précipite dans ses bras.

Mon cœur se réchauffe de voir Guendolyn retrouver enfin sa famille, savoir où est sa place. J'ai grandi dans la haine de ce que mon père me faisait, tellement concentré à devenir un roi meilleur, sur les changements à opérer pour accéder à un semblant de bonheur dans le futur, que je n'ai pas réalisé que j'avais déjà tout ce dont j'avais besoin. Cela nous a pris du temps, mais avec Guendolyn, nous y sommes arrivés. Et je ne voudrais rien y changer… Même si j'aurais préféré que le chemin ne soit pas aussi périlleux et douloureux.

Je me tourne vers ma mère et la prends dans mes bras, tout comme mes frères.

– On dirait que nous avons un autre mariage à planifier ? dit-elle, les larmes aux yeux.

Elle me regarde et me sourit comme elle le faisait quand la vie était plus facile.

– Et tu es d'accord pour l'union entre nos royaumes, pour que nous l'épousions tous les trois ? demandé-je.

– Bien sûr. J'ai vécu trop longtemps dans la haine ; maintenant je ne veux que la paix, et des petits-enfants. Et si cela peut offrir à mes trois garçons ce que je n'ai pas pu avoir, alors je vous donne ma bénédiction.

– Il était temps ! s'exclame Deimos, attirant l'attention de tous.

Guendolyn rit comme si elle n'arrivait pas à croire ce qui se passe. Les invités et les conseillers restent silencieux, visiblement à court de mots.

Je m'écarte de ma famille et m'agenouille devant ma reine, et mes frères font de même.

– Guendolyn, pour que ce soit officiel, nous prendras-tu tous les trois pour époux lorsque tu revendiqueras les trônes ? lui demandé-je, regrettant de n'avoir pas de bague à lui offrir.

Sa manière de nous regarder me réchauffe le cœur, et une larme coule sur sa joue.

– Absolument. C'est pour cette raison que nous avons fait tout ça. Pour que nous puissions enfin être tous ensemble.

À ce moment-là, les fées entonnent un chant magnifique et se mettent à voltiger autour de la salle en une danse aérienne de toute beauté.

Mon cœur bat la chamade, l'adrénaline rugit dans mes veines. Nous avons trouvé notre reine. C'est le jour dont j'ai rêvé… celui où j'obtiens finalement ce que je veux. Je n'aurais jamais cru ça possible, mais à présent que c'est arrivé, je me battrai jusqu'au bout pour que ça dure. Nous lui prouverons notre valeur.

Je penche la tête alors qu'elle s'agenouille devant nous et nous étreint tous en disant :

– Dites-moi que ce n'est pas un rêve ?

Nous éclatons tous de rire, et je me penche pour effleurer ses lèvres des miennes. J'essaie d'être décontracté, de faire comme si mon cœur ne martelait pas ma poitrine, comme si je n'avais pas envie de hurler à tue-tête qu'elle m'appartient.

Au lieu de ça, je murmure simplement :

– Ce n'est que le début de ta nouvelle vie.

GUENDOLYN

Le lendemain

Dans ma chambre au manoir, je contemple le paysage par la fenêtre. Les douces collines et les forêts enneigées, la superbe lumière du soleil qui illumine le ciel bleu, le paysage sur lequel je règne. Moi, la fille perdue qui voulait simplement retrouver sa famille ; mais au lieu de cela, j'ai trouvé quelque chose de bien plus incroyable que ce que j'aurais jamais cru possible.

Qui je suis vraiment, et ce que cela signifie ne me semble toujours pas réel, mais à chaque fois que je me remémore comment tout s'est terminé, je ne peux m'empêcher de sourire ou de virevolter.

Je me rappelle d'un dicton éculé qui dit que lorsque la vie vous donne des citrons, il faut en faire de la limonade. Eh bien, avec mes citrons, je viens de fabriquer une satanée ambroisie divine.

Ne vous méprenez pas… Je suis extrêmement nerveuse à l'idée de devenir une reine. Mais à présent, je vais pouvoir vivre avec mes trois princes sans aucune restriction, et c'est ce qui m'importe le plus.

Les événements d'hier, au mariage d'Ahren avec une princesse, ont dégénéré en un vrai maelström. On ne cesse de me répéter que ce jour marquera l'Histoire, qu'on en parlera dans tout le royaume, que mon nom sera sur toutes les lèvres. La fille maudite devenue reine. On composera des chansons sur moi, et à vrai dire, ça me fait simplement rire parce que ça ne peut pas être de moi dont ils parlent.

Les princes me l'ont assuré, ils sont à mes côtés et je serai une dirigeante puissante ; mais même si je les crois, la crainte de ne pas être à la hauteur me pèse lourdement.

C'est pourquoi je me suis éclipsée dans ma chambre où règne le calme. Après tout ça, les princes ont dû s'occuper des invités venus à notre cour depuis des royaumes lointains pour un mariage qui n'a jamais eu lieu, sans parler de la princesse et de sa famille. Tout le monde a été convié à rester quelques jours de plus afin d'assister au vrai mariage.

À cette pensée, un frisson me parcourt l'échine et des papillons volètent dans mon ventre. C'est en train d'arriver.

C'est vraiment en train de se produire.

L'exaltation me donne la chair de poule.

Lorsque l'on toque à la porte, je me retourne et découvre Michae au seuil de la porte, les bras ballants, l'air détendu.

– Le Prince Ahren a requis votre présence. (Il incline la tête.) Il a quelque chose à vous montrer.

– À moi ?

Mes nerfs dansent sous ma peau. Michae m'adresse un sourire calme et rassurant… qui s'élargit jusqu'aux oreilles.

– On y va, ma dame ?

Je le suis dans le couloir désert et silencieux. Une grande partie du personnel est au palais pour nettoyer après la journée d'hier. D'autres préparent mon mariage. Apparemment, je n'ai pas mon mot à dire sur son déroulement. Selon les coutumes faë, c'est aux mères des futurs mariés d'organiser tout l'événement. J'espère que du coup, ma mère et les princes vont commencer à s'entendre.

Michae me fait traverser le manoir et franchir le pont pour m'amener dans une petite cour fermée au plafond transparent donnant sur le ciel. Les remparts du château entourent les jardins sur quatre côtés. Des arbres à fleurs roses et blanches parsèment le terrain. Des roses et d'autres fleurs sont disséminées parmi eux, ainsi que des arbustes. Un petit potager s'étend sur ma droite, et il y a même une fontaine ronde en marbre, d'où jaillit de l'eau. C'est une serre, et elle est spectaculaire.

Une demi-douzaine de papillons virevoltent dans l'air, et j'ai déjà très envie de déménager mon lit ici.

– Suivez le chemin, me dit Michae.

Je me tourne vers lui et le vois qui retourne à l'intérieur et ferme la porte.

C'est de la joie qui coule dans mes veines. Les deux faë de la cour qui souhaitaient ma mort ne sont plus, et je doute que Michae me mette en danger après tout ce que nous avons vécu ces derniers temps.

Je fais un pas en avant, puis un autre sur les pavés qui jalonnent le sol, entourée de fleurs multicolores, tandis que les papillons volètent autour de moi. Je dépasse des arbres aux fruits rouges et dorés comme des pommes, et l'air embaume le lilas et la vanille. J'ai l'impression d'être Alice au pays des Merveilles, mon estomac vibre d'adrénaline à l'idée de ce que je vais trouver. Pourquoi ne m'a-t-on jamais emmenée dans ce jardin ? Contournant un grand saule pleureur, je découvre une cabane en bois au toit pointu. Elle n'a pas de fenêtre, mais une porte ouverte.

Par pure curiosité, je soulève ma robe rouge profond qui danse autour de mes chevilles et me dépêche d'avancer.

Je franchis le seuil et trouve Ahren à l'intérieur, installé sur une méridienne en cuir noir qui aurait mieux sa place dans la salle du trône que dans un salon de jardin. Mon prince se lève en ma présence, esquissant un charmant sourire en coin. Ses longs cheveux blancs sont peignés avec une raie juste au-dessus de sa tempe. Ses lèvres pulpeuses s'écartent un sourire retors, et ses yeux verts brillants m'attirent. Il est tout différent aujourd'hui. Disparues la colère et la tristesse sur son visage, car à présent il sait qu'il n'a pas à en épouser une autre. Ce souvenir forme un nœud dans ma poitrine avec une pointe de désespoir à la pensée que nos deux vies ont failli être gâchées. Mais c'est du passé maintenant, et je ne veux plus garder cette peur en moi plus longtemps.

– C'est ton endroit secret ? lui demandé-je.

Je remarque les petits globes emplis de lumières accrochés au mur, conférant un air magique à ce lieu.

Ahren s'avance vers moi, me prend la main et m'attire dans ses bras. Le magnétisme est immédiat entre nous. Je me hisse sur la pointe des pieds pour que nos bouches se rencontrent. Son baiser est avide et rapide, comme si nous ne nous étions pas vus depuis des mois. Je lui retourne sa passion, m'agrippe à ses épaules, plaque mes seins contre lui.

Ses mains puissantes enveloppent mon dos, glissent empoignent mes fesses.

J'ai tellement envie de lui que je n'arrive pas à respirer. Nos bouches se rejoignent, nos corps se pressent, et je me rends compte de tout ce que j'aurais perdu s'il avait épousé quelqu'un d'autre. Ne plus jamais ressentir ses caresses, ses lèvres, son corps, m'aurait tuée.

– Jamais je n'aurais cru pouvoir être de nouveau avec toi, souffle-t-il.

Il pose les lèvres dans mon cou, qu'il lèche et mordille, m'envoyant des frissons dans le corps.

Ses mots m'enrobent, tout comme sa peur de me perdre. J'ai le souffle court, trahissant ma propre peur.

Je le savais déjà, mais l'entendre de sa bouche signifie tout pour moi.

Je prends son visage dans mes mains et lui murmure :

– Jamais plus nous ne serons séparés.

Puis je l'embrasse avec une fièvre addictive, à laquelle il répond par un grognement brut, primal, tandis qu'il enfonce les doigts dans le bas de mon dos. Je gémis doucement quand il saisit ma robe à pleines mains et la soulève jusqu'à ma taille. Soudain, il s'écarte et s'agenouille devant moi.

Ma poitrine se soulève dans l'attente de voir ce qu'il va faire.

Il glisse un doigt sous le haut de ma culotte et la descend sur mes jambes. Je m'en débarrasse tandis que sa main, douce comme une plume, touche l'apex entre mes cuisses, frôle le petit monticule de poils, tout en retenant ma robe. Ahren se contente de me regarder, comme pour profiter de ce qu'il n'a pas vu depuis longtemps ; et il m'embrasse là très tendrement, faisant palpiter mon cœur. Il gémit avec une avidité qui me rend folle de désir.

L'instant d'après, il est debout, une main derrière ma tête, et il m'attire à lui. Nous nous embrassons à nouveau, tandis que de son autre main il tire brusquement le tissu de mon épaule, me faisant trembler de la tête aux pieds. Mais je m'en fiche, j'ai trop faim de ce faë.

Il libère mes seins et baisse la tête pour sucer mon mamelon érigé.

– S'il te plaît, fais-moi mal, lui demandé-je.

Il lève les yeux vers moi et sourit, puis il mordille plus fort mon téton, pendant que son autre main retrouve la chaleur entre mes jambes. Ses doigts glissent entre mes lèvres trempées, les écartent, et il enfonce deux doigts en moi sans ménagement.

Je rejette la tête en arrière, je gémis, je me donne à ce faë. De sa bouche, il suit le dessin de mes clavicules, ma gorge, et il m'embrasse au point de meurtrir mes lèvres.

Tout en lui m'attire.

Je passe mes mains dans ses cheveux et m'accroche à lui tandis qu'il retire ses doigts de moi.

– Saute-moi, Ahren, ronronné-je.

Il affiche un sourire malicieux et je serre les cuisses. Mon clitoris palpite rien qu'à sa façon de me fixer, comme s'il allait me dévorer. Il déboucle sa ceinture et son pantalon et le quitte si vite qu'en une seconde, il est nu jusqu'à la taille. Son membre épais est dur et humide au bout. Bon sang, il est très gros, et je le veux en moi.

– Viens par ici, ma belle. Je n'ai pas arrêté de penser à ton délicieux petit vagin, et à quel point j'ai envie de te sauter.

Mes ovaires approuvent, et tout mon corps se contracte devant la sensualité de ses paroles. J'empoigne sa chemise noire pour le tirer à moi, mais il me soulève par la taille. J'enroule mes jambes autour de ses hanches, en remontant adroitement d'une main ma robe entre nous.

– Prends-moi, exigé-je. Montre-moi à quel point je t'ai manqué.

– Quand j'en aurai fini avec toi, tout le royaume sera essoufflé.

Un frisson me parcourt à ses mots.

Il me décale légèrement afin que le bout de son membre caresse l'entrée de mon intimité. Je suis ouverte et écartée pour lui.

– Je vais te faire une promesse, me dit-il en me pénétrant doucement. À chaque fois qu'on s'enverra en l'air, tu crieras et supplieras d'en avoir plus.

Je me tortille contre lui, j'incline mon bassin pour le prendre plus facilement, pour m'adapter à lui.

– Alors, montre-moi ce dont tu es capable, le défié-je.

Saisissant mes hanches, il s'enfonce profondément en une longue poussée. Je crie, en partie à cause de la douleur délicieuse, mais surtout surprise de sa vitesse. Je me cramponne à ses épaules fortes et rondes alors qu'il me remplit complètement. Il n'y a pas de répit pendant qu'il me saute debout, sa bouche contre mon cou.

Je gémis et le serre en moi, la friction entre nous brûlant comme un brasier. Il nous ramène au salon, où il m'allonge sans effort sur le dos, une main sur le coussin, l'autre dans mon dos. Il reste enfoncé en moi tout le temps. Il est si fort.

En me décalant légèrement pour l'accueillir sous ce nouvel angle, je me penche en avant et nous nous embrassons.

Nos corps ne font qu'un, remuant en rythme. Nos

respirations entament une danse. Mes mamelons se dressent à mesure qu'il s'enfonce en moi. Il est implacable, ne montre aucun signe de ralentissement, et je me noie dans sa passion, dans le parfum de nos ébats, dans sa manière de me revendiquer. Ses lèvres caressent mon cou, pendant que ses hanches me martèlent sans relâche.

– Oh, oui, saute-moi plus fort, le supplié-je.

Je flotte sur un nuage, et je savoure chaque instant où il me fait l'amour. Je m'abandonne totalement à lui. J'adore les bruits qu'il fait... du pur bonheur. Je suis tellement excitée, ses coups de reins sont incroyables.

Tout mon corps tremble, et un puissant frisson d'euphorie court dans tout mon corps si vite qu'il me surprend. L'orgasme arrive brusquement, me déchire. Je hurle de plaisir, le dos cambré, tandis qu'il continue à s'écraser sur moi, encore et encore, secouant la méridienne.

Un grognement tonitruant s'échappe de sa gorge. Il resserre sa prise sur mes hanches, et après un dernier coup, il s'arrête en moi, palpitant. Il rugit, et merde, je l'aime. Je n'arrête pas de contempler cet homme magnifique perdu dans sa propre jouissance, enfoui profondément en moi. Et il m'appartient. Il est tout à moi.

Nous haletons tous les deux, il a le front en sueur.

Il s'écroule sur moi.

– Putain, tu es magnifique, et j'aime tout de toi.

Nous restons enlacés, verrouillés l'un contre l'autre pendant je ne sais combien de temps ; mais je n'ai aucune envie de bouger. C'est ici que je veux être pour toujours.

Il souffle légèrement dans mon cou et s'écarte finalement, glissant hors de moi. Il ramasse ses vêtements, s'habille. Puis il entreprend de me nettoyer avec ma culotte, qu'il glisse dans sa poche. J'adore cette façon qu'il a de prendre soin de moi.

Je me redresse, ramène mes genoux contre ma poitrine et les recouvre de ma robe. Il se laisse tomber contre moi, nous sommes collés l'un à l'autre comme si être séparés plus de quelques secondes nous était insupportable.

– J'avais l'intention de te parler d'abord, explique-t-il en riant à moitié. Mais je ne contrôle plus rien quand je suis avec toi.

Je me blottis contre sa poitrine et savoure le contentement qui m'emplit.

– C'était parfait. Tu m'as tellement manqué.

Nous ne parlons pas tout de suite. Il me prend dans ses bras, et je me laisse aller à croire que tout ce que j'ai est réel.

Alors je décide de lui révéler les choses qu'il ignore. Je m'éclaircis la gorge et j'attaque :

– Je voulais te parler de mon père plus tôt. Mais je ne voulais pas donner l'impression de vouloir ton trône. Je n'en ai jamais voulu, Ahren. En vérité, tout ce qui m'importait était de ne pas te perdre.

Je vois sa manière de me regarder, la blessure dans ses yeux, comme si mes mots l'avaient décontenancé.

– Guendolyn, je n'aurais jamais pensé du mal de toi

si tu m'avais dit la vérité. Et j'aurais dû dire la vérité sur mon mariage arrangé dès que j'en ai eu connaissance. J'ai toujours espéré que quelqu'un d'autre te l'annoncerait. Je ne voulais pas te perdre, alors j'ai repoussé l'inévitable.

Il glisse un bras autour de moi, m'attirant à lui. Je fonds contre ce grand et puissant faë qui me désire autant que je le désire.

– Nous avons voulu tous les deux nous protéger l'un l'autre et n'avons fait qu'empirer les choses, admet-il.

Je pose ma tête contre son épaule, respirant son odeur virile de savon frais, de pin et de nos ébats.

– En gros, oui. Mais nous avons fini par être ensemble. C'est tout ce qui m'importe.

– Je veux tout savoir, roucoule-t-il en m'embrassant sur le front. Dis-moi comment tu as rencontré ta mère, comment tu as découvert qui tu étais. J'ai l'impression d'avoir raté trop de choses pour que tout ça ait un sens.

Pour la première fois depuis trop longtemps, je me sens tranquille. Je n'ai pas de secret à cacher, pas d'inquiétude au sujet du lendemain, personne qui me déteste. Du moins, pas à ma connaissance.

Alors je prends mon souffle et entreprends d'expliquer les événements de ces derniers jours, depuis mon enlèvement par Jasion jusqu'à Ramond qui nous a apporté son aide, en passant par la visite à ma mère et les éclats de rubis dans ma main.

Il se tend et se raidit au fil de mon récit. Je m'attends à ce qu'il me bombarde de questions, mais il n'en fait rien. Quand je lève les yeux vers lui, je le vois désemparé.

– Tu connais la suite puisque tu étais là dans la grande salle hier, dis-je, mais il évite mon regard. Est-ce que j'ai dit quelque chose de mal ?

Il ne parle toujours pas, et la lutte s'intensifie sur ses traits, me faisant comprendre que quelque chose ne tourne vraiment pas rond.

– Parle-moi, insisté-je.

– Tu étais en danger et blessée, et je n'ai rien fait, murmure-t-il sombrement, presque comme s'il se parlait à lui-même.

La vive souffrance dans sa voix me déchire, car le principe de la réflexion c'est de comprendre et d'apprendre, puis d'avancer, pas vrai ?

– Ahren.

– Non, j'étais censé te protéger. Je n'ai rien fait pour t'empêcher d'être blessée.

Serrant les dents, il se raidit contre moi comme s'il se renfermait.

Sauf qu'on est allés trop loin, qu'on a surmonté bien trop d'obstacles pour laisser ça se mettre en travers de notre chemin.

Je me tourne face à lui.

– Je vais bien. (Il me prend les mains et les embrasse l'une après l'autre.) Mais j'aurais dû être là pour toi.

– Tu es là maintenant. C'est ça qui compte. Nous avons tous les deux fait ce que nous pensions être juste à ce moment-là.

Je l'embrasse pour soulager sa douleur et la remplacer par mon amour.

Il ne s'écarte pas, mais quand je romps notre baiser, il pose la tête contre ma poitrine. Je le tiens comme ça pendant un long moment. Chacun gère sa douleur à sa manière, et s'il a simplement besoin que je l'étreigne, alors c'est ce que je vais faire.

Je ne sais plus combien de temps nous restons collés l'un à l'autre. Quand il se lève enfin, il prend mon visage en coupe dans ses mains et m'embrasse tendrement, avec amour et affection. Ce n'est plus de la luxure ou du désir, mais de vrais sentiments qu'il éprouve pour moi. C'est pour ça qu'il a mal.

– Je sais que je ne peux pas revenir sur le passé, mais je vais te montrer à quel point tu comptes pour moi, chaque jour, pour le reste de notre vie ensemble.

Je ris, des larmes de joie me piquant les yeux, et je le serre dans mes bras.

– Ça représente tout pour moi.

GUENDOLYN

Trois jours plus tard

Je croise le regard de Luther qui affiche un sourire immense, vêtu d'un impeccable pantalon bleu foncé et d'un pourpoint, avec un manteau doré qui retombe de ses larges épaules comme une cape. La couleur est assortie aux boutons qui courent sur le devant de sa veste, faisant ressortir ses yeux ambrés. Chaque fois que je le regarde, mes genoux flanchent... Mais il faut bien être réaliste : les trois princes me font le même effet.

Deimos, près de lui, m'adresse un clin d'œil qui me donne le tournis. De l'autre côté se trouve Ahren, grand et fier, habillé dans le même style que ses frères, mais son costume est rouge foncé et argenté.

Il arbore un sourire spectaculaire, les coins des yeux

plissés. Sa forte mâchoire m'attire. Je suis si amoureuse de mes princes que j'en suis encore bouleversée.

Ahren se penche vers moi et me chuchote à l'oreille :

– Je vais te ravager ce soir.

Un frisson de plaisir parcourt ma colonne et se loge au creux de mon ventre, me rappelant notre moment dans la cabane de jardin, excitant ma libido débridée, devenue totalement hors de contrôle avec eux.

Alors je me penche et je lui rends la pareille en murmurant :

– Je ne porte pas de sous-vêtements aujourd'hui.

Son changement d'expression est instantané : la luxure brille dans ses yeux.

Normalement, je me serais moqué de lui, mais ce n'est peut-être pas l'endroit le plus approprié. Je jette un regard aux milliers de faë dispersés dans l'enceinte de la Cour des Cendres, Seelie et Unseelie mêlés, et qui sont ici pour célébrer notre mariage et notre accession au trône. Après quoi sont prévues des festivités spectaculaires. Mère, qui est assise au premier rang à côté de la mère des princes, s'est occupée de tout pour nous.

Tandis que j'observe l'assemblée, j'ai les nerfs tellement en pelote que j'en ai la nausée. Je ne pense pas que je m'habituerai un jour à ce genre d'attention.

Le soleil de fin d'après-midi descend, colorant le ciel d'un éventail de rouges, d'oranges et de roses scintillants. Des centaines de fées sont installées dans les branches des arbres environnants, observant et prenant part à notre rassemblement.

– Vos Altesses, annonce Michae, et il s'incline devant nous.

Il est vêtu d'un nouvel uniforme de garde tout neuf, les épaules ornées des galons dorés de capitaine. Son nouveau poste, qu'il a tout de suite accepté.

Derrière lui, plusieurs gardes font avancer le vieux roi de la Cour des Cendres et sa mère, les mains liées dans le dos, enveloppés d'une aura bleue. C'est un cadeau de Ramond, pour s'assurer que leur magie est bloquée.

Ma mère les a fait capturer et emprisonner le jour de son arrivée à la Cour des Ombres, les gardant enfermés en sécurité jusqu'à ce que nous puissions prendre une décision.

– Mets-toi à genoux, mugit un garde en donnant un coup de pied à l'arrière des jambes du roi.

Il tombe, et sa mère fait de même.

Ma mère se lève de son siège. Elle est incroyable, vêtue d'une robe vert pâle qui retombe souplement au sol ; les ourlets et les manches sont faits d'un tissu aussi fin qu'une toile d'araignée. Elle a les cheveux tirés en arrière et porte une couronne de fleurs.

Elle se tourne vers moi.

– Ma future reine, je réalise que nous faisons les choses un peu à l'envers, mais je ne veux pas que quoi que ce soit vienne interrompre ton mariage et ton couronnement. La décision t'appartient sur ce que nous devons faire de ces deux-là.

Le vieux roi me scrute avec haine et mépris, tandis que sa mère serait capable de m'empoisonner d'un simple regard. J'ai réfléchi à ce moment au cours des derniers jours, pendant que nous nous préparions pour l'événement, sachant que c'était inévitable.

Je monte sur la grande estrade, les diamants de ma robe de princesse vaporeuse scintillant sous les nombreuses illuminations suspendues dans le parc et les torches enflammées qui parsèment le terrain.

– Je ne vous connais pas très bien l'un et l'autre, dis-je, mais jusqu'à présent, toute ma vie n'a été qu'un vaste mensonge, par votre faute. J'ai grandi loin de ma vraie famille, en croyant que je devenais folle. Vous m'avez tout pris. Et même si j'aimerais penser que vous avez compris la leçon et que vous ne me ferez plus jamais de mal, ce n'est pas le cas, n'est-ce pas ?

Leurs regards sans expression répondent à ma question. Je ne peux pas dire que ça me surprend.

– Tu es une malédiction pour notre royaume, crache la vieille femme. Tu vas le détruire et faire des ravages avec ton existence entachée.

Je redresse mes épaules, je lève le menton et, malgré la colère qui m'envahit, je refuse de lui donner ce qu'elle veut : me voir m'abaisser à leur niveau.

– C'est là que vous faites erreur. Je vais unir les faë comme ils l'étaient autrefois, comme la reine des fées l'aurait voulu. Il n'y aura plus ni guerre, ni mort, ni bain de sang, rien qu'un royaume où les faë ne craignent pas ceux de leur propre espèce. Votre leadership militant prend fin maintenant. (Je lève les yeux vers Michae.) Emmenez-les au cachot !

– Non ! supplie le vieux roi. Nous avons gouverné ce

royaume pendant des années ; s'il vous plaît, prenez-nous en pitié. Il n'y a aucune raison de nous condamner à mort.

Je n'ai aucune pitié pour lui, car il a eu des années pour réparer ce qu'il m'a fait. Et je n'ai pas la moindre confiance en lui.

– Emmenez-les, répété-je, plus fort cette fois. Vous avez essayé de me tuer, et pour cette raison, vous serez privés de vos pouvoirs et envoyés sur Terre pour le restant de vos jours. Emmenez-les loin d'ici.

– Tu n'es qu'une pétasse qui va détruire ce royaume !

Le vieux roi se lève et se débat entre les mains des gardes, beuglant des insultes. Sa mère crie à l'injustice, puis se retourne vers moi et me crache :

– J'aurais dû te tuer tout de suite quand tu étais bébé.

Ses mots me donnent la nausée. Je leur tourne le dos et retourne vers mes princes qui sourient avec admiration.

– Tu as été parfaite, me félicite Deimos.

Alors pourquoi je tremble de nervosité à la pensée d'être confrontée à la foule ? Je respire lentement pour me calmer.

Peu après, un ancien faë vêtu d'un long manteau blanc boutonné des cuisses au cou s'approche de nous. Ses cheveux blancs lui arrivent à la moitié du dos, et il sourit très gentiment en croisant mon regard.

Une douce mélodie se diffuse dans l'air : ce sont les fées qui nous font la sérénade en quittant les arbres pour venir planer parmi les invités. La vision et le son du battement de leurs ailes magnifiques, mêlés à leur chant, me remplissent le cœur d'amour.

Les invités se joignent à elles, et je ne peux m'empêcher de sourire, car je sais ce qui va se passer.

Toute ma vie, j'ai lutté. Pour simplement me sentir normale. Pour m'intégrer. Pour ne plus être une paria. Mais là, je me sens bien, je suis exactement là où je dois être.

Le vieux faë étire un ruban de dentelle entre ses mains.

– Placez vos poignets sur cette bande, dit-il.

Nous nous approchons tous les quatre et suivons ses instructions, après quoi l'officiant nous attache les mains ensemble avec un joli petit nœud.

Il se met alors à parler dans une langue que je ne comprends pas, une ancienne langue faë, je suppose, mais je comprends l'essentiel. Il nous marie, nous réunit en une seule famille en tenant nos poignets liés dans ses paumes.

Ma poitrine rayonne d'une douce chaleur, et le vertige me reprend, parce que tout cela est réel. Il n'y a plus de pièges ni de secrets.

La fille qui était perdue, qui n'avait rien, va épouser trois princes. Des larmes me piquent les yeux mais je les chasse, je ne veux pas pleurer. Mes princes me regardent en souriant, et je souhaiterais plus que tout qu'il n'y ait que nous quatre et pas tant de spectateurs. Je suis piégée, mes émotions bouillonnent en moi ; je suis sur le point d'exploser, tout en essayant d'avoir l'air le plus décontracté possible. Mais c'est vain.

En regardant Deimos, Luther, puis Ahren, je sais que j'ai pris la bonne décision en me battant pour nous.

Le faë fait une pause, lève nos mains et les embrasse en signe de bénédiction, puis défait le ruban.

– À présent, vous pouvez échanger vos alliances.

Une bouffée de panique m'envahit quand je réalise que je n'ai pas de bagues pour mes princes. Avec tout ce qui s'est passé, ça ne m'est pas venu à l'esprit.

Ils mettent tous les trois un genou à terre devant moi, et leur amour rayonne dans leurs yeux et leurs sourires.

Ahren prend d'abord ma main et me présente une bague en or sertie d'un diamant rose en forme d'étoile. Je halète.

– C'est magnifique.

Et je me mets à rire, parce jamais de ma vie je n'aurais imaginé vivre de tels rêves. Elle scintille comme une boule disco lorsqu'il la passe sur mon annulaire. Je remue les doigts en voyant à quel point elle s'adapte parfaitement.

– Qu'elle illumine toujours ton chemin, pour que tu n'oublies jamais que tu es aimée, me déclare Ahren.

Je fonds de l'intérieur et me penche pour l'embrasser, mais Deimos me prend la main et je me redresse rapidement.

Il fait glisser une bague sur mon index, un anneau en or blanc serti d'un rubis d'un rouge intense en forme de larme.

– Un rappel de la beauté de ton cœur et qu'il ne te fera jamais faux bond.

Je lui décoche un sourire immense, puis me mords la lèvre inférieure. Je n'ai qu'une envie, me jeter sur lui pour l'embrasser partout.

Ensuite, Luther me prend la main, et son demi-sourire en dit long. Lui et moi avons parcouru un sacré chemin, depuis qu'il est entré dans mon esprit pour me charmer avec son flirt, jusqu'au moment où il m'a emmenée dans ce royaume et que nous nous sommes battus pour avoir une vie ensemble.

Il me prend la main, et passe le pouce sur la bague de sa grand-mère, que je porte déjà.

– Pour ma petite louve. Ne cesse jamais de te battre pour ce que tu crois. C'est l'une des nombreuses raisons qui m'ont fait tomber amoureux de toi.

Et sur ces mots, je perds totalement le contrôle de mes émotions. Les larmes ruissellent et inondent mes joues ; je n'arrête plus de pleurer de bonheur.

Mes princes se lèvent et m'embrassent, nous sommes tous unis.

– Vous n'imaginez même pas ce que ça représente pour moi, finis-je par dire entre un reniflement, et un essuyage de larmes.

– Bien sûr que si, répond Ahren. Je t'aime tellement que ça m'a tué de presque te perdre.

– J'aime tout de toi, ajoute Deimos.

– Je t'ai aimée depuis le début, renchérit Luther.

Je me blottis contre eux, les joues ruisselantes de larmes, puis j'éclate de rire comme une folle.

– Ce sont des larmes de joie, vous savez.

Ils se mettent à rire avec moi, et Ahren essuie mes joues avec ses pouces.

– Es-tu prête pour la suite, ma belle ?

– Oui. Allons-y.

Ma mère attend à quelques pas, les yeux également brillants, et me tend une petite boîte. Il y a trois bagues à l'intérieur, faites d'or sombre, dont les anneaux sont gravés de motifs différents. Je les prends dans ma main en lui mimant un merci.

Puis je me tourne vers mes princes et je passe les bagues à leurs doigts, l'un après l'autre, et chacun d'entre eux rayonne de joie.

La foule nous acclame, y compris les fées, lorsque le célébrant nous déclare mariés. Tout cela me semble irréel.

Le vieux faë a quitté l'estrade, laissant la place aux membres du conseil principal, un de chaque cour.

Derrière eux s'avancent quatre jeunes filles, portant chacune un coussin soyeux avec une couronne dessus.

Mon cœur accélère, l'appréhension me serre la poitrine. Ahren retire sa cape de ses épaules et la pose sur le sol devant moi.

Puis il me prend la main en murmurant :

– Nous devons tous nous mettre à genoux.

Ils s'agenouillent, puis je prends la main d'Ahren et fais de même ; nous sommes alignés, et je suis la première à qui les conseillers s'adressent.

Je tremble d'excitation, j'aurais voulu avoir mon téléphone pour prendre des photos de tout ça et ne pas perdre un seul souvenir.

L'un des conseillers s'approche avec un petit bol en cristal rempli de liquide. Il trempe deux doigts dans le liquide, puis les passe sur mon front et sur mes joues. Il prononce à nouveau des mots faë, que je suppose être une bénédiction et l'onction de mon nouveau rôle. Une jeune fille s'avance, portant une haute couronne spectaculaire, ornée de rubis et de pierres blanches, assortie à ma robe de mariée. Un autre conseiller issu de l'autre cour, afin que les deux cours soient impliquées, la pose sur ma tête. Elle est beaucoup plus lourde que je ne l'aurais cru, mais elle me va parfaitement.

Je ne cesse de sourire, persuadée que je vais me remettre à pleurer, pendant que je regarde les princes recevoir leurs couronnes en or, constellées de joyaux colorés. Je me pince le bras pour m'assurer que tout ceci est bien vrai. J'ai toujours entendu dire que lorsqu'on se marie, la journée passe en un éclair. C'est l'impression que j'ai.

– Veuillez accueillir notre nouvelle reine et nos nouveaux rois des Cours des Cendres et des Ombres, annoncent les membres du conseil à l'unisson.

À ce moment-là, la foule se met à applaudir, les fées chantent plus fort, volètent autour de nous et remplissent le ciel de couleurs irisées. Tandis que nous nous relevons, le chant des fées monte crescendo, et tout le monde applaudit plus fort. Le groupe de musique se met de la partie, puis des serviteurs en costume blanc sortent du château tout proche, portant des plateaux en argent garnis de mets et de boissons.

Je suis complètement abasourdie d'être devenue

reine. Il va me falloir un peu de temps pour m'y habituer.

– Qu'est-ce qui va se passer maintenant ? demandé-je à Ahren.

– On s'amuse, et on t'embrasse beaucoup.

Il me prend la main et me fait descendre les marches, et je me rappelle que c'est ma réception de mariage. Il est temps pour moi de faire la fête et de célébrer, parce que j'ai gagné. J'ai enfin eu ce que je voulais : mes trois faë.

– Où allons-nous ? demandé-je à Luther qui m'entraîne de couloir en couloir. Est-ce qu'au moins tu connais cet endroit ? Et qu'en est-il des invités à l'extérieur ?

– Bien sûr qu'il connaît, répond Deimos à côté de moi.

Ahren dans mon dos, nous nous dirigeons tous les quatre vers le château de la Cour des Cendres. C'est notre nouvelle demeure… enfin, l'une des deux en fait, et je ne sais toujours pas où nous allons vivre finalement. Une partie de moi caresse l'idée d'agrandir l'une des deux cours de sorte que tout le monde soit réuni au même endroit. Où que nous nous installions, nous planterons de grands arbres pour que les fées puissent y vivre, si elles le souhaitent.

Mais ça viendra plus tard. Pour l'instant, j'ai besoin de savoir ce que mes rois me réservent.

Après des heures de fête, ils m'ont fait sortir en insistant sur le fait qu'ils avaient une surprise.

Nous nous hâtons, et tous trois affichent des sourires diaboliques qui me font rire. Rien dans ma vie ne m'a jamais paru aussi sûr, aussi parfait.

S'arrêtant devant une grande porte cintrée, Deimos se tourne vers moi.

– Nous avons parlé avec ta mère et avons découvert quelque chose que tu trouveras intéressant. Le roi Tibout a acheté le rubis pour son trône parce qu'il était au courant que sa fille avait un lien direct avec la reine des fées. Il pensait que la pierre pourrait t'aider à développer tes pouvoirs, bien qu'il n'en ait parlé à personne. Il avait l'intention de te donner le rubis si jamais il avait la chance de te rencontrer. Je ne dis pas ça pour te bouleverser, ma belle, mais pour te dire qu'il t'aimait.

Son histoire me touche, et me fait songer à la dernière fois que j'ai vu mon père. À notre discussion autour d'un verre de vin. J'aurais tellement aimé savoir à ce moment-là qu'il était mon père pour pouvoir lui dire qui j'étais.

Luther pose la main dans mon dos et me caresse en petits cercles.

Deimos ouvre la porte à la volée, sur une magnifique et immense pièce, qui me donne l'impression d'être dans un autre monde.

Des murs nacrés débordants de vignes vertes constellées de petites fleurs blanches. Des rangées et des rangées de bancs blancs, comme si nous étions entrés dans une église gothique. Une fresque de fées et de fleurs entoure le haut plafond. Le long du mur du fond s'élèvent de vrais arbres, tout en feuilles vertes et en fleurs, et le plafond de verre laisser entrer la lumière du soleil.

Devant les arbres se dressent quatre trônes noirs, ornés de motifs dorés assortis aux bagues de mes maris. Les cimiers sont gravés, sauf un qui est différent : un rubis y est incrusté.

– Est-ce que c'est...

– Oui, répond Ahren. Ta petite copine Sifflet avait un autre rubis que les fées gardaient, et elle te l'offre.

J'ai envie de courir dehors pour la serrer dans mes bras. J'en ai mal aux joues à force de sourire. C'est encore difficile d'accepter tout ça, et je n'arrête pas de tourner sur moi-même.

– Tu as fait ça pour nous ?

– Eh bien, avec un peu magie, me dit Luther, qui me prend la main pour me guider.

Deimos ferme la porte derrière nous, et une fois que j'ai pris place, c'est Ahren qui se tient devant moi. Les deux autres se mettent sur le côté, on dirait qu'ils ont prévu leur propre cérémonie.

– Qu'est-ce qui se passe ? demandé-je.

Je trouve mon trône plutôt confortable. Je me penche et parcours la pièce du regard. Le siège est large et peut facilement accueillir deux personnes, alors naturellement, je m'imagine m'y blottir avec un de mes hommes.

Ma couronne, ainsi que celles des princes – non, des

rois – ont été mises en lieu sûr pour le moment, mais je pourrais bien m'habituer à la porter en m'asseyant ici.

– Cette pièce est toute neuve, tout comme les trônes. Et on a pensé que ce serait le moment idéal pour les inaugurer, annonce Ahren.

Il me regarde d'une manière différente de l'air sérieux auquel je suis habituée. Aujourd'hui, il est enjoué et flirte, et j'aime beaucoup le voir heureux, pour une fois.

Il tombe à genoux devant moi, et je me redresse sur mon siège. Mais il me saisit les chevilles et les tire légèrement pour que je m'affale à nouveau.

– Wouah !

Je m'agrippe aux accoudoirs pour éviter de tomber.

– Je me souviens que tu m'as fait une promesse, me taquine-t-il, glissant sa main sous ma robe pour remonter le long de mes jambes jusqu'à mes genoux.

Les battements de mon cœur s'accélèrent et une chaleur se love dans mes entrailles.

– Ouais, c'était quoi ?

Mon souffle se bloque dans ma gorge tandis qu'il écarte mes jambes autant que le trône le permet… Assez largement, en fait. C'est pour ça qu'ils les construisent ainsi ?

– Savoir que tu ne portes pas de sous-vêtements, ça m'obsède.

Ahren glisse la main entre mes cuisses, ses doigts effleurent ma chaleur, le brasier, la flaque fondue résultant de ce qu'ils me font tous.

– Merde ! j'ai envie de toi, grogne-t-il.

Il relève le tissu de ma robe et plonge la tête en dessous.

Avant que je puisse réagir, il saisit mes hanches et tire mes fesses en équilibre au bord de mon siège, me plaçant dans une position parfaite.

Mon cœur bat la chamade et l'excitation monte furieusement en moi.

– Et si quelqu'un entre et… Ahh…

Je rejette ma tête en arrière et serre les accoudoirs de mon trône quand la bouche d'Ahren se referme sur mon intimité.

Sans relâche, sa langue s'agite tandis qu'il me dévore comme un animal.

Je crie, je gémis, alors que Deimos et Luther nous rejoignent et remontent ma robe de mariée autour de ma taille.

– Il faut qu'on voie ça, insiste Deimos.

Luther est déjà en train de déboucler son pantalon, fixant Ahren qui me dévore, mes jambes écartées.

J'aplatis la masse de tissu pour mieux voir mes rois, qui prennent autant de plaisir que moi. Ahren enfonce deux doigts en moi, tirant sur mon clitoris avec sa bouche. Le feu m'embrase, les pulsations chaudes entre mes cuisses augmentent en intensité.

L'euphorie m'envahit rapidement, j'ignore combien de temps je vais tenir.

– Je veux te sauter en te penchant sur le trône, roucoule Deimos.

Eh bien, si être une reine signifie qu'on me lèche et que je sois revendiquée par les trois plus beaux faë au monde… Bon sang, j'ai bien l'intention d'être la meilleure reine que ce royaume ait jamais vue.

Avec le recul, j'aime ce sentiment après la cérémonie…

Après tout ce que j'ai traversé, j'ai enfin trouvé ma maison.

SCÈNE BONUS OFFERTE

— Lucia, pas si haut ! crié-je en versant du thé à la rose dans ma tasse, à la table du jardin. Le soleil brille fièrement, donc c'est logique de profiter d'un petit déjeuner dehors pour changer. En plus les jardins de la Cour des Ombres sont bien trop beaux pour ne pas en profiter, surtout au printemps.

Mon petit paquet d'ailes ne m'écoute pas, bien sûr, elle agite ses minuscules appendices argentés pour tenter d'atteindre une fleur dans l'arbre. Elle ressemble tout à fait à ses pères... sérieusement, pour être aussi obstinée à l'âge de quatre ans, elle tient forcément d'eux tous. Je le vois dans sa manière de passer à l'action sans prendre le temps de réfléchir.

Ses petites jambes fendent l'air, parce qu'elle n'a toujours pas compris qu'il lui suffit de battre des ailes pour voler. Pourtant elle insiste pour voler partout.

Hiss bourdonne autour de Lucia, tirant sur sa robe bleue, mais elle se contente de chasser la fée. Je lui ai récemment fait couper les cheveux : elle arbore maintenant une coupe lutine qui va parfaitement avec ses joues rebondies.

Hiss me regarde, souffle et croise les bras sur sa poitrine, flottant dans l'air près de mon bébé.

Je soupire, car c'est la troisième fois ce matin que Lucia remonte dans l'arbre après que je l'ai fait descendre.

J'ai eu la chance d'avoir des triplées, chacune est difficile d'une manière différente, mais elles sont parfaites. Je vois des bouts de chacun de nous dans nos trois filles. Tasi avec ses cheveux blancs et ses yeux bleus cristallins, de longs cils, une véritable fille à papa qui adore ses robes et ses tiares. Evie est calme et apprécie simplement la compagnie des adultes. Ahren me dit qu'elle a une vieille âme. Mais pour moi, avec ses cheveux aile-de-corbeau coupés au carré, elle ferait une actrice parfaite. Et Lucia, ma canaille aux cheveux châtain clair comme les miens, est pleine de malice.

– Ne t'inquiète pas autant, me dit Lily, la mère de mes maris. (Elle sirote une gorgée de sa tasse dorée, haussant des sourcils parfaitement épilés au-dessus de ses yeux pâles.) Deimos était pareil en grandissant, moins les ailes. Il était obsédé par un poney que nous possédions, et il le montait partout, y compris à l'intérieur du château. Rien de ce qu'on disait ou faisait ne lui faisait changer d'avis, jusqu'à ce que nous cédions et prévoyions un coin dans sa chambre où faire dormir le poney. C'est à ce moment qu'il s'est lassé de l'animal. Et si Lucia lui ressemble, elle n'abandonnera pas tant qu'elle n'aura pas obtenu ce qu'elle veut.

Je serre les dents et lève les yeux vers Lucia, qui tend la main pour attraper la fleur, puis une autre, et encore une autre. Elle est de plus en plus bornée chaque jour, mais je l'aime à la folie et elle le sait.

Si nous n'étions pas dehors à profiter d'un petit déjeuner dans les jardins de la Cour des Ombres, je lui aurais sûrement couru après pour qu'elle s'asseye et mange son repas.

– Maman ? demande Tasi, tirant sur ma manche avant de s'asseoir près de moi, la bouche couverte de la crème de son gâteau. On peut avoir un renard ? Si papa avait un poney dans sa chambre, je devrais avoir un renard.

Elle boude, sauf que ça ne marche pas avec moi autant qu'avec ses pères.

– J'ai bien peur d'y être allergique. Désolée, bébé, mais on ne pourrait pas vivre dans la même maison.

Ai-je mentionné que Tasi écoute tout ce qu'on raconte, et que c'est une opportuniste ?

– Tu pourrais dormir dehors, répond-elle, provoquant le rire de ses deux grands-mères tandis que je lève les yeux au ciel de la voir si maligne.

Evie, mon autre petite, est assise sur les genoux de ma mère en face de moi, et joue avec ses longs cheveux blonds.

– Et si tu finissais d'abord tes baies ? lui réponds-je, espérant la distraire suffisamment pour qu'elle oublie le renard quelque temps.

Même si cela ne me surprendrait pas que ses pères lui en achètent un bientôt.

Je prends ma tasse de thé et m'incline dans mon siège tandis qu'un papillon flotte au-dessus de notre table, provoquant les éclats de rire et la joie de mes deux filles.

Cela fait cinq ans que je vis dans le Royaume Errant avec mes trois rois, nos mères et nos filles, et certains jours je dois encore me pincer pour me convaincre que c'est vraiment ma vie.

Je suis une reine vivant dans un château, régnant sur deux royaumes, travaillant sans relâche pour maintenir la paix entre nos deux races de faë. Certains me considèrent toujours comme une étrangère, mais chaque jour les choses s'améliorent. Et pour moi, la famille vient avant tout le reste.

Jamais je n'aurais imaginé être aussi maternelle, aussi quelle n'a pas été ma surprise quand ces trois-là sont arrivées !

– Papa ! s'écrie Tasi.

Elle gigote pour descendre de son siège et courir sur le chemin pavé vers Luther. Il affiche un sourire rayonnant en la voyant, la prend dans ses bras et la couvre de baisers, avant de la poser sur son épaule en la tenant fermement.

Elle glousse et fait des signes de la main comme si elle était la reine du territoire. Je ris de voir à quelle vitesse elles comprennent tout. Techniquement, c'est la plus âgée de quelques minutes, donc si quelqu'un doit hériter du trône, c'est elle.

Luther s'approche, l'air magnifique avec son simple pantalon noir et une tunique à col en V assortie. Quoi qu'il porte, il est spectaculaire et il le sait : je le vois au clin d'œil qu'il m'adresse.

– Le petit déjeuner est le repas le plus important de la journée, le réprimande sa mère. As-tu déjà mangé ?

– Oui, j'ai pris une pomme, lui répond-il. (Il se tourne vers moi.) J'ai fait préparer le carrosse pour la balade jusqu'aux cascades, annonce-t-il.

Il récupère Tasi sur son épaule avant de s'asseoir. Elle s'enfuit en voyant arriver Ahren et Deimos, riant à moitié.

– Nous sommes presque prêtes, dis-je en me penchant pour embrasser Luther.

Il passe sa main dans mes cheveux, me retenant près de lui. Chaque baiser échangé avec mes rois est comme le premier, comme si le monde s'arrêtait et qu'il ne restait que nous. Ma plus grosse inquiétude, c'est qu'à force de faire les lapins dans la chambre à coucher tous les soirs, nous risquons d'avoir plus d'enfants. Si nous ne sommes pas prudents, nous finirons avec un zoo d'enfants. Ahren ne cesse de dire que ce serait parfait. Mais mon corps risque de ne pas apprécier, surtout que ces trois-là m'ont fait me dandiner pendant des semaines avant de leur donner naissance.

– Papa, arrête d'embrasser autant maman ! crie Evie.

Luther rompt notre baiser et jette un œil de l'autre côté de la table.

– Et pourquoi donc, ma chérie ?

– La semaine dernière, tu m'as dit que ton travail

dans la maison, c'était de tuer les araignées. Je ne crois pas que ça inclue que tu embrasses maman. L'une des servantes m'a dit qu'embrasser ne devait se faire qu'en privé.

Ma mère éclate de rire, tout comme la mère des rois.

— Et quel est mon travail à moi ? intervient Deimos pendant qu'Ahren récupère Lucia dans l'arbre, déclenchant ses protestations.

— C'est de nous transporter ! crie Tasi qui saute sur ses pieds comme si ses paroles étaient un fait acquis.

— Eh bien, si c'est le cas, qui est prête à aller voir une magnifique cascade où des poissons dorés nagent tout près de vous et vous pouvez les toucher ?

— Moi ! crient toutes les trois à l'unisson.

Luther se lève, me prend la main, et je me tourne vers nos mamans.

— Vous voulez vous joindre à nous ?

— Non, nous allons rester tranquillement assises ici. Amusez-vous bien tous les sept, répond la mienne, tandis que Lily secoue la tête en buvant son thé.

Nos deux mères se sont liées plus que je n'aurais pu l'imaginer, elles passent la plupart de leurs journées ensemble. L'autre jour, j'ai surpris une de leurs conversations privées, où elles disaient que ni l'une ni l'autre n'avait l'intention de se remarier, et qu'elles étaient heureuses de se trouver des amants. Je ne sais trop quoi en penser, sûrement parce que ce n'est pas une chose que j'ai envie d'imaginer. Mais si ça les rend heureuses, alors qu'elles en profitent.

Mes filles sont déjà retournées à l'intérieur, et je les

entends d'ici crier de joie. Il n'y a pas de journée tranquille au château quand elles courent dans les couloirs. Le personnel et les gardes sont fantastiques, ils les surveillent quand elles font des bêtises.

Deimos glisse sa main autour de ma taille pour m'attirer à lui. Il me vole un baiser sans effort et tout en douceur, et mes genoux flanchent quand il m'emporte de cette manière. Je prends sa joue en coupe, parce que je ne veux pas qu'il s'éloigne.

Quand il s'écarte, je gémis en signe de protestation.

– Il vaut mieux qu'on y aille, insiste-t-il.

Nous rentrons tous dans le château, Ahren me tenant la main.

– Comment se fait-il que je me sois réveillée dans un lit froid ce matin ? lui demandé-je.

Il ne répond rien, mais se penche pour m'embrasser.

Je m'adoucis contre lui, savourant sa manière de me mordiller les lèvres, sa langue qui joue à lécher la mienne. Je l'aime tellement. Après tout ce que nous avons traversé, des trois frères, c'est Ahren qui a le plus changé. Il n'est plus aussi tendu, ne s'inquiète plus des règles, ce qui est un grand progrès pour lui, et en fait, il s'est mis en retrait du pouvoir. Il répartit les responsabilités entre nous quatre pour qu'ils puissent tous passer du temps avec moi et les filles.

Ce qui me rend ridiculement heureuse.

– Est-ce qu'on a le temps pour une brève halte dans la chambre à coucher ? murmuré-je, ce qui me vaut un regard surpris de mes faë.

– Je suis partant, répond Ahren presque en grognant.

– Qui êtes-vous, et qu'avez-vous fait de notre femme ? se moque Luther.

Deimos regarde par-dessus son épaule et repère nos filles qui jouent dans le couloir.

– Ma belle, tu me tues.

Ses yeux me scrutent de la tête aux pieds, et je surchauffe. Peut-être qu'il dit non, mais il me déshabille déjà du regard.

Je me pavane en riant sous leurs yeux de loups affamés.

– Elle se fout de nous ? demande Luther.

– On le dirait bien.

Deimos a presque l'air surpris.

Quand Ahren m'atteint, son regard semble dire qu'il va me jeter sur son épaule et me donner la fessée pour avoir osé transgresser une règle. Je ne suis pas opposée à l'idée, mais au lieu de ça, je détale vers mes filles, riant de mes hommes. Ils se laissent corrompre si facilement, tant pis pour eux, ils n'avaient qu'à me réveiller ce matin en même temps qu'eux.

Les filles me voient et volettent vers moi, agrippent ma robe en gloussant quand elles voient leurs pères me courir après.

– On joue à chat, déclare Lucia qui prend déjà son envol dans le couloir.

Ces alors que des rires et des poursuites éclatent en tous sens, chacun des gars se saisissant d'une de nos filles. Leurs rires se répandent dans les couloirs, et ils sont contagieux : je surprends le personnel en train de nous regarder et de rire avec nous.

Nous sortons enfin dans la cour où un énorme carrosse en acajou tiré par deux chevaux nous attend. Derrière et devant nous se trouve une demi-douzaine de soldats à cheval, parce que les rois et la reine ne se déplacent jamais hors de la cour sans escorte, juste au cas où.

C'est une chaude journée magnifique, et je lève la tête pour sentir la lumière du soleil sur mon visage.

– Maman, dépêche-toi ! me crie Tasi dans le carrosse, passant la tête par la portière ouverte.

Ils sont tous les six déjà à l'intérieur avec notre cocher assis devant, rênes en main.

Je les rejoins d'un pas vif, je grimpe à bord et m'affale près de Luther, déjà assis à côté de Tasi. En face de nous, Lucia, Ahren, Deimos et Evie. Bien sûr les filles prennent les places côté fenêtres, ce qui me convient très bien.

La main de Luther se pose sur ma cuisse, par-dessus ma robe dont le tissu est tellement fin que c'est comme s'il la posait sur ma peau nue. Sa chaleur me brûle, je frémis à ce simple toucher. Je lui jette un œil : il sait bien quel effet il me fait, son sourire arrogant me le confirme.

Ahren est assis en position inclinée, ses jambes étirées emprisonnant les miennes et les serrant pour être sûr que nous nous touchons. Deimos a les jambes écartées, et les expressions les plus coquines et sexy défilent sur son visage tandis qu'il me contemple, son regard plongeant sur mon décolleté carré. Chacune de mes respirations saccadées faire remonter ma poitrine dans le corset serré.

Pas besoin de mots, je sais exactement ce qu'ils pensent tous les trois, et j'ai bien l'intention d'éteindre ces flammes à la première occasion. Ces faë sont insatiables quand il s'agit de désirs charnels.

Le carrosse s'ébranle et nous tressautons légèrement sur nos sièges. Mes maris se saisissent chacun d'une de nos filles pour les empêcher de tomber.

Le voyage se passe surtout à écouter les filles bavarder en continu, et c'est étrange, mais j'adore l'aspect apaisant de nous voir tous en famille. J'ai grandi sans connaître ma véritable famille, vivant dans la peur de passer d'une famille d'accueil à une autre. Être seule et savoir qu'on n'a personne sur qui compter est horrible. Cela endurcit, mais à l'intérieur on se sent vide. La famille d'accueil est là pour nous, mais ce n'est pas comme une véritable famille. J'ai trop longtemps vécu de cette manière... jusqu'à ce que je vienne au Royaume Errant. Luther avait raison quand il m'avait dit il y a des années que c'était mon vrai chez-moi. À ce moment, je n'avais pas envie de l'entendre, mais c'est ici d'où je viens et où j'ai fini par trouver l'amour.

C'est pour cette raison que je ne suis pas encore retournée sur Terre. C'est une autre vie, et je suis concentrée sur celle-ci.

– Je vois un cerf! crie Evie de sa voix stridente, pointant son doigt sur la vitre.

Tasi et Lucia se précipitent pour voir la belle créature en train de paître.

– Tu sais que chaque année, les bois d'un cerf tombent pour repousser ensuite ? explique Ahren, mais seule Tasi l'écoute.

– Comme une queue de lézard, répond-elle.

Je ris car j'adore les choses que disent mes filles. C'est toujours inattendu.

– Pas vraiment, mais en quelque sorte, répond-il.

Enfin arrivés à destination, les filles sautent hors du carrosse dans un champ ouvert, et une chaude brise s'engouffre dans le véhicule, ébouriffant mes cheveux.

Ahren attend que les deux autres sortent, et se penche en avant pour prendre mes mains dans les siennes.

– Juste au cas où je n'aurais pas l'occasion de te le dire plus tard, jamais je n'ai été aussi heureux, et je vénère le sol que tu foules de tes pieds.

Je le regarde comme ce cerf surpris que nous avons aperçu. Je ne devrais être ni surprise ni choquée, mais ses mots me réchauffent de l'intérieur. Mon cœur bat plus vite, et je me penche pour prendre ses joues en coupe. Nos lèvres se frôlent, notre baiser se fait profond et passionné, rappel de la puissance de notre amour. Je pose mon front contre le sien.

– Tu me fais toujours rougir. Je t'aime.

Il me rend mon baiser et sa main glisse sur ma nuque, me maintenant en position tandis que sa langue plonge dans ma bouche pour m'explorer, me goûter. Je fonds contre lui.

Ce n'est que quand quelqu'un s'éclaircit la gorge à plusieurs reprises à la portière que nous reprenons notre souffle. Nous nous écartons et je regarde Deimos, qui hausse un sourcil.

– Est-ce qu'on te fait la totale, chacun notre tour dans le carrosse pendant que les autres distraient les enfants ? (Il m'adresse un sourire coquin.) Je suis partant.

Je ris, parce qu'il y pense sérieusement.

– Garde-la dans ton pantalon, Casanova.

Je me lève, m'avance vers la portière et sors en lui tenant la main. Au passage, il me donne une claque sur les fesses en grognant à mi-voix.

Un gémissement m'échappe quand je lève les yeux sur lui. Devant nous, Luther est avec les trois filles au bord de l'eau, chacun tenant un sac de morceaux de pain pour nourrir les poissons. Les soldats s'installent pour la journée autour de la zone, montant discrètement la garde à distance.

Mon regard se porte sur la cascade spectaculaire à l'autre bout de la rivière, l'eau qui étincelle sous le soleil, et le courant qui miroite d'une couleur turquoise. C'est magnifique, et je reporte mon attention sur la corniche de pierre qui longe la paroi rocheuse et mène derrière la cascade. Ce n'est pas la première fois que nous venons ici.

Nous rejoignons au pas de course le reste de la famille pour une journée au grand air.

Les quelques heures suivantes passent rapidement,

et quand je parviens enfin à m'asseoir dans l'herbe, Ahren me soulève dans ses bras.

– Les filles dorment, maintenant c'est à notre tour.

Je jette un œil au carrosse où j'ai bordé les petites sur les sièges avec des couvertures quand elles se sont écroulées de fatigue. Les soldats montent la garde près d'elles, sous le commandement de Michae.

Ahren nous entraîne le long de la rive jusqu'à la corniche derrière la cascade ; Deimos et Luther la traversent déjà et disparaissent dans la grotte cachée derrière. Nous sommes à bonne distance des soldats et du carrosse, et le doute s'infiltre dans mes tripes.

– Nous ne devrions peut-être pas les laisser, dis-je, inquiète à l'idée que l'une d'elles se réveille et pleure alors que nous ne sommes pas à côté.

– Nous ne serons pas très longs, ma beauté.

L'eau m'éclabousse le visage quand Ahren, qui me porte toujours, se glisse le long de la corniche sous l'eau. C'est spectaculaire, et je ne peux détourner le regard de l'arc-en-ciel à la surface. Nous sommes à environ un mètre cinquante au-dessus de la rivière, mais je ne regarde pas en bas.

Quelques pas plus tard, nous arrivons dans la grotte. Elle s'étend à l'extérieur, mais mon regard se porte sur les chandelles vacillantes et la couverture par terre.

Deimos et Luther sont tous les deux nus et allongés de part et d'autre de la couverture en fourrure, appuyés sur un coude. Ils m'accueillent avec des sourires coquins, et mieux encore, leurs sexes sont dressés.

Comme s'ils étaient chargés à bloc et prêts à partir. Je brûle de désir rien qu'à les voir ainsi.

Ahren me dépose, mes pieds touchent à peine le sol que ses mains tirent déjà sur les lacets de mon corset.

– Quand avez-vous fait ça ? demandé-je, gémissant à moitié quand Ahren repousse mes cheveux sur le côté et que sa bouche trouve la courbe de mon cou.

– Pourquoi crois-tu que nous nous soyons levés tôt ce matin ? me répond Luther avec un sourire, m'appelant de son index recourbé.

J'éclate de rire.

– Vous n'êtes que des sournois.

Ahren tire soudain sur ma robe, l'abaisse sur mes épaules et mon corps avec force. Elle tombe à mes pieds. L'air frais me donne la chair de poule.

Je frémis quand il trace une ligne de baisers dans mon dos, tout en recourbant un doigt dans l'élastique de ma culotte pour la faire descendre.

Les regards de Deimos et Luther suivent chaque courbe de mon corps quand je sors de mes vêtements. Je frissonne d'anticipation.

– Tu es trop loin, observe Deimos.

J'avance vers eux, et mon ventre frémit d'impatience car la moindre caresse, le moindre baiser déclenchent mon désir pour eux ; qu'ils aient préparé cette petite escapade, c'est à la fois sournois et diablement sexy.

Je me mets à genoux.

– Je suis très impressionnée... Ça veut dire qu'il va falloir que j'augmente le niveau pour ma prochaine surprise.

Ahren s'agenouille derrière moi, ses jambes pliées chevauchant les miennes. Il glisse ses mains autour de ma taille avant de s'emparer de mes seins. Je gémis et m'appuie contre son torse ferme, tandis qu'il pince mes mamelons.

– S'il te plaît, saute-moi, murmuré-je.

Je ne sais pas combien de temps nous avons devant nous, mais j'ai désespérément besoin d'être soulagée.

Les mains d'Ahren descendent sur mon ventre, glissent sur mon petit monticule et ses doigts s'immiscent entre mes lèvres. Les deux autres faë sexy nous regardent, me dévorent des yeux ; Luther a empoigné son membre durci, tire dessus à plusieurs reprises.

Soudain, Ahren relâche son emprise, je tombe à quatre pattes et rampe vers l'avant. Luther se penche et m'embrasse.

Les mains de Deimos sont partout sur moi, il me repousse sur le côté, ses lèvres me couvrent de baisers.

Je m'étends sur le dos entre mes maris, tous nus à présent qu'Ahren s'est déshabillé. Son membre est dur et dressé comme un poteau.

– Je recommande vivement que plus de sorties incluent ce genre de surprise, dis-je.

– C'est une promesse, annonce Ahren

Il se baisse devant moi et pose les mains sur mes genoux pliés pour m'écarter les jambes.

– Tu es à nous, grogne-t-il, et son regard se promène sur mon corps nu.

Comme si cette action leur donnait à tous mon consentement, mes maris se jettent sur moi.

Deimos s'empare de mes seins, suçant mes mamelons qui durcissent ; Luther m'embrasse. La bouche d'Ahren plonge sur mon sexe, et je me cambre en gémissant.

Existe-t-il des filles plus chanceuses ? Dévorée par trois faë, de vrais dieux en ce qui me concerne, de par leur apparence et leurs appétits sexuels.

Ahren m'écarte encore plus les jambes et me pénètre de sa langue. Je me tortille et je fonds sous eux ; jamais je ne pourrais me lasser d'être à leur merci. J'adore quand tous trois se liguent contre moi de cette manière pour m'offrir les plus fantastiques des orgasmes.

Deimos passe à mon autre sein, et les baisers de Luther descendent dans mon cou où il mordille le lobe de mon oreille. Je caresse leurs jambes, remontant là où leurs membres patientent, durs et avides.

Deimos et Luther gémissent presque à l'unisson quand je m'empare d'eux, c'est comme du fer gainé de soie.

Ahren me libère et je miaule en guise de protestation.

– Tu as aimé ? me taquine-t-il.

Il remonte un peu mes jambes pour m'ouvrir encore plus, et se positionne pour me prendre.

Mon clitoris palpite d'être si largement exposé à sa vue. Il s'agenouille entre mes jambes, son gland trouve l'entrée de mon intimité, et il me pénètre.

Je jette la tête en arrière, criant de plaisir. Au départ, il est lent, il s'adapte, il m'étire. Cette délicieuse douleur m'enivre à mesure que le feu m'envahit. À présent j'ai totalement perdu le contrôle de mon corps. Mon bassin remue d'avant en arrière, parce que j'ai besoin de plus de lui, de bien plus.

Luther rugit quand je m'empare de son membre ; Deimos ne se lasse pas de tirer sur mes mamelons avec sa bouche. Je frémis, mon euphorie s'intensifie.

Ahren plante les doigts dans mes fesses et me soulève pour mieux me pénétrer, il s'enfonce jusqu'à la garde.

– Putain ! crié-je tandis qu'il grogne comme un loup.

Il n'y a aucun répit, il me saute si vite que tout mon corps tressaille. Ces faë possèdent mon corps, il leur appartient, et j'aime tout ce qu'ils me font. Toute la journée je me suis languie d'un tel moment. Mon corps tremble, et le plaisir monte si vite en puissance que mon orgasme me percute de plein fouet, soudainement, me prenant au dépourvu.

Ahren gémit et grogne, me pénétrant sans relâche, m'aimant, étirant cette sensation qui m'engloutit. Bon sang, que j'aime les bruits qu'il fait pendant l'amour.

Je convulse, et les sensations les plus magnifiques déferlent en moi. Je relâche les sexes de mes hommes et agrippe la couverture à la place, orteils courbés, les yeux clos.

C'est tout ce dont j'ai toujours rêvé.

L'euphorie me transporte puis finit par ralentir, et quand je m'apaise enfin, je suis pantelante. Les trois faë me fixent en souriant, contents d'eux.

Ahren se retire de moi, et je tends le cou.

– Tu n'as pas joui, lui dis-je.

– C'est pour toi, ma belle, et nous sommes loin d'en avoir fini.

Luther bouge pour prendre la place d'Ahren, et il tapote le côté de ma cuisse.

– Roule, petite louve. Je te veux à quatre pattes pour te prendre par-derrière. Relève donc ta fente humide et gonflée pour moi.

J'éclate de rire.

– Ahren a dû me casser. Je peux à peine bouger.

À dire vrai, j'ai juste envie de rester étendue là, à baigner dans l'orgasme qui persiste.

– Si tu ne bouges pas, je vais te faire mal.

Luther me lance un clin d'œil.

– Est-ce que c'est une promesse ?

– Putain, oui ! opine Deimos.

Il se positionne devant moi au moment où je roule sur le ventre et relève ma croupe en l'air, écartant mes jambes pour lui.

Luther m'agrippe les fesses, les écarte, et son membre pousse déjà pour me pénétrer. C'est du rapide, à un rythme plus que soutenu et putain je vibre déjà d'excitation.

Je lève la tête, envoie un baiser à Deimos et glisse son membre dans ma bouche. Il est salé et très dur ; il grogne tandis que je le suce plus profondément.

Ahren se met à l'aise en s'allongeant sous moi, saisissant l'un de mes seins bondissant dans sa bouche. Sa langue est dingue, il titille mon mamelon et me fait trembler.

Je perds la notion de tout, je profite de ce que j'ai.

Mes bébés dehors sont en sécurité, et mes maris ne veulent rien d'autre que me faire l'amour et m'offrir orgasme après orgasme. Un frisson m'envahit, m'excitant encore plus à cette idée.

Ma vie est un rêve devenu réalité. Il n'y a nulle part où je préfèrerais être plutôt qu'au Royaume Errant avec ma famille, où je suis aimée, et je peux regarder mes enfants grandir et devenir de merveilleuses faë.

Ce que j'ai découvert au cours de ce voyage des dernières années, c'est que le bonheur dépend de nous. Peu importe ce que j'ai, c'est la manière dont j'en profite qui compte. Ma vie est tout pour moi, avec mes trois filles et les faë qui croient en moi quand personne ne l'avait jamais fait. À présent, j'ai ma place quelque part, et on m'aime vraiment.

Luther, Ahren et Deimos sont à jamais gravés dans mon cœur, et je dois être la femme la plus chanceuse de tous les royaumes de les avoir tous les trois.

Surtout quand ils insistent pour me ravager à la moindre occasion.

Et c'est tout ce que j'ai toujours désiré.

Être rejetée par mon compagnon est le cadet de mes soucis...

Je suis une métisse, une Maudite. Mon côté louve me permet d'avoir un compagnon alpha... Et mon côté sorcière me vaut une condamnation à mort.

Du moins, c'est ce qu'ils croient.

À présent, seuls quatre Alphas vikings me séparent d'une mort certaine. Ils ont besoin de mes pouvoirs pour prendre le contrôle du Secteur Sauvage, et ils se serviront de mes sœurs comme moyen de pression pour obtenir ce qu'ils veulent de moi.

Ma magie sauvage, mon cœur.

Ma louve les attire, mais je ne leur fais pas confiance. Rien ne me dit qu'ils me garderont en vie une fois que tout sera terminé.

À leurs yeux je ne suis qu'une Omega, mais cette erreur pourrait nous coûter la vie à tous.

Ce que les Alphas vikings veulent, les Alphas vikings l'obtiennent...

... et pour l'instant, ce qu'ils désirent, c'est moi et ma magie sauvage.

* * *

La Louve Perdue *se déroule dans le même monde que la série* **Les Loups Cendrés** *dont vous retrouverez quelques personnages. Ce roman peut être découvert sans avoir lu* **Les Loups Cendrés** *d'abord.*

Découvrez La Louve Perdue dès aujourd'hui !

À PROPOS DE MILA YOUNG

Auteur à succès, Mila Young aborde tout avec le zèle et la bravoure des héros de contes de fées, dont les aventures ont enchanté son enfance. Elle élimine les monstres, réels et imaginaires, comme s'il n'y avait pas de lendemain. Le jour, elle joue du clavier en tant que génie du marketing. La nuit, elle combat avec sa puissante épée-stylo, réinventant des contes de fées, où les héros sexys vivent des histoires fantastiques. Durant son temps libre, elle aime imaginer qu'elle est une valeureuse guerrière, câliner ses chats, et dévorer tous les romans fantastiques qui lui passent sous la main.

Envie de lire d'autres romans de Mila Young ? Inscrivez-vous ici dès aujourd'hui. www.subscribepage.com/milayoung

Rejoignez le **groupe des Lecteurs Fantastiques** de Mila pour des contenus exclusifs, les dernières infos, et des avantages.

www.facebook.com/groups/milayoungwickedreaders

Pour plus d'informations...
www.milayoungbooks.com/french-home
mila@milayoungbooks.com

www.ingramcontent.com/pod-product-compliance
Lightning Source LLC
Chambersburg PA
CBHW030801200726
48285CB00013B/348